MARIA DRIES

DIE SCHÖNE TOTE VON BARFLEUR

atb aufbau taschenbuch

MARIA DRIES wurde in Erlangen geboren und hat Sozialpädagogik und Betriebswirtschaftslehre studiert. Sie lebt in der fränkischen Schweiz, aber die Normandie kennt sie von langen Urlaubsaufenthalten.

Bisher im Aufbau Taschenbuch: »Der Kommissar von Barfleur«.

Eines Morgens erscheint ein völlig aufgelöster Mann in der Gendarmerie von Barfleur. Er meldet seine Frau Maryline als vermisst. Dabei legt er ein Foto vor, auf dem eine wunderschöne Frau zu sehen ist. Am selben Tag macht eine Pilzsammlerin in einem Kiefernwäldchen eine grauenvolle Entdeckung. Ein weiblicher Fuß ragt aus dem Unterholz.

Der schreckliche Verdacht bestätigt sich. Es ist die als vermisst gemeldete Frau. Schnell fällt der Verdacht auf den Ehemann der Ermordeten. Die Kriminalpolizei von Cherbourg übernimmt die Ermittlungen mit Amtshilfe der Gendarmerie von Barfleur. Roselin Dumas, der Gendarm des kleinen Ortes, gerät dabei in einen Gewissenskonflikt. Der Verdächtige ist sein Freund aus Kindertagen. Er bittet den eigentlich pensionierten Kommissar Philippe Lagarde, ihm zur Seite zu stehen. Was die beiden herausfinden, scheint den ersten Verdacht zu bestätigen. Maryline hatte einen Liebhaber – ihren Schwager.

MARIA DRIES

DIE SCHÖNE TOTE VON BARFLEUR

EIN KRIMINALROMAN AUS DER NORMANDIE

atb aufbau taschenbuch

FSC
www.fsc.org
MIX
Papier aus verantwortungsvollen Quellen
FSC® C083411

ISBN 978-3-7466-3139-4

Aufbau Taschenbuch ist eine Marke der Aufbau Verlag GmbH & Co. KG

1. Auflage 2015

Umschlaggestaltung Mediabureau Di Stefano, Berlin
unter Verwendung der Motive von © Lubi Jelenova und
© Diana Walters / Getty Images
Gesetzt in der Caslon und der Rosewood durch Greiner & Reichel, Köln
Druck und Binden CPI books GmbH, Leck, Germany
Printed in Germany

www.aufbau-verlag.de

Für
meinen Mann
Herbert

Rosslare - Poole
Portsmouth
Manch
Auderville
CHERBOURG-
OCTEVILLE
Jobourg
Barfleur
Maupertus-
sur-Mer
Heauville
Dielette
Martinvast
Saint-Vaast-
la-Hougue
Plage
Valognes
Sainte-Mère-
Église
Sainte-Marie-
du-Mont
Barneville-
Carteret
Portbail
Grandcamp-
Maisy
Carentan
Lison
Jersey
(GB)
MANCHE
Gouville-
sur-Mer
SAINT-L
Agon-
Coutainville
Coutances
Bréhal
Villedieu-
les-Poêles
Îles Chausey
(F)
Granville
Vire
Mont-
Saint-Michel
Avranches
Saint-Malo
Morta

Channel
Sasset
Mauco
Fécamp
Étretat
London City Airport
Portsmouth
Portsmouth
Octeville-sur-Mer
Montivillie
LE HAVRE
du Débarquement
Courseulles-sur-Mer
-les-Bains
Crépon
Luc-sur-Mer
Dives / Port-Guillaume
Dives / Cabourg
Houlgate
Villers-sur-Mer
Blonville-sur-Mer
Trouville - Deauville
Honfleu
Saint-Gatien
Deauville - Norman
OUISTREHAM
Bayeux
Pont-l'Évêque
Carpiquet
CAEN
Lisieux
CALVADOS
Mézidon
Saint-Pierre-sur-Dives
Thury-Harcourt
Clécy
Condé-sur-Noireau
Falaise
Argentan
Flers
Nonant-le-Pin
Briouze
Surdon
ORNE

TOTENREUE

Senkt man dich, schöne Düstre, einst hinab,
Und schläfst du unterm schwarzen Marmorstein,
Und nennst auf dieser Erde nichts mehr dein
Als jene finstre Höhle, die dein Grab,

Und drückt der schwere Stein, den man dir gab,
Den Busen dir, die Hüften schlank und fein,
Dämmt er des Herzens Schlag und Willen ein,
Grenzt er den Abenteurerweg dir ab,

Dann spricht das Grab, dem ich mein Leid vertraut,
Zu dir in langer, schlummerloser Nacht:
Das Grab versteht des Dichters Schmerzenslaut.

»Was nützt's, du Törin, dass du nie bedacht,
Was weinend Tote noch im Grab beklagen?«
Wie Reue wird der Wurm am Fleisch dir nagen.

Charles Baudelaire,
»Die Blumen des Bösen«
(»Les Fleurs du Mal«)

DIE JADEGRÜNE BUCHT

ERSTER TAG

Madame Florence trat kräftig in die Pedale ihres alten, schwarz lackierten Fahrrades. Seit sie sich letzten Sommer in den Chef der Gendarmerie von Barfleur, Roselin Dumas, verliebt hatte, trug sie ihr Haar etwas länger, um weiblicher zu wirken. Außerdem hatte eine Freundin dem ehemals grauen Haarschopf eine nussbraune Note verliehen, die die Farbe ihrer Augen aufgriff. Ihre halbherzigen Bemühungen, die Leibesfülle um einige Kilos zu reduzieren, waren an ihrem herzhaften Appetit gescheitert. Außerdem hatte Roselin protestiert, der jedes Gramm an ihr liebte.

Die Bäuerin, die eine Landwirtschaft und einen Marktstand in Barfleur betrieb, hatte ihr rotes Piratentuch als Sonnenschutz um den Kopf geschlungen und im Nacken verknotet. Die Morgenluft war noch kühl und frisch, doch es würde ein heißer Julitag werden.

Der malerische Ort Barfleur lag an der nordöstlichen Spitze der Halbinsel Cotentin in der Normandie. Bekannt war er für seine Austernbänke und Muschelgärten, die sich die Küste entlang gegen Süden erstreckten, soweit das Auge reichte.

Nördlich des Fischerhafens erhob sich majestätisch der Phare de Gatteville, mit fünfundsiebzig Metern der zweithöchste Leuchtturm Frankreichs. Er hatte so viele Stufen wie es Tage und so viele Fenster, wie es Wochen im Jahr gab. War der Aufstieg erst geschafft, bot sich ein überwältigender Ausblick auf den dunstigen Ozean, bizarre Felsformationen und die grüne Halbinsel.

Im Morgengrauen hatte sich Madame Florence auf den Weg gemacht. Von ihrem Bauernhof, der einige Kilometer vom Meer entfernt in der Nähe des Dorfes Ste-Geneviève lag, war sie zunächst auf der noch menschenleeren Landstraße in Richtung St.-Pierre-Église gefahren. Nach zwanzig Minuten bog sie in einen Feldweg ein, der zu einem Kiefernwäldchen inmitten von weiten Ackerflächen führte. Nur sie wusste, was darin zu finden war, und sie verriet es auch niemandem.

Das Fahrrad holperte durch Schlaglöcher und über Schottersteine. Madame Florence standen erste Schweißperlen auf der Stirn. Als ihr Blick über die flache Landschaft glitt, stellte sie zufrieden fest, dass der Lauch auf den sandigen Feldern die Güte ihres Gemüses nicht annähernd erreichte.

Am Ziel angelangt, lehnte sie ihr Fahrrad an einen Baum und nahm den Weidenkorb, in dem ein kleines scharfes Messer lag, vom Gepäckträger. Ab Mitte Juni schoben Kiefernsteinpilze ihre rotbraunen Hüte aus der Nadelstreu. Die Stiele waren blassbraun mit einem feinen weißlichen Adernetz, bauchig und nach unten und oben verjüngt. Die Stammkunden, die ihren Marktstand regelmäßig aufsuchten, würden begeistert sein. Der milde nussige Geschmack des edlen Pilzes war einzigartig.

Ein Eichelhäher, der Wächter des Waldes, ließ einen Alarmruf ertönen, der seine Artgenossen vor dem Eindringling warnen sollte. Der rotbraun gefiederte Vogel mit seiner prächtigen blau-schwarz gebänderten Außenfahne saß auf dem obersten Ast einer alten Kiefer und stieß ein lautes raues Rätschen aus.

Madame Florence raffte ihren langen Rock über den braunen Schnürstiefeln und stapfte entschlossen in den Wald.

Erste hellgelbe Sonnenpunkte tanzten durch Kiefernnadelfächer und Nebelschleier, und die Luft war von einem erdigen würzigen Duft erfüllt. Es herrschte absolute Stille, die nur gelegentlich vom Gezwitscher einiger Finken unterbrochen wurde.

Über dem Atlantik erhob sich ein orangefarbener Feuerball, der das tiefblaue Wasser in rosa, türkisenen und violetten Lichtreflexen erstrahlen ließ.

Roselin Dumas lag im Bett der Bäuerin und schnarchte laut. Das Plumeau hob und senkte sich gleichmäßig. Er drehte sich auf die Seite und wollte sich an die ausladenden Hüften seiner Gefährtin schmiegen. Schlaftrunken und verwirrt blinzelte er. Der Platz an seiner Seite war verlassen.

Er setzte sich auf den Bettrand, rieb brummend seinen dicken behaarten Bauch, dehnte seine Rückenmuskeln, indem er die kräftigen kurzen Arme nach oben streckte, und gähnte ausgiebig. Während er in seine Boxershorts stieg, fiel ihm ein, dass Madame Florence im Morgengrauen hatte aufbrechen wollen, um Pilze zu sammeln. Er war alleine.

Barfuß ging er in die Küche und sah sich um. Erste Sonnenstrahlen drangen durch das geöffnete Fenster, die schneeweiße Gardine bauschte sich im Morgenwind. Die Einrichtung des Bauernhauses war altmodisch und behaglich. Das mit Spitzensäumen versehene Buffet mit den geschwungenen Beinen war ein Erbstück der Großmutter. Der geschrubbte unebene Holzfußboden glänzte matt. Die Küchentapete mit den pastellfarbenen Streublümchen auf hellgelbem Grund löste sich an den Ecken, darum würde er sich kümmern. Der weiße gusseiserne Herd wurde mit Holz geschürt, ein Schiffchen mit heißem Wasser stand auf der Kochplatte. Damit hatte sie sicherlich den Kaffee aufgebrüht, dessen kräftiges Aroma das Haus durchzog.

Roselin lächelte, als sein Blick auf die grobe Eichenholzplatte des Küchentisches fiel. Sie hatte Frühstück für ihn gemacht. Selbstgebackenes aufgeschnittenes Brot lag in einem Korb, daneben standen eine Glasschale mit gelber gesalzener Butter sowie eine weitere mit dunkelrot glänzender Brombeermarmelade. Madame Florence begnügte sich mit diesem Frühstück. Für den

Polizisten jedoch hatte sie feine Pfeffersalami und reifen Camembert aufgeschnitten und ein Ei weich gekocht, das ein mit grünem Garn gehäkelter Gockelkopf warmhielt. Neben seinem Teller lag ein Zettel mit einer Nachricht für ihn: »Bon Appétit, chéri!« Der Text war von einem kühn geschwungenen Herz umrandet. Die Zeichnung erinnerte ihn an die vergangene Nacht, und seine runden fleischigen Wangen färbten sich rosarot. Als er Madame Florence kennengelernt hatte, war er bereits seit sechzehn Jahren Witwer. Sein anstrengender Dienst und seine vier Kinder, die er seit dem Tod seiner Frau Christine allein aufzog, hatten ihn bis zu diesem Zeitpunkt völlig ausgefüllt. Jetzt war er wieder verliebt wie ein Schuljunge.

Roselin ließ es sich schmecken. Er häufte die fruchtige Marmelade auf den Käse und biss genüsslich in das knusprige Brot. Dazu trank er zwei Tassen Kaffee aus einer sonnengelben Bol. Nachdem er sein ausgiebiges Frühstück beendet hatte, wusch und rasierte er sich am kleinen Becken im Badezimmer. Er musste mit Madame Florence über den Einbau einer Dusche sprechen, wenn der richtige Zeitpunkt gekommen war. Die Bäuerin liebte ihr Haus, so wie es war. Sie selbst wusch sich im Sommer am liebsten am Brunnen vor dem Haus, indem sie mittels einer Handpumpe eiskaltes klares Wasser in ein steinernes Becken beförderte. Der Gendarm zog seine Uniform an, richtete die blaue Krawatte und bürstete seinen widerspenstigen Haarkranz glatt. Es war an der Zeit, seinen Dienst anzutreten.

Er trat aus dem Haus und atmete die frische salzige Brise tief ein. Vom Treppenabsatz aus beobachtete er belustigt die braunweiß gesprenkelten Hühner im Hof, die sich um ihr Futter zankten und immer wieder aufgeregt in die Höhe flatterten. Aus dem Stall drang das zufriedene satte Grunzen von Schweinen. Von seinem Standpunkt aus konnte er über die Trockenmauer aus Granitsteinen blicken, die das Anwesen von Madame Florence umgab, das aus dem Haupthaus, Nebengebäuden und dem Schweinestall bestand. Dahinter erstreckten sich ihre Lauch- und Rübenfelder, die in Parzellen unterteilt und von dichten Hecken umsäumt waren, die die Aussaat vor dem rauen Seewind schützen sollten.

Hinter einem mannshohen Dickicht aus Liguster, Brombeerranken und Farnen wiegten sich hohe schlanke Pappeln im Wind. Unzählige Misteltrauben hatten sich zwischen den Ästen eingenistet. Weiße Schäfchenwolken zogen gemächlich über den kobaltblauen Himmel. Für einen wunderbaren Moment ließ er das friedliche Bild auf sich wirken, dann griff er nach einem Eimer, der klein geschnittenes trockenes Brot enthielt. Er warf eine Handvoll davon in die Luft und verursachte unter dem Hühnervolk einen tüchtigen Aufruhr.

Als der Gendarm seinen Dienstwagen startete, fiel ihm ein, dass er seine jüngste Tochter Brigitte anrufen musste, um sich zu vergewissern, dass sie nicht verschlafen hatte. Die Sechzehnjährige wohnte noch bei ihm. Ihre älteren Geschwister waren schon ausgezogen. Brigitte hatte im Mai die Mittlere Reife mit sehr guten Noten bestanden. Der Gendarm war immens stolz auf seine Tochter. Sie war nicht nur intelligent, sondern auch sehr lieb und umsichtig. Mit den seidigen hellbraunen Haaren und den graugrünen Augen im herzförmigen Gesicht sah sie ihrer Mutter verblüffend ähnlich.

Nun wusste Brigitte nicht, wie sie ihren weiteren Lebensweg gestalten sollte. Ihre Arbeit sollte aber mit Tieren zu tun haben. Brigitte, ihre Geschwister und ihr Vater diskutierten oft über dieses Thema, wenn sie beim gemeinsamen Sonntagsessen saßen. Sie könnte eine Ausbildung als medizinische Fachangestellte in einer Tierarztpraxis absolvieren. Vielleicht würde sie auch das Abitur machen und im Anschluss Tiermedizin studieren, möglicherweise sogar in Paris. Die zweite Variante gefiel dem Gendarmen erheblich besser, er schwieg jedoch, weil er seine Tochter nicht beeinflussen wollte.

Brigitte fiel die Entscheidung schwer, also hatte Valérie, die tüchtige Assistentin von Roselin, einen Vorschlag gemacht. Sie würde Brigitte für die Sommerferien einen Praktikumsplatz auf einem Reiterhof in der Nähe von La Pernelle besorgen. Dort hatte sie auch ihre eigenen Pferde untergebracht, die dort gut versorgt und trainiert wurden, wenn die Polizistin Dienst hatte und sich nicht selbst um sie kümmern konnte. Die Arbeit mit den Tieren würde Brigitte sicher helfen, eine Entscheidung über ihre berufliche Zukunft zu treffen.

Während der ersten zwei Wochen des Praktikums war die Tochter des Gendarmes voller Begeisterung morgens um sechs Uhr auf ihr Fahrrad gestiegen und hatte die etwa sieben Kilometer lange Strecke zum Reiterhof in flottem Tempo zurückgelegt. Am Abend kehrte sie müde und glücklich in ihrer blauen Latzhose und den nach Pferdemist riechenden Gummistiefeln zurück und hatte viel zu erzählen.

Seit einigen Tagen jedoch verschlief Brigitte, sie wollte nicht aufstehen, und ihr Vater musste sie wachrütteln. Ihr herzhafter Appetit war verschwunden, ihr Gesicht wurde immer blasser und schmaler, und ihre Fröhlichkeit war wie weggeblasen.

Der Gendarm tippte die Nummer ein und wartete. Seine Tochter ging nicht ans Telefon. Er versuchte es erneut. Eine schlaftrunkene Stimme erklang: »Ja, Papa?«

»Guten Morgen, Brigitte.« Er sah auf seine Armbanduhr. »Was machst du noch zu Hause? Du müsstest schon lange auf dem Reiterhof sein. Was ist denn los mit dir?«

Sein Ton war zu barsch gewesen. Sogleich begann sie zu weinen, und er lenkte ein: »Bist du krank, mein Liebes?«

»Ja, Papa.« Das Schluchzen verebbte ein wenig.

»Also gut. Du schläfst dich jetzt aus, dann gehst du zu Doktor Ferrant und lässt dich untersuchen. Heute Abend reden wir, und ich koche eine kräftige Gemüsebrühe für dich.«

»Ist gut, Papa. Bis heute Abend.«

»Brigitte?«

»Ja, Papa?«

»Hör zu, mein Engel. Wenn es dir auf dem Reiterhof nicht gefällt, sag es mir. Du musst dort kein Praktikum machen.«

»Mir gefällt es schon, Papa. Mach dir keine Sorgen. Morgen fahre ich wieder hin. Einen schönen Tag. Salut.«

Sie legte auf.

Besorgt machte sich Roselin Dumas auf den Weg zur Polizeidienststelle von Barfleur. Hoffentlich war Brigitte nicht ernsthaft krank. Irgendetwas stimmte nicht mit ihr.

Der Leiter der Gendarmerie betrat durch eine Doppelglastür schwungvoll die Wache und begrüßte freundlich die diensthabenden Polizisten Alain und Pierre, die hinter einem hohen Holztresen an sich gegenüberstehenden Schreibtischen saßen. Sie tranken schwarzen Kaffee aus kleinen Tassen und diskutierten lebhaft über eine wüste Schlägerei, die gestern auf einem Dorffest stattgefunden hatte. Es war nicht einfach gewesen, die angetrunkenen Hitzköpfe zu bändigen. Roselin ging den schmalen Flur entlang und betrat sein Büro. Es war schlicht und funktional eingerichtet, bis auf eine Fotografie in einem silbernen Rahmen, die auf seinem Schreibtisch stand. Sie zeigte eine junge attraktive Frau mit hellbraunen Haaren und graugrünen Augen, die in die Kamera lächelte. Auf ihrem Schoß saßen zwei pausbäckige Kleinkinder, ein Junge und ein Mädchen in bunten Spielanzügen. Dahinter standen die beiden älteren Geschwister, noch ein Junge und ein Mädchen. Dem Fotografen war es perfekt gelungen, ihren kindlichen Charme einzufangen.

Nur kurze Zeit nach der Aufnahme dieser Fotografie wies ihr Glück erste Risse auf. Christine wurde schwer krank. Sie kämpfte ein Jahr um ihr Leben, dann verlor sie alle Kraft und zuletzt die Hoffnung. Eines Nachts schloss sie in Roselins Armen für immer ihre Augen. Danach folgte eine schwere Zeit. Die Kinder vermissten ihre Mutter. Erst nachdem Roselin Madame Florence kennengelernt hatte, spürte er, dass sein Herz frei war für eine neue Frau.

Gerade schaltete er den Computer ein, als seine Assistentin Valérie an die geöffnete Tür klopfte.

»Guten Morgen, Roselin. Hast du Zeit für mich? Es gibt etwas zu besprechen.«

»Guten Morgen, Valérie. Komm doch herein! Was ist denn los?«

Die Polizistin schloss die Tür, zog einen Stuhl heran

und setzte sich gegenüber ihrem Chef an den Tisch. Vorher hatte sie mit dem Ellbogen einen Aktenordner zur Seite geschoben und ein kleines Tablett mit zwei Tassen schwarzem dampfendem Kaffee auf die Tischplatte gestellt. Eine grüne Mappe legte sie daneben. Ihre langen fuchsroten Haare waren streng nach hinten gekämmt und mit einem blauen Band, passend zum Diensthemd, zu einem Pferdeschwanz gebunden. Sie hatte eine helle empfindliche Haut und Sommersprossen auf der Nase. Große grüne Augen richteten sich ernsthaft auf ihn.

Roselin lächelte sie an. Valérie war eine der Besten in seinem Team. Sie war absolut zuverlässig, loyal, mutig und konnte sich durchsetzen. Ihre Aikidokünste waren legendär. Schon mancher Ganove, der nach einem Blick in das arglose Gesicht der jungen Frau zu dem Schluss gekommen war, mit ihr leichtes Spiel zu haben, war rasch eines Besseren belehrt worden.

»Du hast Kaffee mitgebracht, wunderbar. Gibt es etwas Neues?«

»Ja, Roselin, ein Mann war hier und hat eine Vermisstenanzeige aufgegeben.«

Der Gendarm runzelte erstaunt die Stirn und sah seine Assistentin fragend an. Die Polizeistation befasste sich normalerweise mit Verkehrsdelikten und Fällen von Kleinkriminalität, manchmal ging es auch um Streitereien, die zu schlichten waren. Oder ausländische Touristen belagerten aufgeregt den Tresen im

Eingangsbereich und versuchten mit Händen und Füßen zu erklären, dass sie ihre Führerschein- oder Ausweispapiere an irgendeinem Strand verloren hatten. Eine vermisste Person war außergewöhnlich.

Valérie trank einen Schluck Kaffee und schlug die grüne Mappe auf. Sie reichte ihrem Chef eine Kopie des Berichtes, der bereits ordentlich getippt und untergliedert war.

»Ich fasse zunächst die wichtigsten Fakten für dich zusammen, Roselin.« Sie wusste, dass ihm die Geduld fehlte, endlos scheinende Berichte zu studieren.

»In Ordnung, ich höre.« Erleichterte lehnte er sich in seinem Stuhl zurück und genoss den aromatischen Kaffee.

»Heute Morgen, kurz nach Dienstbeginn, kam ein Mann und meldete seine Frau als vermisst. Er heißt Jean-Yves Leblanc, ist einundfünfzig Jahre alt und wohnt in Saint-Vaast-la-Hougue.«

Saint-Vaast-la-Hougue lag etwa sieben Kilometer südlich von Barfleur. Nach der Schlacht von Hougue 1694, aus der England siegreich hervorging, war es aufgrund der verheerenden Schäden erforderlich gewesen, die Festungsanlage und den Hafen neu aufzubauen. Das imposante Fort besaß nun einen Zentralturm mit einem Durchmesser von sechzehn Metern und drei Meter dicke Festungsmauern, so dass das Fischerstädtchen fortan gut geschützt und gegen weitere Angriffe gewappnet gewesen war.

Als Roselin den Namen des Mannes hörte, stutzte er. Er kam ihm irgendwie bekannt vor. Valérie fuhr konzentriert fort: »Gestern Abend verließ seine Frau Maryline das gemeinsame Haus, um mit einer Freundin ins Kino und anschließend zum Dîner zu gehen. Er selbst las seinem sechsjährigen Sohn Philibert nach dem Abendessen eine Gutenachtgeschichte vor und ging früh zu Bett. Als er heute Morgen aufwachte, war seine Frau nicht da. Zunächst dachte sich Monsieur Leblanc nichts weiter dabei und ging davon aus, dass es spät geworden war und sie bei der Freundin übernachtet hatte. Als sie jedoch zum Frühstück nicht erschien, wurde er unruhig. Maryline Leblanc war es sehr wichtig, jeden Morgen das Frühstück zuzubereiten und es gemeinsam mit ihrem Mann und ihrem Sohn einzunehmen. Für sie war es der perfekte Start in den Tag. Anschließend brachte sie Philibert immer zum Kindergarten, der nach der Sommerpause seit Montag wieder geöffnet war.«

»Hat Monsieur Leblanc bei dieser Freundin angerufen und sich nach dem Verbleib seiner Frau erkundigt?«, fragte der Gendarm.

»Er gab an, die Freundinnen seiner Frau nur oberflächlich zu kennen, so dass ihre Nachnamen ihm nicht bekannt sind und er auch keine Telefonnummern von ihnen hat.«

»Merkwürdig, findest du nicht?«

Valérie überlegte. »Nicht unbedingt. Vielleicht hatte jeder der beiden ein eigenes Privatleben.«

Ihr Chef wirkte wenig überzeugt. »Hast du ihn darüber aufgeklärt, dass die Suche nach vermissten erwachsenen Personen erst nach Ablauf von zweiundsiebzig Stunden in die Wege geleitet wird?«

»Ja, natürlich, Roselin. Aber Monsieur Leblanc sagte, dass es ihm sehr wichtig sei, die Polizei sofort zu alarmieren. Er ist sich absolut sicher, dass seiner Frau etwas zugestoßen ist.«

Der Gendarm antwortete nicht. Er dachte an die seltenen Fälle von vermissten Personen in seinem Zuständigkeitsbereich, die jedoch nach einigen Tagen oder Wochen putzmunter wieder aufgetaucht waren und den Wirbel gar nicht verstanden hatten, den ihr plötzliches Verschwinden verursacht hatte.

»Er hat ein Foto von seiner Frau mitgebracht.«

Valérie reichte ihm das Bild. Es handelte sich um einen Schnappschuss, den jemand, vielleicht Monsieur Leblanc, am Strand aufgenommen hatte. Im Hintergrund war eine weite sandige Bucht, begrenzt von aufgeschichteten großen schwarzen Quadern zu sehen. Darüber erhoben sich sanft gewellte Dünen, die von graugrünen Flechten und Strandgras bewachsen waren. Gebräunte Menschen lagen entspannt auf bunten Handtüchern im Sand oder hatten sich ein bequemes Plätzchen auf den warmen Steinen gesucht.

Das Meer erstreckte sich in dunkler werdenden Blautönen bis zum dunstigen Horizont, und seine weißen Schaumkronen jagten mit Kitesurfern um die Wette über die unruhige Wasserfläche. Ihre bunten Segel tanzten über den hohen Himmel.

Maryline Leblanc stand am Ufer und hatte ein gebatiktes grünes Tuch um ihren schlanken Körper geschlungen. Es war deutlich zu erkennen, dass sie kein Bikinioberteil trug. Kleine spitze Brüste drängten gegen den dünnen Stoff. Zu ihren Füßen im Sand spielte ein kleiner Junge mit leuchtend roten Haaren. Er war völlig versunken in seine Tätigkeit. Mit einem roten Plastikförmchen, in Form einer Burgzinne, verzierte er die Sandmauern seines Wasserschlosses.

Seine Mutter lächelte selbstbewusst in die Kamera. Ihr langes nasses blondes Haar fiel über ihren Rücken. Sie hatte ein schmales, leicht gebräuntes Gesicht, große grüne Augen, eine wohlgeformte zarte Nase und einen breiten sinnlichen Mund.

Eine wahre Schönheit, dachte Roselin beeindruckt. Und offensichtlich viel jünger als ihr Mann.

Die Polizistin riss ihn aus seinen Gedanken. »Monsieur Leblanc wollte die zweiundsiebzigstündige Frist nicht akzeptieren. Er bestand darauf, dass wir die Suche nach seiner Frau sofort in die Wege leiten. Auf mich machte er den Eindruck, als stehe er unter immensem psychischen Druck. Er war extrem nervös und konnte nicht ruhig auf seinem Stuhl sitzen bleiben.« Valérie sah ihren Chef ernst an. »Ich konnte ihn nicht beruhigen, Roselin. Als ich ihm die standardisierte Vorgehensweise noch einmal in Ruhe erklären wollte, hieb er mit der Faust auf den Tisch, brüllte mich an, fegte die Formulare auf den Fußboden und rannte wutschnaubend aus dem Zimmer.«

Der Gendarm ahnte, was jetzt kam. »Du bist hinter ihm her?«

»Natürlich, so lasse ich mich nicht behandeln.« Seine Assistentin war empört. »Im Flur habe ich den aufgebrachten Mann erwischt und ein ernstes Wort mit ihm gesprochen. Auch versicherte ich, dass die Polizei seine Sorge sehr ernst nehmen würde.«

»Und wie seid ihr verblieben?«

»Wir sind so verblieben, dass sich Monsieur Leblanc sofort bei uns meldet, wenn es Neuigkeiten gibt. Nach Ablauf der Dreitagesfrist würden wir dann mit ihm die Maßnahmen erörtern, die wir ergreifen werden.«

»So weit wird es nicht kommen«, meinte Roselin.

Selten hatte sich der erfahrene Polizist so sehr geirrt.

Nach dem Gespräch mit der energischen Polizistin saß Jean-Yves Leblanc an einem runden Bistrotisch vor dem Bistro »Im Wind der Inseln« unter einer rotweiß gestreiften Markise und starrte abwesend vor sich hin. Vor ihm standen ein kleiner schwarzer Kaffee und ein doppelter Calvados. Er griff nach dem bauchigen Glas und kippte den Schnaps mit einem Schluck herunter. Dann zündete er sich mit zitternden Fingern eine filterlose Gauloise an. Auf seinem eiförmigen rasierten Schädel standen graue Haarstoppeln wie Stacheln in die Höhe, die kleinen wässrig blauen Augen lagen tief in den Höhlen, umrundet von dunklen Schatten. Aus den großen Löchern seiner fleischigen Nase sprossen schwarze borstige Härchen. Tiefe senkrechte Falten hatten sich links und rechts neben seinem schmallippigen Mund eingegraben. Auf den runden Wangen leuchtete ein Geflecht von roten Äderchen. Der massige Körper steckte in einem blauen Arbeitsoverall, der über dem Bauch spannte.

Schräg einfallende Sonnenstrahlen fielen direkt auf sein Gesicht, doch er merkte es nicht. Ebenso entging ihm das aufgeregte Geschrei eines Schwarms von Lachmöwen. Die weiß gefiederten Vögel mit den schwarzbraunen Köpfen hatten sich auf den Ästen einer hoch gewachsenen Platane niedergelassen, deren Borke sich mosaikförmig aus gelben, weißen, grünen und rotbraunen Flächen zusammensetzte. Eine kleine schneeweiße Möwe setzte zum Sturzflug an, ergriff mit dem spitzen Schnabel ein Stück Brot, das am Rand des Quai Henri Chardon lag, und flüchtete mit ihrem erbeuteten Schatz auf eine Felsengruppe im Hafenbecken. Ihre Artgenossen folgten ihr kreischend, wild entschlossen, in den Besitz des köstlichen Teilchens zu gelangen.

Direkt neben dem Bistro lag eine Bäckerei. Im Schaufenster aufgereihte, mit glänzender Glasur überzogene Gebäckstückchen zogen die Passanten an. Vor der Verkaufstheke hatte sich eine Schlange gebildet, die bis auf den Bürgersteig reichte. Eifrig tütete die

Bäckersfrau knusprige Baguettestangen ein, kassierte ab und hatte für jeden Kunden ein freundliches Wort übrig. Beliebt waren derzeit kurze längliche Brote mit zwei Hörnchen an einem Ende. Trat ein Kunde aus der Tür, biss er mit Genuss die beiden kleinen krossen Ausbuchtungen ab und verspeiste sie, während er davonging.

Jean-Yves Leblanc bekam von den Geschehnissen in seiner unmittelbaren Umgebung nichts mit, er hob sein Schnapsglas und signalisierte dem Kellner auf diese Weise, dass er einen zweiten Calvados wollte.

Er arbeitete in einer Autowerkstatt, die sich auf die Reparatur landwirtschaftlicher Maschinen spezialisiert hatte. Jean-Yves liebte diese Arbeit. Es gab auf der ganzen Welt keinen Traktor, den er nicht wieder nach akribischer Tüftelei in Gang setzen konnte. Seine Fähigkeiten als Mechaniker waren über Barfleur hinaus bekannt. In einem Holzschuppen in seinem Garten bastelte er auch in seiner Freizeit gerne an streikenden Motoren herum. Normalerweise verpasste er keinen Arbeitstag, doch heute hatte er sich bei seinem Chef, mit dem er gut befreundet war, abgemeldet und einen Tag Urlaub genommen.

Während des Frühstücks hatte er seinen kleinen Sohn Philibert über den Verbleib seiner Mutter belogen. Er wollte ihn keinesfalls beunruhigen. Sein Sohn war so empfindsam wie seine Mutter. Auf dem Weg zum Kindergarten legte Jean-Yves im Auto eine CD mit Kinderliedern ein und trällerte mit seinem Sohn lustige Verse, obwohl es ihm nach Heulen zumute war. Von der Pforte aus beobachtete er bedrückt, wie Philibert mit seinem kleinen grüner Rucksack, auf dem Spiderman, sein Held, abgebildet war, voller Vorfreude auf den Eingang der Tagesstätte zurannte. Bevor er im Haus verschwand, hatte er sich noch einmal umgedreht und seinem Vater fröhlich zugewinkt.

Er dachte an Maryline, seine schöne eigenwillige Frau, und sein Magen krampfte sich schmerzhaft zusammen. Eine tiefe, an Panik grenzende Unruhe ergriff erneut von ihm Besitz. Zum hundertsten Mal versuchte er mit seinem Handy seinen Schwager Michel zu erreichen. Vergeblich, er ging nicht ans Telefon. Voller Wut warf Jean-Yves Leblanc das winzige Gerät auf die Tischplatte, so dass eine Ecke des Kunststoffgehäuses absplitterte.

Gaston, der Besitzer des Bistros »Im Wind der Inseln«, beobachtete diesen Zwischenfall zufällig durch ein Weinglas, das er poliert und dann prüfend ins Licht gehalten hatte. Er unterbrach die Unterhaltung mit zwei Rentnern, die ihr erstes Achtel Rosé des Tages genossen, lief nach draußen und fragte seinen Gast höflich, ob er noch einen Wunsch habe.

Der schüttelte unwirsch den Kopf, warf einen Zehn-Euro-Schein auf den Tisch und verschwand zwischen den Menschen, die auf der Hafenpromenade unterwegs waren.

Philippe Lagarde, ein weiterer Gast des Bistros, wurde durch den Zwischenfall bei der Lektüre des Ouest-France unterbrochen. Vor ihm auf dem Tisch standen ein Milchkaffee und ein Mokka-Eclair, sein Lieblingsgebäck. Er wartete auf das Einsetzen der Flut, um mit seinem Boot auslaufen zu können. Verblüfft schaute er dem aufgebrachten Mann hinterher.

Madame Florence hatte soeben neben dem Stamm einer Kiefer eine Steinpilzfamilie entdeckt und durchschnitt vorsichtig die unterschiedlich dicken Stiele, die alle fest, makellos und frei von Würmern waren. Ihr Weidenkorb war schon beinahe voll. Aufmerksam auf den Boden spähend ging sie langsam weiter. Als sie eine Lichtung überquerte, um die Birken einen Kreis bildeten, spürte die Bäuerin intensive Sonnenstrahlen auf ihren braunen Armen. Sie schritt in den Wald, der ihr nun dunkel vorkam, und gelangte an die Quelle eines Baches, der sich plätschernd seinen Weg durch dicke Dotterblumen und wilde gelbe Lilien suchte. Sie umrundete dichtes Himbeergestrüpp, naschte einige von den süßen Früchten und beschloss, in einem Bogen zu ihrem Fahrrad zurückzukehren. In ihrem Korb war ohnehin kaum noch Platz für weitere Pilze. Sollten ihre Kunden nach mehr verlangen, konnte sie jederzeit weitere sammeln.

Als sie ihren Stiefel auf einen Stein setzte und sich zur Quelle beugte, um ihren Durst mit ein paar Schluck

Wasser aus der hohlen Hand zu löschen, fiel ihr auf, wie still es plötzlich im Wald war. Das Rauschen der Kiefernnadelfächer war ebenso verstummt wie der Gesang der Vögel. Nur das klare Quellwasser rieselte über die Kieselsteine. Die Bäuerin beschlich ein ungutes Gefühl. Sie musterte angespannt und aufmerksam ihre Umgebung. Dann schalt sie sich selbst wegen ihrer Nervosität. Außer ihr befand sich kein Mensch in dieser abgelegenen Kiefernparzelle. Sie atmete tief durch und versuchte halbherzig mit einem alten Volkslied gegen die unheimliche Stille anzupfeifen. Es war Zeit, zurückzufahren, den Stall auszumisten und anschließend ihre Vertretung am Marktstand abzulösen.

Zwischen den Himbeersträuchern glänzte auf dem Waldboden etwas silbrig. Madame Florence fragte sich, was das wohl sein konnte. Hatte eine Elster ihre Beute fallen lassen? Neugierig trat sie näher. Als sie begriff, was sie da sah, erfasste sie eine heftige Übelkeit, und sie sank keuchend gegen den Stamm einer Kiefer.

Ein Fuchs oder ein anderes Tier hatte offensichtlich im Boden gegraben. Zum Vorschein war ein nackter Frauenfuß mit silbern lackierten Nägeln gekommen. Madame Florence hatte keine Erklärung dafür, warum der wilde giftgrüne Efeu, der sich um die große Zehe rankte, sie am meisten entsetzte.

Sie hatte kein Handy bei sich, sie besaß überhaupt keines. Als sie sich von dem alptraumhaften Anblick endlich losreißen konnte, rannte sie um Hilfe schreiend zu ihrem Fahrrad. Den Weidenkorb mit den Pilzen vergaß sie dabei völlig.

So schnell sie konnte, fuhr sie auf dem Feldweg in Richtung Landstraße. Sie wollte nach Barfleur zur Gendarmerie und Roselin berichten, was sie entdeckt hatte. Ihr Adrenalinspiegel war so hoch, dass sie wie ein Roboter funktionierte. Doch dieses Tempo würde sie nicht durchhalten können, nach Barfleur waren es mindestens noch acht Kilometer. Madame Florence sah sich um. Auf einem Feld rechts von ihr wirbelte ein Bauer mit seinem Mähdrescher gewaltige Staubwolken auf. Als er das Fahrzeug in ihre Richtung lenkte, winkte sie und stieß mit zwei Fingern einen gellenden Pfiff aus. Tatsächlich gelang es ihr, die Aufmerksamkeit des Mannes zu erregen. Langsam fuhr er auf sie zu, stoppte und stellte den Motor ab. Er lehnte sich aus dem Fenster, schob seine Schiebermütze in den Nacken und wischte mit dem Arm den Schweiß von der Stirn.

»Guten Tag, Madame. Kann ich Ihnen helfen?«

Die Bäuerin nickte heftig: »Ich muss so schnell wie möglich nach Barfleur auf die Gendarmerie. Können Sie mich fahren?«

»Natürlich, kein Problem. Ist etwas passiert?«

»Das kann man wohl sagen. Ich will bei der Polizei eine Meldung machen.« Sie überlegte kurz. »Oder haben Sie ein Handy?«

Der Mann schüttelte den Kopf. »Mit diesen neumodischen Erfindungen kann ich nichts anfangen.«

Diese Einstellung konnte Madame Florence nur zu gut verstehen.

Der Landwirt musterte die hübsche, entschlossen wirkende Frau unauffällig. Ihr schien nichts zu fehlen. Sie machte einen unversehrten Eindruck. Allerdings wirkte sie extrem nervös. Er kam zu dem Schluss, dass es tatsächlich das Beste war, sie nicht mit weiteren Fragen zu bedrängen und ihrer Bitte nachzukommen. Sie schien eine Frau zu sein, die genau wusste, was sie tat.

»Kommen Sie, steigen Sie auf den Beifahrersitz. Ich lade Ihr Fahrrad ein.«

Während Madame Florence in die Fahrerkabine des Mähdreschers kletterte, bewunderte der Bauer ihre strammen Waden und beförderte das Rad mit einem Schwung in den Stauraum hinter den Sitzen, als wäre es federleicht.

Die Mähdrescherräder mit einem Durchmesser von mindestens zwei Metern und einem beeindruckenden Profil setzten sich in Bewegung und rollten auf die Straße. Bauer Roland gab Gas. Er wollte der Dame neben ihm zeigen, was in seiner Maschine steckte. Deren Aufbau rumpelte bei jeder Unebenheit und schaukelte angsteinflößend hin und her. Das Fahrzeug war so breit, dass es die Hälfte der Gegenfahrbahn einnahm. Entgegenkommende Fahrzeuge waren gezwungen, auf den Seitenstreifen auszuweichen, mancher Fahrer drohte erbost mit der Faust. Unbeeindruckt drückte Roland das Gaspedal durch. Mit der absoluten Höchstgeschwindigkeit von fünfundzwanzig Stundenkilometern, eingehüllt in eine ohrenbetäubende Lärmkulisse, donnerten sie über die Landstraße. Weite Felder wechselten sich mit dichten Buchenwäldern ab. Ab und zu tauchte ein quadratischer Kirchturm, dessen Schieferdach wie flüssiges Blei glänzte, als Mittelpunkt eines kleinen Dorfes in der Landschaft auf. Die umfriedeten Ansiedlungen wirkten wie bewaldete Inseln auf den Ackerflächen. Madame Florence spürte, wie ihr Piratentuch im Fahrtwind flatterte. Wenn sie nicht eine so schreckliche Entdeckung gemacht hätte, hätte sie die rasante Fahrt genossen.

Am Ortseingang von Barfleur drosselte Bauer Roland die Geschwindigkeit und bahnte sich vorsichtig einen Weg durch die engen, zugeparkten Gassen. Die Gendarmerie lag am Hafen nahe dem Tourismusbüro, am Quai Henri Chardon. Sie rumpelten über die Uferpromenade, an der sich hohe Stadthäuser aus Granitstein, versehen mit weißen Fensterläden und hohen roten Kaminen, in einem Bogen drängten, vorbei an Restaurants mit bunt gestreiften Markisen auf das Ende des Hafens zu. Dort erhob sich auf einem gewaltigen Felsen die Kirche Saint-Nicolas aus dem 17. Jahrhundert mit ihrem zinnengekrönten viereckigen Granitturm, der die Einfahrt des Hafens dominierte. Die

Zeiger auf dem weißen runden Zifferblatt wiesen auf neun Uhr und zehn Minuten.

Das Wasser hatte sich während der Ebbe kilometerweit zurückgezogen. Nun liefen Meereswellen aus verschiedenen Richtungen wieder schräg auf die Küste zu. Die Flut drängte mit aller Macht zwischen den massigen steinernen Pfosten in das Hafenbecken und hob die bunten Boote wie Kinderspielzeuge aus dem Schlick.

Roland parkte das Ungetüm direkt vor der Gendarmerie. Er benötigte vier Parkplätze, die für Polizeifahrzeuge reserviert waren.

Als der Gendarm Roselin Dumas zufällig aus dem Fenster schaute, erblickte er zu seinem Erstaunen Madame Florence, die sich soeben von einem muskulösen, braun gebrannten Mann mit karierter Schiebermütze per Handschlag verabschiedete. Als er mit seinem Mähdrescher davonpolterte, winkte sie ihm nach. Mit der anderen Hand hielt sie ihr Fahrrad am Lenker fest. Was hatte das zu bedeuten?

Die Polizisten Alain und Pierre sahen sich verblüfft an, als die Freundin ihres Chefs grußlos und mit schief sitzendem Kopftuch an ihnen vorbeihastete.

Bevor Roselin reagieren konnte, wurde die Tür aufgerissen, und die Bäuerin stürzte in sein Büro. Außer sich vor Entsetzen schilderte sie mit aufgeregter Stimme, was sie entdeckt hatte.

»Im Kiefernwald bei St.-Pierre-Église liegt eine tote Frau. Jemand hat sie dort vergraben.«

Nachdem sie mit letzter Kraft Bericht erstattet hatte, wich jede Farbe aus ihrem Gesicht. Ihr wurde schwarz vor Augen, und sie sackte zusammen. In letzter Sekunde konnte Roselin sie auffangen.

Während der rasanten Fahrt zur Polizeistation hatte Madame Florence auch dem hilfsbereiten Landwirt von ihrer grausigen Entdeckung erzählt. Roland hatte absolute Diskretion zugesichert, doch bereits eineinhalb Stunden später, als er in seiner Stammkneipe einen Pastis auf den Schrecken trank, hatte sich die Nachricht von der toten Frau im Wald wie ein Lauffeuer verbreitet.

Philippe Lagarde hatte sein Frühstück beendet und faltete die Tageszeitung Ouest-France zusammen, nachdem er noch einen Blick auf die Gezeitentabelle geworfen hatte, die in Frankreich mit Koeffizienten arbeitete. Die Gezeiten verliefen parallel zum Mondaufgang und setzten jeden Tag etwa fünfzig Minuten später ein. Das Meer kam und ging im Rhythmus von sechs Stunden und dreizehn Minuten. Küstenbewohner, Angler, Bootsfahrer und Pêcheurs à pied lebten in Einklang mit diesen Naturgewalten und berücksichtigten sie bei ihren Plänen.

Der Kommissar im Ruhestand sah auf seine Armbanduhr. Es war Zeit, Odette abzuholen. Er winkte nach Gaston, dem Besitzer des Bistros »Im Wind der Inseln«. Der brachte ein Tellerchen mit einer Spange, in die der Bon eingeklemmt war. Während Lagarde die Rechnung beglich, fragte er den Wirt: »Kanntest du den Mann neben mir am Tisch? Er machte einen völlig verstörten Eindruck und hätte in einem Wutanfall beinahe sein Handy zertrümmert.«

Gaston schüttelte den Kopf. »Ich kann mich nicht erinnern, ihn jemals hier gesehen zu haben. Er wirkte auf mich unbeherrscht. Ich hätte ihm mit Sicherheit keinen Calvados mehr serviert. Er hatte schon zwei doppelte Schnäpse. Ehrlich gesagt, war ich froh, als er ging.«

Der Kommissar nickte und legte großzügig Trinkgeld auf den Teller. »Das kann ich mir vorstellen. Keiner will Ärger in seinem Lokal haben. Ich muss jetzt los. Odette wartet auf mich. Wir machen einen Bootsausflug. Das Wetter ist wie geschaffen dafür.«

Gaston lachte. »Unsere berühmte Gourmetköchin hat Zeit für einen Ausflug? Ich kann es kaum glauben.«

Lagarde grinste. »Sie hat mir zum Namenstag einen Gutschein für ein romantisches Picknick zu zweit geschenkt. Vor ein paar Tagen habe ich vorsichtig nachgefragt, wann so ein Gutschein wohl verfällt. Sofort hat sie den Termin auf heute festgelegt. Wahrscheinlich wird während ihrer Abwesenheit im Restaurant der sensible Chefkoch kündigen, der tollpatschige Lehrling wird die Küche abfackeln, und der teure Kühlschrank für die Spitzenweine aus Bordeaux wird den Geist aufgeben.«

Gemeinsam brachen sie in Gelächter aus.

»Salut, Gaston.«

»Salut, Philippe, ich wünsche euch einen wunderschönen Tag ohne jede Katastrophe.«

»Danke, mein Freund, wird schon schiefgehen. Bis morgen.«

Lagarde überquerte die Straße und setzte sich hinter das Steuer seines himmelblauen Renault Express, den er direkt vor der Kaimauer geparkt hatte. Der Motor des alten, mit Beulen und Schrammen versehenen Kastenwagens sprang wie immer zuverlässig an. Lagarde stieß rückwärts aus der Parkbucht auf die Gegenfahrbahn, bedankte sich, indem er die Hand hob, bei zwei Autofahrern, die ihm das Manöver ermöglicht hatten, und fuhr stadtauswärts.

Das Thermometer in seinem Wagen zeigte bereits fünfundzwanzig Grad im Schatten. Die Wolken hatten sich davongemacht, der Wind hatte sich ebenfalls verabschiedet, und die strahlende Sonne versprach einen schönen Sommertag. Er kurbelte die Seitenscheibe herunter, legte den Arm auf die Fahrertür und umfasste mit der Hand das Lenkrad. Die Finger der rechten Hand drehten auf der Suche nach einem Sender mit klassischer Musik am Knopf des Radios.

Philippe Lagarde war zweiundsechzig Jahre alt, sein Geburtstag stand bald vor der Tür. Er sah jedoch erheblich jünger aus, was sicher auch daran lag, dass sein kräftiger, beinahe stämmiger Körper durchtrainiert und muskulös war. Am auffälligsten – die Frauen meinten am schönsten – waren seine Augen, die in einem tiefen Saphirblau in seinem braungebrannten, kantigen Gesicht erstrahlten. Seine Nase war gerade und etwas breit, die Lippen waren schön geformt. Wenn er lachte, zeigten sich weiße ebenmäßige Zähne. Die schwarzen, inzwischen etwas grau melierten Haare trug er kurz geschnitten, das gepflegte, kunstvoll gestutzte Bärtchen hatte er vor einigen Wochen abrasiert. Odette, seine Freundin, hatte sich über ein heftiges Kratzen beim Küssen beklagt. Jetzt ließ er sich ab und zu einen Dreitagebart wachsen, über den sich Odette noch nicht beschwert hatte. Ganz im Gegenteil, sie fand, dass er ihm eine verwegene und erotische Note verlieh.

Das Restaurant von Odette de Crézy hieß »Mirabelle« und war ein weithin bekanntes Feinschmeckerlokal. Letztes Jahr hatte sie mit einem raffiniert zubereiteten, köstlichen Fischgericht einen inkognito speisenden Tester von Gault Millau überzeugt. So hatte sie vom einflussreichsten Restaurantführer neben dem Guide Michelin ihre erste Kochhaube bekommen. Seitdem hatte sich ihr Ehrgeiz noch weiter gesteigert, was Lagarde kaum für möglich gehalten hätte.

Er folgte der Küstenstraße Richtung Norden. Auf der Seeseite erstreckte sich eine weite Dünenlandschaft, deren von Strandhafer gesäumte Pfade und Plankenstege zu scheinbar endlosen breiten Sandstränden führten. Dort war es einfach, ein einsames Plätzchen zu finden, wenn man für sich sein wollte. Ein Pärchen wanderte Hand in Hand am Strand entlang, begleitet von einem goldbraunen Labrador, der ohne Leine seine Freiheit genießen durfte. Kleine opalgrüne Wellen erreichten das Ufer und umspülten den Muschelsaum. Weiter draußen wirkte das Meer an diesem Julisommertag wie ein tintenblauer riesiger Teich.

Auf der anderen Seiten der Straße lag flach wie eine Flunder eine grüne Moorlandschaft, durchzogen von schmalen Kanälen mit inzwischen verrosteten Schleusenanlagen und durchsetzt von Weihern. Wasserlinsen trieben auf der flaschengrünen Oberfläche, am Rand wuchs hohes Schilfgras. Auf mit Büschen überwucherten Parzellen hatten sich Dreizehenmöwen, Brandgänse und Seeschwalben niedergelassen, die dort auch brüteten. In den Gewässern fanden Kleinreptilien und Amphibien wie Frösche, Molche und Wasserschlangen ihre Heimat.

Mit Binsen und Riedgras bewachsene Wiesen dienten im Sommerhalbjahr Pferden, Rindern und Schafen als Weideland.

In einem alten Schleppkahn saß ein einsamer Angler mit einem Schlapphut auf dem Kopf und einem Glas in der Hand. Lagarde vermutete, dass er Rotwein trank.

Als er von der Küstenstraße links abbog und landeinwärts fuhr, wechselte das Landschaftsbild, und er passierte einen dichten Wald aus Eichen und Buchen. Wie überall in der Gegend rankte sich Efeu um die Stämme und Äste der alten imponierenden Baumbestände.

Nach einem Kilometer führte der Weg nach rechts in einen Schotterweg. An dieser Abzweigung stand ein großes, geschmackvoll gestaltetes Schild, das auf das Restaurant Mirabelle aufmerksam machte und den weiteren Weg beschrieb. Der führte zunächst an einem Campingplatz vorbei, der jetzt im Juli fast ausgebucht war. Nach einigen hundert Metern vorbei an flachem Weideland, auf dem braunweiß gefleckte Kühe grasten, erreichte man den Parkplatz des Mirabelle. Da das Restaurant erst zur Mittagszeit öffnete, parkten dort nur einige Fahrzeuge des Personals unter den mächtigen Walnussbäumen.

Neben der Einfahrt, im Schatten einer blauen Zeder, wartete Odette auf ihn und winkte ihm schon von weitem zu. Auf dem Boden neben ihr stand ein großer Weidenkorb.

Wie immer, wenn er seine Lebensgefährtin sah, machte sein Herz einen Hüpfer vor Freude. Sie war seine Traumfrau, und er würde weiter beharrlich versuchen, sie davon zu überzeugen, dass man nicht nur mit einem Restaurant, sondern auch mit einem Mann verheiratet sein konnte.

Odette war großherzig, charmant, lustig, temperamentvoll und aufrichtig. Und sie war wunderschön. Ihr langes dunkelbraunes glattes Haar trug sie in der Mitte gescheitelt, es umspielte ein ovales ebenmäßiges

Gesicht mit großen dunklen Augen, einer feinen Nase und vollen sinnlichen Lippen. Sie erreichte fast seine Größe, war schlank und hatte schmale Hüften.

Da sie als Eigentümerin des Gourmettempels häufig repräsentieren und elegant gekleidet sein musste, bevorzugte sie in ihrer knappen Freizeit legere Kleidung. Die abgewetzte hellblaue Jeans hatte sie knapp über den Knien abgeschnitten. Heute trug sie kein kariertes Hemd von ihm, wahrscheinlich hatte sie sich wegen der Hitze für ein ärmelloses Top entschieden. Das kräftige Pink stand ihr sehr gut. Die Füße steckten in Flipflops, die mit rosa Plastikmargeriten besetzt waren. An den Ohren baumelten silberne Kreolen. Sie war ungeschminkt und sah höchstens wie Mitte dreißig aus.

Voller Vorfreude stieg Philippe Lagarde aus seinem Wagen, umarmte Odette und küsste sie zärtlich auf den Mund.

»Ich habe mir bis zum Abend frei genommen. Ist das nicht wunderbar? Jacques«, das war ihr Chefkoch, »vertritt mich. Heute gibt es ein Menü mit Lachs, ein Kinderspiel.«

Lagarde neckte sie. »Wahrscheinlich formuliert er schon seine Kündigung.« Der geniale Jacques kündigte mindestens zweimal im Monat, immer dann, wenn er das Gefühl hatte, seine Kochkünste würden nicht in höchstem Maße geschätzt.

Odette flüsterte verschwörerisch: »Los, wir hauen ab, bevor er es sich anders überlegt.«

Der Kommissar verstaute den Korb im Kofferraum und hob neugierig den Deckel.

»Was ist da Feines drin? Unser Mittagessen?«

Odette klopfte ihm spielerisch auf die Finger.

»Das ist eine Überraschung. Du musst dich gedulden, mein Liebster.«

Streng zeigte er auf ihre Flipflops. »Das ist ja wohl nicht das richtige Schuhwerk für einen Leichtmatrosen.«

»Leichtmatrose? Wieso Leichtmatrose? Ich habe frei und werde keinen Finger rühren. Fender rein, Fender raus, pah, ohne mich.«

»Du lässt mich also die ganze Arbeit alleine machen.«

»Das hast du richtig erfasst, Herr Kapitän. Ich lege mich nackt auf das Deck und sonne mich.«

»Und bringst dadurch Frachter mit verantwortungsvollen Familienvätern am Steuer vom Kurs ab.«

Darauf ging sie gar nicht ein.

»Und am Strand mache ich mich über den Inhalt des Picknickkorbes her. Vielleicht gebe ich dir auch etwas ab.«

»Na dann los, du unnützer, gefräßiger Leichtmatrose.«

In bester Stimmung fuhren sie los, zurück zum Hafen von Barfleur. Der Wasserstand hatte inzwischen eine Höhe erreicht, die ihnen das Auslaufen ermöglichte.

Odette legte eine CD ihres Lieblingssängers ein, streifte die Flipflops ab, platzierte die nackten Füße auf dem Armaturenbrett und trällerte mit Gérard Lenorman »Si j'étais président de la république«.

Lagarde hatte Glück und fand einen Parkplatz in der Nähe der Steinstufen, die in das Hafenbecken führten. Sein korallenrotes Ruderboot schaukelte auf dem steigenden Wasser. Er half Odette in das Boot und verstaute den Weidenkorb. Dann löste er die Leine von einem schweren Eisenring und stieß sich mit einem Ruder von der Mauer ab. Nach wenigen Stößen erreichten sie das weiße Boot mit den rosa Fendern, das an einer Boje ankerte. Über eine Klappleiter kletterten sie an Bord.

Das Schiff des Kommissars war vom Fabrikat ACM, ausgestattet mit einem Innenbordmotor, ein Dreikieler, der besonders für Rauwasser geeignet war und bei Ebbe nicht in den Schlick kippte. Die Länge betrug fünf Meter fünfzig, die Breite zwei Meter zehn. Es war zweckmäßig und robust, geeignet für jemanden, der gerne aufs Meer hinausfuhr. Der Steuerstand befand sich im Vorschiff und verfügte über eine Tür, um Wind und Regen bei rauem Wetter auszusperren. Es gab eine Sitzgelegenheit und einen kleinen Resopaltisch sowie einen Gaskocher mit einer Flamme. Vom Cockpit aus gelangte man in eine Schlupfkajüte. Das Steuerrad befand sich rechter Hand.

Philippe Lagarde startete den Motor und fuhr langsam durch eine Rinne zwischen aufgereihten Booten auf die Hafenausfahrt zu. Auf dem offenen Meer erhöhte er die Geschwindigkeit und nahm Kurs nach Norden.

Odette erhitzte auf dem Gaskocher Wasser und bereitete zwei Tassen Pulverkaffee zu. Eine drückte sie dem Kapitän in die Hand, sie nahm ihre Tasse mit auf das Deck und machte es sich auf der Holzbank bequem, die gleichzeitig als Stauraum diente. Tief atmete sie die salzige Luft ein, streckte die langen Beine aus und hielt ihr Gesicht in die Sonne.

»Es ist herrlich hier draußen, Philippe«, rief sie begeistert. »Auf dem Meer fühlt man sich frei, und die Alltagssorgen erscheinen ganz weit weg.«

Er lächelte und freute sich, dass sich seine Freundin entspannte.

»Wir sollten viel öfter rausfahren.«

»Jederzeit gerne, mein Liebling.«

Die Küste zog langsam an ihnen vorbei. Die Kirche am Ende des Hafens wurde immer kleiner. Vor ihnen lag der Pointe de Barfleur, die äußerste Nordostspitze der Halbinsel Cotentin. Neben dem imposant emporragenden Phare de Gatteville wirkte der alte Leuchtturm mit seinen zwanzig Metern Höhe eher bescheiden. Die beiden Ausflügler schipperten an dem kleinen Ort Gatteville-le-Phare vorbei, wo eine bemerkenswerte Seefahrerkapelle aus dem 11. Jahrhundert stand, die über einer merowingischen Nekropole errichtet worden war.

Nachdem Lagarde den Pointe de Barfleur umschifft

hatte, wurde die See rauer. Gischt spritzte gegen die Scheibe des Steuerstandes und auf das Deck. Odette ließ sich dadurch nicht stören und genoss die Fahrt weiterhin in vollen Zügen. Das Boot fuhr nun in westlicher Richtung. Bald würden sie ihr Ziel erreicht haben. Der Kommissar hatte schon öfter in der kleinen malerischen Bucht am Ärmelkanal geankert, mit Odette jedoch war er noch nie hier gewesen. Er wollte sie mit diesem bezaubernden, einsam gelegenen Picknickplatz überraschen.

Eigentlich handelte es sich um zwei nebeneinander liegende sichelförmige Buchten. Der Sand bestand aus zerriebenen Muschelschalen und glitzerte in der Sonne weiß wie Schnee. Der Strand erhob sich sanft und endete an zerklüfteten steilen Klippen. Gelbe, rote und blaue Wildblumen sowie borstiges grüngelbes Strandgras wuchsen aus den Spalten und Ritzen. Bizarre Felsformen wurden von dunkelgrünen und grauen Flechten überzogen. Erdige Flächen waren von Farnen und Schachtelhalm bewachsen. Die Buchten verfügten über keinen Zugang von der Landseite, außer man konnte klettern wie eine Gämse und war schwindelfrei. Zwischen den Stränden hatte sich im Laufe der Jahrhunderte eine Aufschüttung aus Sand und Kies gebildet, die in einem Bogen durch das Meer führte und an einer beinahe runden, felsigen kleinen Halbinsel ihr Ende fand. An höchster Stelle auf dunklem Gestein stand ein verlassenes Haus.

Durch diese Laune der Natur war eine Art Lagune entstanden, deren Wasser durch den Muschelkalk auf dem Grund intensiv türkisfarben leuchtete und mit glatter Oberfläche vor ihnen lag. Jenseits der Aufschüttung zeigte sich der ultramarinblaue Atlantik von seiner besten Seite.

Odette, die an die Reling getreten war, fehlten die Worte. Mit glänzenden Augen betrachtete sie andächtig dieses zauberhafte Stückchen Erde.

Philippe Lagarde trat hinter seine Gefährtin, legte die Arme um sie und fragte: »Ist Madame mit dem Picknickplatz zufrieden?«

Begeistert umarmte sie ihn. »Es ist wunderschön hier. So eine Bucht habe ich noch nie gesehen. Schau dir diese Farbe an, wie ein jadegrüner Edelstein. Komm, lass uns schwimmen gehen!«

Er steuerte auf das Ufer zu, schaltete den Motor aus und ließ das Boot sanft auf dem Sand aufsetzen. Dann sprang er vom Bug auf den Strand und zog das Schiff noch ein Stück aus dem Wasser. So lag es sicher. Odette folgte ihm über die Leiter und stellte den Korb auf einer Felsplatte ab.

Sie schlüpfte aus der Jeans, schleuderte die Flipflops von den Füßen und zog ihr T-Shirt über den Kopf.

»Los, komm schon«, rief sie und rannte nackt ins Wasser. Als es ihr bis zur Hüfte reichte, stürzte sie sich kopfüber hinein. Lagarde folgte ihr, und sie bespritzten sich, tauchten sich gegenseitig unter, lachend und vergnügt wie ausgelassene Kinder. Dann durchschwammen sie die Lagune bis zu der Felsenhalbinsel und starteten von dort aus ein Wettschwimmen zurück an den Strand. Pustend und keuchend erreichten sie das Ufer, ließen sich in den warmen Sand fallen und zankten sich, wer gewonnen hatte. Der Streit endete in leidenschaftlichen Umarmungen und Küssen, und sie liebten sich stürmisch mit nasser, salziger Haut. Außer Atem lagen sie dann Hand in Hand auf dem Rücken und blinzelten in die Sonne. Odette ließ den feinen Sand durch ihre Finger rieseln. Dabei ertastete sie einen Gegenstand. Ein besonders schönes Exemplar einer Jakobsmuschelschale schillerte in allen Regenbogenfarben.

»Schau mal, Philippe, wie schön. Ich werde die Schale als Erinnerung an einen herrlichen Tag mit dir behalten. Zu Hause bekommt sie einen Ehrenplatz, vielleicht auf dem Kaminsims.«

Sie freute sich wie ein Kind, und ihre Augen strahlten. Er betrachtete sie lächelnd und zitierte:

»Kommst du vom Himmel herab, entsteigst du den Schlünden?
Aus deines teuflischen, göttlichen Blickes Schein
Strömen in dunkler Verwirrung Tugend und Sünden,
Schönheit, und darin gleichst du berauschendem Wein.

Du trägst im Aug' der Sonne Sinken und Steigen,
Du birgst den Duft gewitterschwüler Nacht,
Deine Lippen sind leuchtende Schalen, und wenn sie sich neigen,
Haben sie Helden schwach und Kinder zu Helden gemacht.«

Odette lauschte verträumt.

»Genug der Lyrik. Ich dachte, hier soll ein Picknick stattfinden«, bemerkte Lagarde. »Es ist bestimmt schon Mittagszeit, und mein Magen knurrt wie ein sibirischer Wolf. Ich habe angenommen, ich sei mit einer Spitzenköchin unterwegs. Jetzt sehe ich mich gezwungen, im Sand nach Wellhornschnecken zu graben, wenn ich nicht verhungern will.«

Odette setzte sich rittlings auf seine Brust und grinste ihn an. Zärtlich strich er ihr eine Haarsträhne von der Wange.

»Also gut, die Spitzenköchin wird jetzt das Mittagessen servieren.«

Sie wischte sich den Sand von den Händen und griff nach dem Korb. »Wir speisen nackt«, erklärte sie. »Vielleicht will ich nach dem Mittagessen noch ein bisschen spielen.«

Ein Picknickkorb von Odette de Crézy war natürlich kein gewöhnlicher Korb. Er war in Fächer unterteilt, zwei davon waren kühl temperiert. Die flache Felsplatte diente als Tisch, auf dem eine Damasttischdecke ausgebreitet wurde. Darauf platzierte sie Porzellanteller, Silberbesteck, Kristallgläser für Wasser und Wein und Stoffservietten. In die Mitte kam eine Glasschale, von der sie die Abdeckung entfernte. Mit einem Salatbesteck verteilte sie zwei große Portionen auf den Tellern.

»Hummersalat«, stöhnte Lagarde verzückt. »Ich liebe deinen Hummersalat.«

»Das ist nicht irgendein Hummersalat«, klärte sie ihn auf. »Es ist der beste der Welt. Natürlich wurde er von mir kreiert. Anstatt für Chicorée habe ich mich für reife Avocados entschieden, weil du die so gerne magst. Wichtig sind auch frische braune Champignons, hauchdünn geschnitten, Sahnemeerrettich, selbst zubereitet, ein Schuss Cognac, frischer Dill und noch einige Zutaten mehr, die allerdings geheim sind.«

Sie brach ein Stück Baguette für ihn ab.

»Bon Appétit, ah, der Wein fehlt noch.« Geschickt entkorkte sie die Flasche, an der kühle Kondenswassertropfen herabperlten. »Ein Entre-Deux-Mers.« Odette bezog ihre Weine für das Restaurant Mirabelle aus einem Weingut im Anbaugebiet um Bordeaux und aus dem Loire-Tal. Der Champagner wurde selbstverständlich von einem Weingut in der Champagne geliefert.

Sie füllte den Wein in die langstieligen Gläser und erklärte: »Ein fruchtfrisches Bouquet aus Ananas, Litschi und weißen Blüten. Charmant und saftig am Gaumen. Drahtige Säure und feine Balance. Geschmeidiger, ungemein frischer Geschmack. Betörend und anspruchsvoll zugleich.«

Herausfordernd sah sie ihn an. Er wusste, wie er sie necken konnte.

»Hast du kein kaltes Bier in deinem großen Korb?«

»Kulinarischer Barbar«, erwiderte sie.

Dann griff sie lachend in die Wundertüte und warf ihm eine eiskalte Flasche 1664 von Kronenbourg zu, die er aus der Luft fing.

Zum Nachtisch servierte Odette eine Zitronentarte, zu der sie starken schwarzen Kaffee reichte. Als Abschluss des Mahles zauberte sie ein Körbchen mit frischen Früchten aus den Tiefen ihrer Schatztruhe hervor. Es enthielt Kirschen, Äpfel, Aprikosen, Birnen und Mirabellen.

Lagarde griff sich eine Handvoll Kirschen.

»Danke für das köstliche Menü, meine Liebste. Jetzt bin ich wirklich satt.«

»Gern geschehen. Versprochen ist versprochen.«

»Besonders gut schmeckt es natürlich, wenn die erlesenen Speisen von einer barbusigen Schönheit serviert werden.«

Zärtlich streichelte er sie.

Odette biss in eine saftige gelbe Birne und zeigte auf das Haus auf der kleinen Halbinsel.

»Was ist das eigentlich für ein Gebäude?« Sie musterte es genauer. Es war einstöckig und hatte einen spitzen Giebel. Vor der kunstvoll ummauerten Bogentür im ersten Stock befand sich ein steinerner Balkon mit einem eingearbeiteten filigranen Relief. Aus dem

Ziegeldach ragte seitlich ein kleiner Erker, dessen dreieckiges Fenster zugemauert war. Elegante Zierpfosten stützten die Dachkonstruktion. Ein runder Turm erhob sich direkt neben dem Haus, war mit ihm verbunden und reichte bis zur Mitte des Daches. Dort schien sich eine Aussichtsplattform zu befinden, die von Zinnen umsäumt wurde. Eine kahle Fahnenstange ragte in den Himmel. Die glaslosen rechteckigen schmalen Fenster richteten sich düster auf die Bucht.

»Es sieht aus wie ein kleines Schloss. Ein unheimliches Schloss.«

»Die Einheimischen nennen es wegen der dunklen, fast schwarzen Granitsteine ›Le Château noir‹, das schwarze Schloss«, erzählte Philippe. »Damit verbunden ist eine traurige Legende. Im Schloss lebte eine schöne junge Frau aus einem Adelsgeschlecht namens Vivianne. Am Tag vor ihrer Hochzeit wartete sie auf ihren geliebten Bräutigam Patrice, der zur See gefahren war. Doch er kam und kam nicht. In der Nacht zuvor hatte ein Jahrhundertsturm gewütet, und man nahm an, dass das Meer Patrice und sein Schiff geholt hatte. Vivianne konnte den entsetzlichen Verlust nicht ertragen. Tagelang hörte man ihr Wehklagen, das der Wind über den Ozean trug. Dann stieg sie, völlig von Sinnen, in ihrem weißen Brautkleid auf den Turm und stürzte sich in die Tiefe. Das tosende Meer verschluckte sie auf der Stelle. Seitdem spukt die weiße Braut jeden Tag um Mitternacht im schwarzen Schloss und ruft vom Turm aus nach ihrem Liebsten Patrice. Angeblich kann man das schauerliche Geheule die ganze Küste entlang und sogar weit draußen auf dem Ärmelkanal hören. Vivianne trägt ihr weißes Brautkleid, ihre langen offenen Haare sind weiß und die brennenden Kerzen im Kandelaber, die ihr den Weg leuchten, ebenso.«

Er verstummte gedankenverloren. Warum baute jemand ein Haus an solch einem Ort?

»Was für eine traurige Geschichte.« Odette schaute auf das unheimliche, verlassene Schloss.

»Da«, sie deutete auf ein Fenster. »Ich habe sie gesehen. Soeben ist eine weiße Gestalt dort vorbei gehuscht. Los, wir schauen nach.«

»Deine Phantasie geht mit dir durch, mein Schatz. Die weiße Braut spukt nachts, tagsüber ruht sie auf ihrem Strohlager. Dabei soll man sie nicht stören.«

Odette wirkte ein wenig enttäuscht. »Wahrscheinlich hast du recht.«

Nach dem guten Essen und dem Wein wurden sie müde und hielten eng umschlungen auf einer Decke im Schatten einer Klippe einen Mittagsschlaf. Odette erwachte zuerst und blinzelte in die Sonne, die ein Stück weiter gewandert war. Sie schenkte sich den letzten Schluck Kaffee aus der Thermoskanne ein und betrachtete den ruhigen Ozean, der sich vor ihr ausbreitete. Gleichzeitig kraulte sie die Brusthaare ihres Lebensgefährten, bis er aufwachte.

»Lass uns schwimmen gehen, Philippe. Ich brauche eine Abkühlung.«

Hand in Hand wateten sie durch das kristallklare Wasser und schwammen dann in ruhigen Zügen in Richtung des offenen Meeres. Odette drehte sich auf den Rücken und paddelte mit den Füßen.

»Es ist so schön hier«, rief sie.

»Wir kommen in Zukunft öfter her.«

Mit dem Kopf unter Wasser, die Augen geöffnet, schwamm sie weiter und beobachtete fasziniert einen Makrelenschwarm, der sich unter ihr stromlinienförmig, jedoch ohne Hast fortbewegte. Die Rücken der Fische schimmerten in blaugrüner Farbe über dem hellen Grund. Plötzlich tauchte der hässliche Kopf eines Seeteufels auf. Der Fisch mit dem breiten abgeflachten Kopf war mindestens einen Meter lang. Sein riesiges Maul mit den kräftigen Zähnen stand offen. Die archaischen Knopfaugen leuchteten gelblich. Als er die Schwimmerin entdeckte, verschwand er blitzschnell in einer Felsspalte.

Odette studierte den Stand der Sonne, nachdem sie zum Ufer zurückgeschwommen waren.

»Es ist schon später Nachmittag«, stellte sie bedauernd fest.

»Ich fürchte, wir müssen uns auf den Weg machen. Schade, ich würde gerne noch länger bleiben.«

»Wir kommen bald wieder her«, versprach Lagarde, während er den Sand aus der Decke schüttelte und sie zusammenlegte. »Wenn du willst, machen wir dann ein Lagerfeuer und grillen Fisch oder Würstchen.«

»O ja, das machen wir«, freute sich Odette.

»Weißt du was? Wir schippern jetzt in Ruhe zurück, und ich lade dich im Im Wind der Inseln noch zu einem Glas Wein ein. Das wäre doch ein schöner Abschluss für unseren Ausflug.

Der gute Jacques wird den Anforderungen des Restaurant schon standhalten.«

Glücklich lachte ihn seine Freundin an. »Das ist eine großartige Idee.«

Die Polizisten Alain und Pierre blickten sich erstaunt an, als Madame Florence ohne Gruß und sichtlich in Aufregung am Holztresen vorbeistürzte, und folgten ihr alarmiert in das Büro des Chefs. Sie hörten ihre schrille Stimme, verstanden aber nicht, worum es ging. Dann trat Stille ein, die von einem Poltern durchdrungen wurde. Roselin Dumas wurde von der inzwischen ohnmächtigen schweren Frau beinahe umgerissen. Seine Kollegen eilten ihm zu Hilfe. Gemeinsam trugen sie die Bäuerin zu einem Sofa, auf dem der Gendarm manchmal ein Mittagsschläfchen hielt, und legten sie behutsam auf die Polster. Alain stützte ihren Kopf mit einem Kissen. Roselin setzte sich neben sie und strich liebevoll verschwitzte Haarsträhnen aus der bleichen Stirn. Das Piratentuch war ihr vom Kopf gerutscht. Der Gendarm fühlte sich völlig hilflos und konnte vor Sorge keinen klaren Gedanken mehr fassen. Alain und Pierre, die vergeblich auf Anweisungen ihres Chefs warteten, standen ratlos daneben.

Valérie, die kurz die Polizeistation verlassen hatte, wunderte sich über den verlassenen Tresen im Eingangsbereich und machte sich auf die Suche nach ihren Kollegen. Als sie die Situation im Büro ihres Chefs erfasste, übernahm sie das Kommando.

»Alain, hol ein feuchtes Tuch aus dem Waschraum. Pierre, du rufst Doktor Ferrant an, er soll sofort kommen.«

Bei dem Wort »Doktor« öffnete Madame Florence die Augen und bemerkte mit fester Stimme: »Ich will keinen Doktor, haltet mir diesen Quacksalber vom Leib, mit dem habe ich noch ein Hühnchen zu rupfen. Kann ich bitte ein Glas Wasser haben?«

Valérie reichte ihr ein Glas und legte das kühlende Tuch auf ihre Stirn.

»Was ist denn passiert?«, wollte sie wissen.

»Florence hat eine Leiche entdeckt, im Wald von St.-Pierre-Église«, erklärte Roselin.

»Was?« Die Polizistin war entsetzt. »Eine Leiche?«

»Genauer gesagt, den Fuß einer Leiche. Sie ist im Waldboden vergraben. Wahrscheinlich haben Tiere den Körperteil frei gescharrt«, präzisierte Madame Florence, schon wieder gefasster. »Ich glaube, dass es sich um eine Frau handelt. Ihre Zehennägel sind silberfarben lackiert.«

Valérie und ihr Chef wechselten einen ernsten Blick. Roselin schüttelte unmerklich den Kopf. Die Polizistin zog skeptisch die Augenbrauen hoch.

Die Stimme der Bäuerin wurde leiser. »Efeu hat sich um ihren Fuß gerankt. Der Anblick war so grauenvoll.« Sie schlug die Hände vor ihr Gesicht. »Ich werde ihn in meinem ganzen Leben nicht mehr vergessen. Nie habe ich etwas Schrecklicheres gesehen.«

Der Gendarm legte tröstend den Arm um sie. »Wir fordern Verstärkung an und durchkämmen den Wald, dann brauchst du nicht mehr dorthin zurück. Kannst du ungefähr beschreiben, wo du die Frau gefunden hast?«

Der massige Körper von Madame Florence straffte sich. »Nein, Roselin, ich werde euch begleiten und euch die Stelle zeigen. Das spart wertvolle Zeit. Ich schaffe das schon.«

»Einverstanden«, erklärte der Gendarm. Er wusste, dass seine Gefährtin eine starke, tapfere Frau war. »Wir fahren sofort los. Valérie, du informierst bitte die Kripo in Cherbourg. Wir nehmen zwei Wagen, dann kannst du Florence, nachdem sie uns den Platz gezeigt hat, nach Hause fahren.«

Nachdem sie Barfleur hinter sich gelassen hatten, kamen sie auf der Landstraße gut voran. Als sie in den Feldweg einbogen, der zu der Waldparzelle führte, hatten sich bereits einige neugierige Bauern eingefunden, die die Neuigkeit von Roland erfahren hatten.

Genervt von den Schaulustigen stieg der Gendarm aus dem Dienstwagen.

»Leute«, wandte er sich mit fester Stimme an die versammelten Männer, »ihr geht jetzt bitte nach Hause, hier gibt es nichts zu sehen. Wir müssen uns selbst erst einen Überblick verschaffen.«

»Wir haben ein Recht auf Information«, erwiderte ein Landwirt.

»Wenn sich hier ein Frauenmörder herumtreibt, müssen wir das wissen. Unsere Frauen und Kinder brauchen Schutz. Wir bilden eine Bürgerwehr.«

»Unsinn. Eine Bürgerwehr ist völlig überflüssig. Ihr werdet rechtzeitig informiert. Aber im Moment wissen wir selbst noch nichts. Die Kriminalpolizei von Cherbourg ist unterwegs. Jetzt lasst uns unsere Arbeit machen und geht nach Hause. Das ist eine offizielle polizeiliche Aufforderung.«

Mit strengem Blick fixierte Roselin jeden der Anwesenden.

Der Wortführer, ein langjähriger besonnener Bürgermeister einer Ortschaft in der Nähe, den Roselin vom Sehen kannte, zeigte sich einsichtig.

»Also gut, wir gehen und lassen euch eure Arbeit tun. Aber wir verlassen uns darauf, dass die Bevölkerung so schnell wie möglich über dieses Verbrechen informiert wird.«

»Ihr habt mein Wort, als Leiter der Gendarmerie von Barfleur.«

Auf einen Wink des Bürgermeisters hin stiegen die Bauern auf die Sitze ihrer Traktoren, starteten die Motoren und fuhren langsam davon.

Roselin wirkte erleichtert. Die Situation hätte auch anders ausgehen können. Er stieg wieder ein. Valérie sah ihn von der Seite her beeindruckt an und hielt den Daumen hoch. »Du hast dich durchgesetzt. Diese sturen normannischen Bauern lassen sich normalerweise überhaupt nichts sagen.«

Er freute sich über die Anerkennung. »Danke, Valérie.«

Sie fuhren bis zum Ende des Weges, bis sie den Waldrand erreicht hatten. Nun hieß es, zu Fuß weiterzugehen.

Madame Florence und die Polizisten blickten bedrückt auf die bewaldete Insel. Kiefern und Eichen wurden von der Sonne beschienen, ihre Kronen glänzten in einem satten Grün. Sonnenstrahlen drangen durch die Nadelfächer und Blätter auf den Waldboden und wärmten Heidelbeerbüsche, deren Früchte prächtig reiften. Ein Eichelhäher stieß einen Warnruf aus. Der lichte Forst wirkte absolut friedlich, obwohl er offensichtlich ein grausames Geheimnis verbarg.

»Hier habe ich mein Fahrrad abgestellt«, erklärte die Bäuerin und zeigte auf einen Baum. »Dann bin ich mit meinem Korb in den Wald gegangen.«

Die Stelle zu finden, wo sie die Leiche entdeckt hatte, erwies sich als viel schwieriger als angenommen. Sie hatte die meiste Zeit den Blick auf den Boden gerichtet und nach Pilzen Ausschau gehalten. Auf den Weg hatte sie gar nicht geachtet und war sich daher auch nicht sicher, welche Richtungen sie eingeschlagen hatte.

Langsam bewegten sie sich nach Osten. Madame Florence versuchte angestrengt, sich an irgendwelche Anhaltspunkte zu erinnern.

Sie traten auf eine Lichtung, um die hohe Birken einen Kreis bildeten.

»Über diese Wiese bin ich gelaufen«, stellte die Bäuerin erleichtert fest. »Ich bin mir ganz sicher, weil dort unter der schief gewachsenen Lärche wilde Möhren wachsen.« Sie zeigte auf einen Platz, wo Roselin nur Gestrüpp erkennen konnte.

»Die Wurzeln kann man zum Aromatisieren von Speisen verwenden. Einige meiner Stammkunden begeistern sich für die Kraft der Kräuter.« Sie überlegte. »Natürlich, in der Nähe des Waldgrabes«, sie schauderte bei diesem Wort und bekam trotz der sommerlichen Temperaturen eine Gänsehaut, »fließt ein Bach, dessen Quelle einem Felsgestein entspringt. Dort habe ich Rast gemacht und Wasser getrunken, bevor ich den Fuß entdeckte.«

Gemeinsam traten sie einige Schritte in den Wald, hielten inne und lauschten. Tatsächlich, ein sanftes Plätschern war zu vernehmen. Sie folgten dem Geräusch und stießen nach etwa fünfzig Metern auf einen

Bachlauf. Dotterblumen, Anemonen und Lilien wuchsen auf dem feuchten Boden. Die eindringende Sonne veranstaltete Schattenspiele, und das Fleckchen sah wunderschön und friedlich aus. Jetzt brauchten sie nur noch dem Wasser gegen die Strömung zu folgen.

Unter dem Blätterdach einer uralten Eiche entsprang die Quelle aus schwarzen porösen Felsen.

Auf einmal blickte Madame Florence auf das Himbeergestrüpp, das ihr bekannt vorkam. Dort hatte sie Früchte genascht. Vorsichtig ging sie einige Schritte. Die Stille im Wald wurde plötzlich von einem Rascheln durchbrochen, das schnell näher kam und lauter wurde. Zweige bewegten sich, und Blätter vibrierten. Die Polizisten und Florence fuhren erschrocken zusammen. Als direkt vor ihr ein stattlicher Hirsch mit Schaufelgeweih und geflecktem Sommerfell aus dem Dickicht brach und flüchtete, stieß sie einen markerschütternden Schrei aus. Roselin drückte voller Mitgefühl ihre Hand.

»Hältst du noch durch, Florence, oder sollen wir abbrechen?« Sie schüttelte den Kopf. »Es geht schon wieder. Das Tier hat mich zu Tode erschreckt. Meine Nerven liegen blank, weißt du?«

Er nickte. »Jeder hat vollstes Verständnis dafür.«

Die Bäuerin studierte weiter aufmerksam ihre Umgebung. Sie entdeckte ihren Korb, der umgestürzt auf einem Mooskissen lag. Einige Pilze waren herausgefallen. Ihre Augen suchen die nadelbedeckte Erde ab.

Der Einfallswinkel der Sonnenstrahlen hatte sich geändert, und zunächst konnte sie nur unberührten Waldboden erkennen. Dann erschrak sie. Das silbrige Glänzen war nun eindeutig auszumachen, wie am frühen Morgen.

»Da ist die Stelle.« Mit der Hand zeigte sie die Richtung an. Sie würde sich diesem Fund keinen weiteren Zentimeter nähern. Auf gar keinen Fall.

»Bleib hier zurück, Florence«, bat Roselin sie. »Du hast sie gefunden. Jetzt sind wir an der Reihe.«

Er näherte sich mit seinen Polizisten dem silbernen Schein. Schockiert starrten sie auf den toten, zierlichen Fuß, den vermutlich ein Tier seinem Grab entrissen hatte. Als Alain die Efeuranke sah, die sich um den Zeh der Leiche schlang, wurde ihm übel. Stöhnend wandte er sich ab.

Der Leiter der Gendarmerie hatte dem sensiblen Alain, dessen Gesicht noch immer kalkweiß war, den Auftrag erteilt, die Kollegen der Kriminalpolizei Cherbourg an der Landstraße abzupassen und in den richtigen Feldweg einzuweisen. Valérie sollte Madame Florence nach Hause fahren. Seine Freundin wollte jedoch nicht auf ihrem Bauernhof alleine sein. Lieber würde sie in Roselins Haus auf ihn warten, nach Brigitte sehen und ein Abendessen zubereiten.

Der Gendarm und der Polizist Pierre warteten am Waldsaum auf das Eintreffen der Kripo. Sie hatten eine schmale Schotterstraße entdeckt, die die Kollegen befahren konnten. Das Ende dieser Zufahrt war dem Fundort wesentlich näher als der Feldweg, den sie vorher benutzt hatten.

Die Wagenkolonne war schon von weitem zu sehen. Die Polizeifahrzeuge hatten das Blaulicht eingeschaltet, auf die Sirenen jedoch verzichtet. Der Dienstwagen der Kripo, ein blauer Citroen C4, bildete die Spitze. Dahinter kam der Notarzt im PKW, gefolgt von einem Rettungsfahrzeug und einem Leichenwagen.

Alain lotste die Fahrzeuge in den Schotterweg.

Hauptkommissar Ludovic Cleroc, der den Dienstwagen gesteuert hatte, stieg aus und nickte dem Gendarm freundlich zu. Er hatte die Rechtsmedizinerin in seinem Auto mitgenommen. Madame Dr. Dr. Delphine Moreau fuhr nicht gern selbst. Sie führte grundsätzlich überhaupt nicht gerne profane Tätigkeiten aus. Meistens war sie in ihre komplexe wissenschaftliche Gedankenwelt versunken. Assistenten und Praktikanten, die in ihrem rechtsmedizinischen Institut arbeiteten und diese Tatsache rasch begriffen, hatten es richtig gut bei ihr.

Gefürchtet war ihre Vorliebe zu dozieren. Die Monologe waren gespickt mit medizinischen Fachausdrücken, und es war schwierig bis unmöglich, ihnen zu folgen. Zumal stets komplizierte juristische Aspekte mit einflossen, da Madame Moreau Medizin und Jura studiert hatte.

Ludovic Cleroc wartete, bis Madame Moreau ebenfalls ausgestiegen war. Sie begrüßten den Gendarm und Pierre per Handschlag. Roselin kannte den Hauptkommissar von einigen flüchtigen Kontakten. Mit der Rechtsmedizinerin hatte er noch nie zu tun gehabt.

Pierre war fasziniert von dem ungleichen Paar. Der Kommissar, der etwa Ende vierzig sein musste, trug einen teuren grauen Anzug, ein weißes Hemd, dazu eine dunkelrote Krawatte mit anthrazitfarbenen winzigen Punkten. Die schwarzen Lederschuhe glänzten. Trotz der Hitze zog er das Jackett nicht aus. Pierre konnte nicht wissen, dass der Hauptkommissar seinen Dienst grundsätzlich wie aus dem Ei gepellt verrichtete. Er war eine große hagere Erscheinung mit einem schmalen dreieckigen Gesicht und einer spitzen langen Nase. Die grauen Haare waren zu einem gepflegten Pferdeschwanz gebunden.

Die Rechtsmedizinerin mit den zwei Doktortiteln war einen Kopf kleiner als der Kommissar. Die korpulente Dame, die mindestens neunzig Kilo auf die Waage brachte, hatte kirschrote, raspelkurze Haare. Auf dem engen ärmellosen Sommerkleid, das weit über den runden Knien endete, breiteten sich Riesenkirschen auf cremefarbenem Untergrund aus. Ihre kleine Kartoffelnase war genauso rund wie ihr Gesicht. Den dunklen Knopfaugen schien nichts zu entgehen.

Madame Moreau steckte sich eine filterlose Gitanes an, inhalierte tief und kam sofort zu Sache. »Wo ist denn nun eure Leiche oder der Fuß oder was auch immer, Kollegen? Ich habe meine Zeit nicht gestohlen. In den Gefrierfächern meines Instituts warten noch vier weitere Kandidaten.«

»Folgen Sie mir bitte«, entgegnete Roselin. »Es ist nicht weit.«

Madame Moreau balancierte in ihren hohen cremefarbenen Pumps über den unebenen Boden und schnippte zerstreut Asche auf die trockenen Kiefernnadeln.

»Delphine, du wirst noch einen Waldbrand verursachen«, mahnte Ludovic Cleroc. Er war der Einzige, der solch eine Bemerkung wagen durfte. Sie gab ihm keine Antwort, warf die Kippe auf die Erde und trat sie mit der Schuhspitze aus. Zu dritt traten sie an die Stelle, wo der Fuß aus der Erde ragte. Still ließen sie den bizarren Anblick auf sich wirken. Dann kam Leben in Cleroc, und er begann Anweisungen zu erteilen. Polizisten schwärmten aus und sicherten weitläufig den Fundort. Nachdem Techniker von der Spurensicherung Fotos gemacht hatten, wandte er sich an die Rechtsmedizinerin: »Wir beginnen jetzt zu graben, Delphine. Einverstanden?«

»Ja, natürlich, Ludovic. Anhand des Fußes kann ich nicht viel sagen. Grabt vorsichtig. Geht davon aus, dass es sich um eine komplette Leiche handeln könnte.« Autorität schwang in ihrer Stimme. »Und einer soll die verdammte Efeuranke entfernen.«

Sie steckte sich die nächste Zigarette an und sah stirnrunzelnd zu, wie Kollegen begannen, behutsam mit behandschuhten Händen und kleinen flachen Schaufeln das Laub und die Erde zu entfernen. Sie kamen schnell vorwärts. Stoff war zu erkennen. Jetzt gingen die Männer noch vorsichtiger zu Werke. Die Leiche war nicht tief vergraben.

»Da hat es jemand eilig gehabt. Oder die Person hatte den Spaten vergessen«, bemerkte sie.

Der Hauptkommissar nickte. »Der Täter hat wohl nicht damit gerechnet, dass jemand dieses Dickicht betritt. Das war reiner Zufall. Die Leiche hätte auch noch jahrelang unentdeckt hier liegen können.«

Vor Roselins Augen erschien nach und nach der Körper einer Frau. Es war grauenhaft und schwer auszuhalten. Dann hoben zwei Polizisten auf Anweisung von Madame Moreau die Tote vorsichtig aus ihrem Grab und legten sie auf eine vorbereitete Plane.

Die Frau war mittelgroß und schlank. Sie hatte lange blonde Haare, in denen sich Erdklumpen verfangen hatten. In Roselins Gehirnzellen begann eine Befürchtung Gestalt anzunehmen.

Die Frau trug ein wadenlanges Sommerkleid mit Spaghettiträgern, von denen einer über die Schulter gerutscht war. Der dünne Stoff hatte sich um ihre nackten braunen Beine gewickelt. Das Kleid war mintgrün, winzige silberne Möwen flatterten darauf herum. Die Tote trug auch am linken Fuß keinen Schuh.

Ein Polizist half der Rechtsmedizinerin in den weißen Schutzanzug und in die Latexhandschuhe. Als er ihr die Maske für Mund und Nase reichen wollte, winkte sie ungeduldig ab. Sie trat zu der Frau und kniete sich neben sie. Still, fast andächtig betrachtete sie die großen smaragdgrünen Augen, die mit einem trüben Schleier überzogen in die Baumwipfel starrten. Mit einer zarten Geste schloss sie die Lider, nachdem die die Ränder gereinigt hatte. Keiner sagte ein Wort. Niemand bewegte sich. Es schien, als würden alle den Atem anhalten. Die Szene wirkte surreal und unendlich traurig. Dann begann Madame Moreau konzentriert mit der vorläufigen Untersuchung.

»Aus den Ohren ist Flüssigkeit ausgetreten. Ansonsten kann ich keine Verletzungen entdecken«, erklärte sie nach einer Weile. Sie ließ sich viel Zeit und arbeitete gründlich.

»Die Frau ist ungefähr Mitte dreißig, sehr gepflegt. Der Zustand ihrer Zähne deutet auf regelmäßigen Zahnarztbesuch hin.«

Nachdenklich betrachtete sie die zarten Finger des Opfers.

»Unter den Nägeln befindet sich Erde, logischerweise. Aber vielleicht sind dort auch Hinweise auf den Täter zu finden. Wir werden sehen. Könnt ihr sie bitte umdrehen?«

Polizisten legten das Opfer behutsam auf den Bauch.

Delphine Moreau tastete den Hinterkopf ab.

»Sie hat am Schädel eine Verletzung, viel Blut klebt in den Haaren. Mit der feuchten Erde überall ist eine erste Aussage schwierig, aber ich gehe davon aus, dass die Tote mit einem stumpfen Gegenstand erschlagen wurde. Die extrem starke Gewalteinwirkung im Kopfbereich führte zu einer Schädelfraktur und dann zum Eintritt des Todes.« Traurig betrachtete sie die junge Frau. »Da muss jemand sehr wütend auf sie gewesen sein.«

»Was schätzt du, wie lange ist sie schon tot, Delphine?«, fragte Cleroc.

Madame Moreau scheute sich niemals am Fundort einer Leiche erste Erkenntnisse zu äußern. Die meisten ihrer Kollegen zeigten sich in derartigen Situationen verschlossen wie eine Auster, um nicht später falsche Schlussfolgerungen korrigieren zu müssen. Erst wenn sie in der Rechtsmedizin die umfangreichen Untersuchungen abgeschlossen hatten, bekam man erste Fakten zu hören und irgendwann einen ausführlichen schriftlichen Bericht.

Es war allerdings legendär, dass Delphine Moreau sich noch nie geirrt hatte.

»Noch nicht lange, Ludovic. Seit gestern Abend, würde ich sagen. Eher später Abend.« Sie schaute auf ihre Armbanduhr. »Der Tod aufgrund des kräftigen Schlages auf den Hinterkopf trat ungefähr zwischen dreiundzwanzig Uhr und Mitternacht ein.«

»Der Fundort ist meiner ersten Einschätzung nach

nicht der Tatort. Jemand hat sie getötet und anschließend hierher gebracht und vergraben«, spann der Hauptkommissar den Faden fort. »Die tote Frau musste verschwinden. Es ist anzunehmen, dass der oder die Täter ein Fahrzeug benutzt haben, um die Leiche zu transportieren. Dann wurde sie in den Wald getragen und notdürftig verscharrt. Wenn wir Glück haben, hat ihn jemand beobachtet.«

»Das hört sich nicht nach einem ausgefeilten Plan an«, überlegte die Rechtsmedizinerin.

»Vielleicht ist ein Streit eskaliert und endete tödlich.«

Ludovic Cleroc wandte sich an den Leiter der Spurensicherung: »Dreht hier großflächig jeden Stein um und achtet auch auf Reifenabdrücke und Schleifspuren.«

Madame Moreau stieg erleichtert aus ihrem Schutzanzug und streifte die Handschuhe ab. Schweiß perlte auf ihrer Stirn. Sie griff nach ihrer Zigarettenschachtel. Sie war leer. »Gib mir mal eine Zigarette«, forderte sie den Polizisten auf, der neben ihr stand. »Ihr könnt die Frau in die Gerichtsmedizin bringen.«

Valérie erreichte das Waldstück, als die Tote wieder auf den Rücken gedreht und auf eine Bahre gelegt wurde. Sie war etwas länger unterwegs gewesen, weil Madame Florence darauf bestanden hatte, Koteletts aus eigener Schlachtung aus ihrer Tiefkühltruhe für das Abendessen zu holen.

Ihre aufmerksamen Augen fixierten das provisorische Grab. In der Walderde glitzerte etwas. Niemand hatte es bisher bemerkt. Die volle Konzentration aller Anwesenden hatte sich auf die Frau gerichtet.

»Da liegt etwas«, sagte die Polizistin. »Zwischen den Erdbrocken und dem Moos.« Sie näherte sich dem Aushub. »Hier.«

Ein Mitarbeiter der Spurensicherung grub vorsichtig an der Stelle und zog einen Gegenstand hervor, den er hochhielt, damit ihn alle sehen konnten.

Es war eine silberne Damensandalette.

Das rechte Gegenstück wurde bei der intensiven Suche, die in den darauffolgenden Tagen stattfand, weder in der Aushöhlung noch im Wäldchen gefunden. Es blieb wie vom Erdboden verschluckt.

»Sie sind eine sehr aufmerksame Beobachterin«, lobte Cleroc die Polizistin. »Wollen Sie nicht zur Kripo wechseln?«

Valérie betrachtete nachdenklich die Frau auf der Bahre.

»Ich glaube, Kirchweihschlägereien sind mir lieber.«

Dann sah sie es. Trotz der Schmutzschlieren im Gesicht des Opfers war sie sich auf einmal absolut sicher. Sie wurde blass.

»Mon dieu«, stieß sie hervor.

Roselin sah sie fragend an. »Was ist denn los, Valérie?«

»Das ist die Frau auf dem Foto.«

Dem Gendarm wurde schlagartig klar, was sie meinte. Er betrachtete das Gesicht eingehend und nickte.

»Du hast recht. Die Tote ist Maryline Leblanc.«

»Sie kennen das Opfer?«, fragte Cleroc verblüfft.

»Nun«, versuchte der Gendarm zu erklären. »In dieser Umgebung und mit der Erde im Gesicht habe ich sie zunächst nicht erkannt. Wahrscheinlich, weil ich die beiden Ereignisse in keinen Zusammenhang gesetzt habe.«

Er verstummte bestürzt. Damit hatte er nicht gerechnet, dass er der jungen schönen Frau, die so unbeschwert in die Kamera gelacht hatte, unter solch dramatischen Umständen wieder begegnen würde.

Valérie begriff, dass ihr Chef momentan nicht in der Lage war, die Situation zu erklären, und übernahm das Wort.

»Die Frau heißt Maryline Leblanc. Heute Morgen ist ihr Mann auf die Wache gekommen und hat sie als vermisst gemeldet. Sein Name ist Jean-Yves Leblanc, er wohnt in Saint-Vaast-la-Hougue.«

Valérie hatte Madame Florence vor dem Haus des Gendarmen abgesetzt. Es lag an einer Sackgasse, die man von der Rue Julie Postel aus erreichte. Die Granitsteinhäuser, die dem rauen Seewind seit hundert Jahren trotzten, waren leicht versetzt aneinander gebaut. Sie waren einstöckig, mit einem spitzen Giebel versehen und verfügten über einen schmalen Vorgarten. Die

Eingangstür von Roselins Reihenhaus war meerblau lackiert ebenso wie die Holzfensterläden. Die Bäuerin öffnete die Pforte, über die sich ein ebenfalls blauer Bogen wölbte, um den sich rosa Clematis ringelten. Sie ging den gepflasterten Weg entlang und wunderte sich, dass er trotz seiner oft langen unregelmäßigen Dienste noch die Zeit gefunden hatte, den Rasen zu mähen. Der Hausschlüssel lag für Notfälle immer unter einer bepflanzten Tonschale neben der Eingangstür.

Sie sperrte auf und trat in den schmalen Flur, der auf der gegenüberliegenden Seite des Hauses an einer Glastür endete, die in den hinteren Garten führte. Über zwei Stufen gelangte man auf die überdachte Terrasse und von dort aus auf das rechteckige Grundstück, das von einer dichten Ligusterhecke umgeben war. Die Blätter eines Feigenbaumes beschirmten einen nierenförmigen, von Schilf umsäumten Teich, in dem sich gelbe, rote und schwarze Goldfische tummelten. Auf der Terrasse befand sich ein gemütlicher Sitzplatz, flankiert von einer in die Jahre gekommenen Hollywoodschaukel und einer Hängematte. Dort hielt der Hauskater Monsieur Maurice auf einem weichen Kissen ein Nickerchen.

»Brigitte, bist du da?«, rief sie laut. »Ich bin es, Florence.«

Es erfolgte keine Reaktion. Wahrscheinlich war Brigitte noch auf dem Reiterhof beschäftigt, das fleißige Mädchen.

In der Küche packte Madame Florence die drei dicken Koteletts aus und legte sie zum Auftauen auf einen Teller. Sie schenkte sich ein großes Glas Leitungswasser ein und sank erschöpft auf einen Stuhl. Normalerweise saß sie gerne draußen auf der Schaukel und schaute den glänzenden Fischen bei ihrem munteren Treiben zu. Doch jetzt war sie froh, alleine und der sengenden Sonne entronnen zu sein. Zum Glück war ihre Vertretung am Stand, ein Mädchen aus der Nachbarschaft, sofort bereit gewesen, die Stellung zu halten und die Gemüsekisten nach Marktschluss in den Lieferwagen zu räumen.

Die sonst so agile Bäuerin fühlte sich kraftlos und völlig erschöpft. Der Tag, der so schön begann, hatte sich in einen Alptraum verwandelt. Das grauenvolle Bild ihrer Entdeckung hatte sich in ihrem Kopf festgesetzt. Wer die Frau wohl war? Wer hatte ihr das angetan? Wer war imstande, einen Menschen im Wald zu vergraben wie einen Müllsack? Wurde sie inzwischen vermisst? Welche bedauernswerten Angehörigen und Freunde würde diese Katastrophe völlig unvorbereitet treffen?

Von einem Moment auf den anderen verließ sie ihre restliche Energie. Ihr Kopf sank auf den Küchentisch, und sie fiel in einen unruhigen Schlaf. Giftige Efeuranken drückten ihr die Luft zum Atmen ab und zerrten erbarmungslos an ihrem Körper. Silberne Lichtreflexe, die wie Sterne aussahen, wirbelten durch ein finsteres Grab. Scharfe spitze Tierzähne bohrten sich in ihren nackten Fuß. Und überall schossen giftgelbe Knollenblätterpilze aus der Erde, die in rasendem Tempo in den schwarzen Himmel wuchsen und aus ihren Lamellen tödliche Dämpfe ausstießen.

Plötzlich schreckte Madame Florence hoch und blickte orientierungslos um sich. Dann begriff sie, dass sie sich in der Küche von Roselin befand. Es war schon nach achtzehn Uhr. Kaum gestärkt durch das Nickerchen erhob sie sich. Es war Zeit, sich um das Abendessen zu kümmern. Eine Stärkung würde ihnen guttun. Sie brühte sich einen starken Kaffee auf und begann, Kartoffeln zu schälen.

Ein Geräusch ließ sie zusammenfahren. Es kam aus dem ersten Stock. Jemand lief über die Holzdielen, dann war es wieder still. Ihr Herz raste. Dann gewann die Vernunft die Oberhand. Brigitte war nach Hause gekommen, natürlich. Sie ging in den Flur und rief nach dem Mädchen. Wieder bekam sie keine Antwort. Mit dem Kartoffelschäler in der Hand stieg sie die Stufen hinauf. Alle Türen zum Korridor waren verschlossen. Sie wusste, wo Brigittes Zimmer lag, und klopfte. Roselins Tochter reagierte nicht. Sie pochte lauter gegen die Tür.

»Hallo, Brigitte, ich bin es, Florence. Darf ich hereinkommen?« Nichts. Jetzt verlor sie die Geduld und riss die Tür auf.

Wie fest genagelt saß das Mädchen an seinem Schreibtisch und starrte auf den Bildschirm ihres Computers. Tränen strömten über ihr Gesicht. Als sie die Anwesenheit der Freundin ihres Vaters bemerkte, klappte sie den Laptop hastig zu.

Florence stand erschrocken im Türrahmen, dann näherte sie sich Brigitte, zog einen Stuhl heran und setzte sich neben sie.

»Was hast du denn, mein Mädchen? Warum weinst du? Ist etwas Schlimmes passiert?«

Sie zog ein zerknülltes Taschentuch aus ihrer Rocktasche und reichte es Brigitte. Dabei musterte sie das Mädchen aufmerksam. Sie hatte abgenommen und sah krank aus. Roselin hatte diese Veränderungen schon häufiger erwähnt und machte sich große Sorgen um seine jüngste Tochter. Bisher war es ihm jedoch nicht gelungen, die Ursache ihres Kummers herauszufinden. Madame Florence beschloss, die Sache in die Hand zu nehmen. Vielleicht würde sich Brigitte eher einer Frau anvertrauen.

»Also, heraus mit der Sprache, was ist los? Du kannst mir vertrauen, das weißt du.«

Abwehrend schüttelte das Mädchen den Kopf.

Florence griff liebevoll nach ihrer zitternden Hand und streichelte sie.

»Lass mich dir helfen, bitte. Wir finden eine Lösung, das verspreche ich dir.«

Brigitte zögerte, dann klappte sie den Laptop auf und drückte einige Tasten. Verständnislos schaute die Bäuerin auf das Fenster, das sich geöffnet hatte.

»Was ist das?«

Brigitte schniefte.

»Das ist ein Internetforum, in dem junge Leute sich kennenlernen und Freundschaften schließen können. Sie berichten, was sie erlebt haben, und stellen Fotos von sich oder anderen ins Netz.«

»Aha.« Madame Florence war erstaunt. »Früher hat man sich persönlich getroffen, wenn man sich etwas erzählen wollte, auf dem Dorfplatz oder am Strand, auch hinter der Kirche am Weiher, nach dem Gottesdienst.«

Trotz ihres Elends musste Brigitte lächeln. »Ja früher, Florence. Heutzutage trifft man sich online.«

»Und warum weinst du dabei?«

Erneut flossen Tränen.

»Ich werde gemobbt. Cybermobbing, weißt du?«

»Nein, kannst du mir das näher erklären?«

»Ein Junge auf dem Reiterhof, der dort jobbt, hat sich in mich verliebt und wollte, dass ich seine Freundin werde. Ich hatte jedoch kein Interesse und habe freundlich, aber bestimmt abgelehnt. Ja, und seitdem schreibt er in diesem Forum schlimme gemeine Bemerkungen über mich, die jeder lesen kann, der dort angemeldet ist.«

»Was für Bemerkungen?«

»Na ja, ich sei fett, hässlich, flachbrüstig, strohdumm, eingebildet, solche Sachen eben.«

»Er beleidigt dich, und jeder kann es lesen?«

»Genauso ist es. Es ist furchtbar peinlich. Bestimmt

lachen alle über mich. Die grässlichen Äußerungen verletzen mich. Ich habe ihn angefleht, damit aufzuhören. Doch er gibt keine Ruhe.«

Florence schüttelte verwundert den Kopf. Es war ihr nicht klar gewesen, auf welche Weise junge Menschen heutzutage kommunizierten und was sie beschäftigte.

»Warum erzählst du diese ganze scheußliche Geschichte nicht deinem Vater? Schließlich ist er Polizist. Er kann diesem Spuk schnell ein Ende bereiten.«

»Das möchte ich nicht. Er hat schon genug um die Ohren. Als ich noch ein Kind war, habe ich irgendwann begriffen, was er alles für uns vier Geschwister tut, wie viel Arbeit er hat und dass er uns zuliebe auf vieles verzichtet. Damals habe mir geschworen, ihm nur Freude zu bereiten. Bitte sag ihm nichts.«

Madame Florence nahm das Mädchen in die Arme und drückte es fest. »Du bist ein Schatz, Brigitte. Dein Vater hat allen Grund, stolz auf dich zu sein.« Sie überlegte kurz.

»Einverstanden, wir regeln die Angelegenheit selbst. Dein Vater muss nichts davon erfahren.«

»Aber wie denn nur, Florence?«

In Brigittes Blick lag abgrundtiefe Hoffnungslosigkeit.

»Na hör mal, traust du mir das etwa nicht zu? Im Alter von acht Jahren war ich Anführerin einer wilden Mädchenbande. Sie hieß ›Weiße Rose‹. Die Mitglieder der ›Roten Rose‹ fürchteten uns.«

Brigitte musste lachen. Es fiel ihr schwer, sich die resolute Frau mit den derben Stiefeln und dem langen altmodischen Rock als keckes kleines Mädchen vorzustellen.

»Wie heißt der Bursche?«, fragte Florence.

»Er heißt Bruno Humbert, und so sieht er aus.« Nach einigen Mausklicks erschien ein Foto auf dem Bildschirm. Es zeigte einen dicklichen Jungen mit unreiner Haut vor einer Pferdebox. Er blickte feixend in die Kamera und versuchte, seine Zahnspange zu verbergen. In der Hand hielt er eine Mistgabel.

Brigitte berichtete betrübt, dass er auf dem Reiterhof verbreitete, sie würde ihre Arbeit schlecht machen und die Pferde nachlässig versorgen. Fehler, die ihm unterlaufen waren, hatte er ihr in die Schuhe geschoben. Daraufhin hatte sie die beiden wertvollsten Tiere nicht mehr pflegen dürfen. Sie war so stolz gewesen, als ihr die Verantwortung für die prämierte Stute Barcelona Loreta und den Zuchthengst Ulu Tayfun übertragen worden war.

»Den fiesen Kerl kenne ich«, stellte Florence fest. »Seine Eltern kaufen regelmäßig an meinem Marktstand ein. Manchmal begleitet er sie. Den Burschen werde ich mir vorknöpfen.«

»Danke, Florence. Hast du schon einen Plan?«

»Selbstverständlich. Wann hat er in den nächsten Tagen Dienst?«

»Er macht diese Woche die Abendschicht.«

»Alles klar, verlass dich auf mich.« Sie zwinkerte Brigitte verschwörerisch zu. Dann fragte sie: »Hast du Lust, mir beim Kochen zu helfen? Das bringt dich auf andere Gedanken. Dein Vater wird ja hoffentlich bald nach Hause kommen. Es war ein langer Tag für ihn.«

Das Mädchen folgte Florence in die Küche und putzte eifrig die Kohlröschen. Dabei summte sie vor sich hin, was die Bäuerin erleichtert zur Kenntnis nahm.

Als ihr Vater endlich eintraf, lief sie in den Keller, um für ihn ein kaltes Bier zu holen.

Roselin nutzte die Gelegenheit und berichtete kurz. Seine Tochter wollte er nicht mit dem Fall belasten.

»Die tote Frau heißt Maryline Leblanc und wohnte mit ihrem kleinen Sohn und ihrem Mann Jean-Yves in Saint-Vaast-La Hougue. Heute Morgen hat er sie als vermisst gemeldet, da war sie schon tot.«

Erneut schien es ihm, als würde er diesen Namen kennen. Jean-Yves Leblanc. Woher denn nur? Er seufzte schwer.

»Das ist eine Tragödie, Florence.«

Ludovic Cleroc fuhr nach Saint-Vaast-la-Hougue, um mit Jean-Yves Leblanc zu sprechen. Es war seine schwere Aufgabe, dem Witwer die traurige Nachricht zu überbringen. Zu allem Überfluss musste er seine Ehefrau Maryline noch im rechtsmedizinischen Institut von Cherbourg identifizieren, um letzte Zweifel auszuräumen. Doch die Kollegen von der Gendarmerie waren sich sehr sicher gewesen, was die Identität der toten Frau betraf.

Wenn der Hauptkommissar einen Fall aufzuklären hatte, kreisten seine Gedanken ausschließlich um das Verbrechen. Er interessierte sich nur noch für seine Arbeit. Deshalb würdigte er die Austernbänke, die sich auf einer Fläche von mehreren Quadratkilometern neben der Küstenstraße ausbreiteten, keines Blickes.

Im Austernzuchtgebiet zwischen den Flüssen Saire und Sinope wurden jährlich ungefähr sechstausend Tonnen der Schalentiere gezüchtet, die sich durch einen leicht nussigen Geschmack auszeichneten und bei Kennern sehr beliebt waren. Für diesen Genuss mussten die Austernfarmer hart arbeiten, und die Gezeiten bestimmten, wann ihre Arbeit begann und endete. Vor allem an Weihnachten und an Neujahr kauften Cleroc und seine französischen Landsleute körbeweise Austern für ihre Familienfeiern.

Die maritime Atmosphäre des Küstenstädtchens entging Cleroc, und den malerischen Hafen nahm er ebenfalls nicht zur Kenntnis.

Das Bild der toten Frau spukte unablässig in seinem Kopf herum. Im Wald hatte er keine Emotionen gezeigt, aber ihr Anblick hatte ihn sehr berührt. Sie war ihrem Mörder begegnet, der sie erschlagen und im Wald vergraben hatte. Solche Kapitalverbrechen kamen auf der ländlichen Halbinsel nur selten vor.

Er fand das Haus der Familie Leblanc ohne große Mühe. Es lag in einem ruhigen Wohngebiet im Westen des Hafenstädtchens und machte einen etwas heruntergekommenen Eindruck. Putz bröckelte von der ehemals weißen Fassade, und von den Holzfenstern blätterte der Lack ab. Der Garten war groß und vernachlässigt. Das ausgedörrte Gras stand hoch, ein auswuchernder gelber Forsythienstrauch verdeckte ein kleines Fenster im Erdgeschoss.

Ludovic Cleroc klingelte an der Eingangstür. Niemand öffnete. Auch auf sein energisches Klopfen reagierte kein Mensch. Er drückte die Klinke nach unten. Die Tür war verschlossen.

Er umrundete gemächlich das Haus. Die Fenster waren trotz der Nachmittagshitze verschlossen, und die Läden standen offen. Im hinteren Teil des Gartens gab es einen Sandkasten und eine Schaukel. Daneben stand ein Trampolin für Kinder. Eine Schaufel und bunte Förmchen lagen auf der Wiese.

Auf einer Leine flatterte Wäsche. Dort hingen neben Männerhemden und Kinderpullovern Spitzenhöschen in verschiedenen Pastellfarben.

Linker Hand befand sich ein geräumiger Schuppen. Die Tür war nur angelehnt, und der Kommissar trat ein. Eine nackte Glühbirne, die an einem Draht von der Decke baumelte, erhellte den Raum notdürftig. Der Holzbau diente offensichtlich als Werkstatt. Auf selbstgezimmerten Regalen standen Kisten mit Werkzeug und Ersatzteilen für landwirtschaftliche Geräte. Kleinere Behälter enthielten Schrauben, Nägel und weitere Eisenwaren. Eine Werkbank erstreckte sich über die gesamte Länge des Gebäudes. Auf dem staubigen Betonboden breiteten sich schillernde Ölflecke aus. Teile eines auseinandermontierten Traktors lagen verstreut auf der Erde.

Er sah einen knienden Mann, der gerade versuchte, mit einem riesigen Schraubenschlüssel eine Mutter an einem Traktormotor zu lösen. Selbst bei den bescheidenen Lichtverhältnissen war zu erkennen, dass sein Gesicht kalkweiß war und die Augen unruhig hin und her huschten. Es fiel ihm sichtlich schwer, sich auf seine Arbeit zu konzentrieren.

Er bemerkte Cleroc erst, als dieser ihn begrüßte und sich vorstellte. Schweigend, in der Bewegung erstarrt, sah der Mann zu, wie sein Besuch auf einer Holzkiste Platz nahm und ihn ernst anblickte.

Als Cleroc die Nachricht überbracht und sein Beileid ausgesprochen hatte, holte Jean-Yves Leblanc aus und schleuderte das Werkzeug gegen eine blinde Fensterscheibe, die in tausend Scherben zerbarst.

Der Hauptkommissar hatte große Mühe, dem Mann Worte zu entlocken. Ihr schleppendes Gespräch entwickelte sich auch in eine ganz andere Richtung, als Cleroc es erwartet hatte.

Der Mann machte nur karge Angaben, gab zögerliche Antworten und verwickelte sich immer mehr in

Widersprüche. Manche Aussagen passten nicht zusammen, andere erschienen unlogisch, wirr und unglaubwürdig.

Misstrauen breitete sich aus. Der Kommissar fragte sich, ob er es tatsächlich mit einem Angehörigen zu tun hatte, der unter Schock stand, oder mit dem Täter.

Er hielt es für höchst unwahrscheinlich, dass Jean-Yves Leblanc keine einzige Freundin seiner Frau kannte und weder über deren Adressen noch Telefonnummern verfügte. Schließlich hatte das Ehepaar ein sechsjähriges Kind. Wäre es einmal krank geworden und hätte nach seiner Mutter verlangt, hätte Leblanc seine Frau Maryline nicht erreichen können.

Womöglich hatte er die Vermisstenanzeige gestellt, um sich selbst zu schützen.

Ludovic Cleroc beschloss, den Mann mit ins Polizeipräsidium nach Cherbourg zu nehmen und dort weitere Befragungen durchzuführen. Als weitere Maßnahme veranlasste er eine Durchsuchung des gesamten Anwesens von Jean-Yves Leblanc. Noch am selben Abend stellten Polizisten das Haus auf den Kopf.

Ein rot gefleckter Lappen unter einem Ginsterbusch erregte ihre Aufmerksamkeit. Schnell stellte sich jedoch heraus, dass es sich bei den Flecken um Lackfarbe handelte.

Am späten Abend dann entdeckte ein Mitarbeiter der Spurensicherung im Schuppen einen Hammer in einer der zahlreichen Kisten. Es handelte sich um einen gewöhnlichen Schlosserhammer, dessen Kopf aus gehärtetem Stahl bestand. Die Finne war unauffällig. Auf der Bahn, der flachen rechteckigen Schlagfläche des Werkzeugs, klebten Blut und einige lange blonde Haare. Auf dem Stiel befanden sich, wie man rasch herausfand, zahlreiche Fingerabdrücke von Jean-Yves Leblanc. Dessen wirre unglaubwürdige Aussagen sowie der Hammer als Beweisstück veranlassten den Kommissar, einen Haftbefehl ausstellen zu lassen.

Der Mann wurde beschuldigt, seine Frau Maryline mit dem Hammer erschlagen und sie anschließend, zur Verdeckung der Straftat, im Wald vergraben zu haben. Die Nacht verbrachte Leblanc im Untersuchungsgefängnis von Cherbourg.

LA BASILIQUE DE TRINITÉ

Die Basilika der Dreifaltigkeit

ZWEITER TAG

Um Punkt sechs Uhr klingelte der Wecker von Roselin Dumas. Das schrille Geräusch riss ihn aus wirren Träumen. Am Vorabend hatte er lange Zeit nicht einschlafen können und sich unruhig im Bett umhergewälzt. Die beängstigenden Geschehnisse, die sich gestern zugetragen hatten, verfolgten ihn. Unausgeschlafen verließ er sein Bett und blickte aus dem Fenster. Grauschwarze Wolken jagten über den Himmel, der Wind rüttelte an den Fensterläden, und Regentropfen prasselten gegen die Glasscheibe. Blätter der Trauerweide wirbelten durch den Garten. Im Teich war kein einziger Goldfisch mehr zu sehen. Sie hatten unter Seerosenblättern Schutz gesucht. Von seinem Haus aus konnte man das Meer nicht sehen, aber er wusste, dass wilde ungestüme Wellen, getrieben von der herannahenden Flut, gegen die Hafenmole schlugen.

Der Gendarm fuhr sich durch seinen ergrauten Haarkranz und gähnte ausgiebig. Er fand, dass das Wetter gut zu seiner Stimmung passte. Seit dem Fund der Frauenleiche war er niedergeschlagen und verstört. Eine Bestie war in die idyllische heile Welt der Halbinsel Cotentin eingedrungen. Die Bewohner würden verunsichert und verängstigt sein und eine rasche Aufklärung fordern. Provinzpolitiker und Tourismusmanager würden um den guten Ruf des Urlaubsparadieses fürchten. Roselin versuchte sich mit dem Gedanken zu beruhigen, dass die Kripo von Cherbourg hervorragende Arbeit leistete. Sie würde den Mörder bald überführen.

Er lauschte. Aus der Küche drangen Geräusche. War Brigitte schon aufgestanden? Er folgte dem Kaffeeduft.

Seine Tochter lief geschäftig hin und her und war mit den Frühstücksvorbereitungen beschäftigt. Sie trug ihre blaue Arbeitshose, das war ein gutes Zeichen. Ihre langen Haare hatte sie zu zwei Zöpfen geflochten, die Wangen glühten vor Eifer. Sie sah aus wie ein Kind. Der Gendarm liebte sein Nesthäkchen über alles.

»Bonjour, mein Liebes, hast du gut geschlafen?«

Sie fiel ihm um den Hals und gab ihm einen dicken Kuss.

»Ja, sehr gut. Bonjour, Papa. Ich habe Frühstück für dich gemacht. Spiegeleier mit Speck, die magst du doch so gerne.«

Sie griff nach der Pfanne auf dem Herd und ließ das köstlich duftende Gericht auf einen Teller gleiten. Monsieur Maurice, der auf der Fensterbank saß, stellte das Putzen seines Felles ein und heftete den Blick begehrlich auf die Speckscheiben.

»Wunderbar. Ich danke dir. So fängt ein Tag gut an«, lobte er sie. »Und was ist mit dir? Frühstückst du nicht mit?«

Es war nur für eine Person gedeckt.

»Keine Zeit, Papa. Ich muss um sieben Uhr auf dem Reiterhof sein«, erklärte sie mit der größten Selbstverständlichkeit.

»Ich fahre dich hin. Es schüttet wie aus Kübeln.«

»Nicht nötig. Iss du deine Eier. Ich habe schon alles geregelt. Tommi, einer der Stallarbeiter, nimmt mich mit. Er ist ein netter Kollege und hat denselben Weg.«

Im Flur schlüpfte sie in ihre Regenjacke.

»Ich muss los, Papa. Bis heute Abend.«

Er bekam noch einen Kuss, dann war sie weg.

Nach dem Frühstück fuhr Roselin Dumas zur Polizeistation. Die Scheibenwischer seines Wagens konnten die vom Himmel stürzenden Wassermassen kaum bewältigen. Er kannte die Strecke im Schlaf. Seine Gedanken wanderten zu seiner Tochter. Er war so erleichtert, dass sie wieder fröhlich und voller Tatendrang war und sich auf die Arbeit auf dem Reiterhof freute. Hoffentlich war die Krise vorbei, was auch immer dahintergesteckt hatte.

Auf der Hafenpromenade waren nur wenige Menschen unterwegs. Windböen zerrten an ihren Schirmen. Die Markisen vor den Restaurants waren eingerollt, die Stühle gekippt und an die Tische gelehnt. Das Bistro »Im Wind der Inseln« war hell erleuchtet. Einige Männer tranken noch schnell einen kleinen Kaffee, bevor sie sich auf den Weg zur Arbeit machten. Im Hafenbecken tanzten Boote auf der bewegten Wasseroberfläche. Der Leuchtturm von Gatteville hatte sich in Dunst gehüllt und war verschwunden.

Roselin rannte die wenigen Meter vom Parkplatz zur Eingangspforte der Gendarmerie. Alain und Pierre saßen schon an ihren Schreibtischen, Valérie lehnte an einem Aktenschrank. Sie unterhielten sich mit ernsten leisen Stimmen und tranken Kaffee. Die Polizistin bemerkte ihren Chef zuerst.

»Guten Morgen, Roselin. Was für ein Wetter! Gib mir deine Uniformjacke! Ich hänge sie zum Trocknen auf einen Bügel.«

»Guten Morgen. Danke, Valérie.«

»Möchtest du einen Kaffee?«

»Sehr gerne.«

Er setzte sich zu den Polizisten. Sie hatten natürlich über den Mord gesprochen.

»Das war gestern ein schlimmer Tag für uns alle«, begann er. Es war ihm klar, dass sie eine Rückmeldung von ihm erwarteten. Er konnte sich jetzt nicht einfach in sein Büro zurückziehen. »Ich möchte euch für euren besonnenen und kompetenten Einsatz danken.«

»Ich habe mich blamiert, Chef«, platzte Alain heraus. »Es tut mir leid, dass ich wie ein Anfänger auf den Anblick der Leiche reagiert habe.« Es wirkte wie das personifizierte schlechte Gewissen.

»Rede keinen Unsinn, Alain«, antwortete Roselin. »Das hätte jedem von uns passieren können. Du hast dich tapfer geschlagen. Der Anblick der toten Frau war sehr aufwühlend. Niemand hat sie beschützen können, und jetzt ist ein Leben ausgelöscht.« Er musste sich räuspern. Die aufgerissenen, glanzlosen, smaragdgrünen Augen ließen ihn nicht los. »Auf bestialische Weise«, fügte er mit leiser Stimme hinzu.

»Danke, Chef.«

»Es ist in Ordnung, Alain. Ihr seid ein tolles Team. Auf euch kann ich mich verlassen. Ich bin stolz auf euch. Nun hoffen wir, dass die Kollegen von der Kripo Cherbourg den Mörder so schnell wie möglich finden.«

»Sie haben ihn schon«, berichtete Valérie. Sie war aufgrund ihres guten Netzwerkes immer auf dem neuesten Stand. Der Leiter des Drogendezernates im Polizeipräsidium von Cherbourg war ein glühender Verehrer von ihr. Beide waren besessene Pferdenarren, und wann immer ihr Dienstplan es erlaubte, ritten sie gemeinsam aus. Am liebsten jagten sie über die endlos langen Strände des Cotentin, oder sie trabten durch dunkle verwunschene Wälder im Herzen der Halbinsel. Wenn sie um die Wette ritten, musste der Drogenpolizist häufig eine Niederlage hinnehmen. Das war ihm jedoch völlig gleichgültig, solange die bezaubernde junge Frau ihn als ihren Begleiter akzeptierte und sich nicht mit ihm langweilte.

»Sie haben ihn schon«, wiederholte Roselin verblüfft. »Wie ist denn das möglich? Können die Kollegen zaubern?« Neugierig beugte er sich vor. »Wer ist es?«

»Jean-Yves Leblanc, der Ehemann der toten Frau, wurde gestern Abend verhaftet. In seiner Werkstatt fand man einen Hammer. An der Schlagfläche klebten Blut und lange blonde Haare. Außerdem verwickelte er sich bei seinen Aussagen in Widersprüche.«

Dem Gendarm verschlug es die Sprache. Dann fiel ihm ein, wer Jean-Yves Leblanc war.

Alleine in seinem Büro ignorierte Roselin die Aktenstapel und unternahm gedanklich eine Reise in die Vergangenheit. Jean-Yves, damals Yvi genannt, war im Kindergarten sein bester Freund gewesen. Sie waren unzertrennlich und hielten zusammen wie Pech und Schwefel. Roselin Dumas war schon als Kind ein wenig rundlich gewesen, Yvi hingegen war schmächtig und klein für sein Alter. Der katholische Kindergarten von Barfleur war damals in einer stattlichen weißen Villa untergebracht und wurde von Ordensschwestern geleitet. Sie trugen immer eine makellose graue Tracht und praktische schwarze Schuhe, die sie auch brauchten, damit sie ihre lebhaften Schützlinge einfangen konnten. Ein herrlicher verwilderter Garten umgab die Villa, und die Nonnen hielten sich mit den Kindern, sooft es möglich war, im Freien auf. Sie spielten mit ihnen Verstecken, ließen sie auf Bäume klettern und die Ziegen streicheln. Voller Warmherzigkeit betreuten die Ordensfrauen die ihnen anvertrauten Kinder. Nur einmal war Gertrude, die Schwester Oberin, richtig wütend geworden.

Wenn Roselin und Yvi sich unbeobachtet fühlten, spielten sie »Cowboy und Indianer« und ritten auf den gutmütigen Tieren mit den spiralförmigen Hörnern. Und sie heckten gerne Streiche aus.

Eines Tages sammelten sie an einem Tümpel Laubfrösche und setzten sie in einen Eimer. In der Kindergartenküche kippten sie ihre Beute in einen Topf, den sie mit einem Deckel verschlossen und zu den anderen Behältnissen auf den Herd stellten, in denen ihr Mittagessen köchelte. Dann versteckten sie sich im Putzschrank, den sie einen Spalt offen ließen.

Schon betrat Schwester Gertrude die Küche. Die Jungen wussten, dass sie Laubfrösche verabscheute, obwohl sie Geschöpfe Gottes waren. Irritiert blickte sie auf die Anzahl der Töpfe. Einer zu viel stand auf dem Herd. Sie hob den Deckel, und achtundzwanzig grüne glitschige Frösche sprangen dem Licht entgegen in die Freiheit. Sie schlitterten über den Fliesenboden, hüpften panisch in alle Richtungen, und eine vom Pech verfolgte, besonders fette, neongrüne Amphibie stürzte in die Küchenschürzentasche von Gertrude. Die Nonne zerrte sich schreiend den Kittel vom Leib, schleuderte ihn voller Abscheu auf den Boden und flüchtete.

Die Jungs im Schrank freuten sich, dass ihnen ein solch kolossaler Streich gelungen war. Roselin wälzte sich kichernd hin und her und kugelte aus dem Versteck. So war damals ihre Deckung aufgeflogen.

Als Strafe mussten sie eine Woche lang das Puppengeschirr abspülen und die Gemüsebeete harken und gießen.

Im Sommer vor der Einschulung zog Yvi mit seiner Familie weg von Barfleur, und die beiden Freunde verloren sich aus den Augen. Jahre später trafen sie sich zufällig auf einem Fischerfest in Réville, danach sahen sie sich nie mehr.

Tief in Gedanken versunken lächelte der Gendarm vor sich hin. Sie waren behütet aufgewachsen. Was war das damals für eine sorglose glückliche Zeit gewesen!

Das Klingeln des Telefons holte ihn abrupt in die Gegenwart zurück.

»Gendarmerie Barfleur, Sie sprechen mit dem Dienststellenleiter Roselin Dumas, bonjour.«

»Bonjour, mein Name ist Marc Pinard. Schön, dass ich Sie gleich am Apparat habe, Monsieur Dumas. Ich möchte gerne mit Ihnen sprechen.«

»Bonjour, Monsieur Pinard. Was kann ich für Sie tun?«

»Ich bin der Pflichtverteidiger von Jean-Yves Leblanc. Er wurde gestern unter dem dringenden Tatverdacht, seine Frau Maryline getötet zu haben, in Untersuchungshaft genommen.«

»Ja, ich weiß.«

»Leblanc will mit Ihnen sprechen. Nur mit Ihnen. Er weigert sich, mit Hauptkommissar Cleroc zu reden, ebenso wie mit mir. Die einzige Aussage, die er ständig wiederholt, ist, dass er seine Frau nicht getötet hat. Er sagt, dass sie sich von früher kennen. Ist das richtig?«

»Ja, das ist richtig. Heute Morgen ist mir eingefallen, warum mir der Name so bekannt vorkam. Wir haben zusammen den Kindergarten besucht und waren damals sehr gute Freunde.«

Marc Pinard berichtete, was vergangene Nacht geschehen war. Jean-Yves Leblanc war in seiner Zelle durchgedreht. Er hatte das Abflussrohr des Waschbeckens aus der Wand gerissen und damit auf die karge Einrichtung seiner Unterkunft eingedroschen. Wärter, die alarmiert in die Zelle gestürzt waren, hatten ihn in letzter Sekunde davon abhalten können, mit der Stirn gegen die Wand zu schlagen. Ein herbeigerufener Arzt hatte ihm eine Beruhigungsspritze gegeben.

Der Pflichtverteidiger fuhr fort: »Jetzt sitzt mein Mandant wie paralysiert in seiner Zelle und verweigert jegliche Kommunikation. Können Sie kommen?«

Der Gendarm überlegte nur kurz. Ja, einen Besuch war er Jean-Yves schuldig.

»Wenn das möglich ist?«

»Der Staatsanwalt hat nichts dagegen. Ihm wäre es lieber, wenn Leblanc kooperiert. Sie können ihn heute Nachmittag sehen.«

»Einverstanden. Ich komme.«

»Ich danke Ihnen sehr, Monsieur Dumas. Hoffentlich bringt uns Ihr Besuch weiter.«

»Das hoffe ich auch. Kann ich einen Kollegen mitbringen?«

»Selbstverständlich. Ich regle das.«

Philippe Lagarde hatte im kleinen gemauerten Anbau seines Hauses, den er als Werkstatt und Lagerplatz für das Kaminholz nutzte, ein Blumenspalier weiß lackiert. Der Regen hatte aufgehört, Sonnenstrahlen schoben sich durch die sich auflockernden Wolkenschichten. Er trug das Gitter zur Vorderfront des Hauses und begann, es in der Wand zu verschrauben. Sorgsam achtete er darauf, die blauen Hortensien mit ihren prallen runden Blütenköpfen nicht zu beschädigen. Zarte, rosafarbene Rosen sollten sich an dem Spalier emporranken.

Der Kommissar im Ruhestand bewohnte ein altes Natursteinhaus, das ein Stück außerhalb von Barfleur auf einer Anhöhe Wind und Wetter trotzte. Auf dem bleigrauen Schieferdach ragten zwei schmale hohe Kamine in den Himmel. Die unterschiedlich großen, geschichteten Steine der Außenwände wiesen alle nur erdenklichen Grauschattierungen auf, durchsetzt von wenigen roten und orangen Ziegelsteinen.

Das Haus lag oberhalb einer kleinen geschwungenen Sandbucht. Vom Garten führte ein Weg durch ein Seekiefernwäldchen zu einem Flecken Strand, der bei Flut überspült wurde. Ausgehöhlte Felsen, die das Kleinod begrenzten, dienten Sturmmöwen als Nistplatz.

Lagarde hatte bei einer Spezialeinheit der französischen Polizei seinen Dienst verrichtet. Sie kam bei Terroranschlägen oder Geiselnahmen zum Einsatz. Eine weitere Aufgabe war der Schutz des Präsidenten und hochrangiger Politiker bei öffentlichen Auftritten. Der Kommissar hatte bei Geiselnahmen häufig die Verhandlungen geführt. Bei seinem letzten Einsatz vor fast zwei Jahren hatte ihm ein in die Enge getriebener Geiselnehmer in die linke Schulter geschossen. Nach langer Rekonvaleszenz hatte er sich entschlossen, in den Ruhestand zu gehen.

Seitdem wurde er manchmal als Berater bei komplizierten Ermittlungen hinzugezogen. An der Polizeiakademie von Rennes hielt er Seminare für Polizeianwärter und Anwärterinnen und führte Fortbildungskurse für Kollegen durch. Seine unkonventionellen Vorträge über verschiedene Aspekte der Polizeiarbeit erweckten stets das volle Interesse und die Begeisterung der Zuhörer. Nur mit dem Züchten von Rosen konnte er sich nicht zufriedengeben.

Das Vibrieren der Bohrmaschine hatte seine verletzte Schulter nicht verziehen und forderte nun eine Ruhepause. Er beschloss, einen Kaffee aufzubrühen und sich mit seinem Laptop auf die Terrasse zu setzen. Er bereitete ein Seminar vor, das die Erkennung und Entdeckung von getarnten, versteckten Sprengkörpern bei Großveranstaltungen zum Inhalt hatte. Konzentriert begann er sich Notizen zu machen, als sein Telefon klingelte.

Roselin hatte Philippe Lagarde mit seinem Dienstwagen von zu Hause abgeholt und fuhr auf der Nationalstraße nach Cherbourg. Die letzten Regenwolken hatten sich verzogen, weißgrauer Dunst erhob sich träge von den Feldern. Rechter Hand ihres Weges hatte bis zum Jahr 1950 ein Zug die Städte Saint-Vaast-la-Hougue und Cherbourg verbunden. Einheimische hatten ihm den Spitznamen »Kuhtöter« gegeben, weil er ständig mit Kühen zusammengestoßen war. Bei Fermanville hatte er ein Tal über ein Granitviadukt überquert.

Linker Hand erstreckte sich das Tal der Saire. Neun Mühlen hatten sich früher am Fluss aufgereiht, der sich durch eine sanfte Graslandschaft und Gemüsegärten schlängelte.

Bei Saint-Pierre-Eglise waren einige frühgeschichtliche Steinsetzungen zu finden. Aufrechte Hinkelsteine bildeten rätselhafte Aufstellungen und Steinkreise.

Bald erreichten sie Tourlaville, einen Vorort von Cherbourg. Dort befand sich das stattliche Renaissanceschloss Ravalet aus dem 16. Jahrhundert mit seinem bezaubernden Park. Durchsetzt von Blumenbeeten, Teichen, Bachläufen, Quellen und Baumgruppen lud er zu einem Spaziergang ein. Die exotischen Pflanzen in den Blumenparks rund um Cherbourg gingen auf Meeresexpeditionen von Forschern zurück, die sie aus fernen Ländern mitgebracht hatten.

Der Gendarm hatte Lagarde angerufen und ihn gebeten, ihn in das Untersuchungsgefängnis zu begleiten und bei dem Gespräch mit Jean-Yves Leblanc anwesend zu sein. Er hatte das Gefühl, dass er die Unterstützung des erfahrenen Kommissars benötigen könnte, da er durch die frühere Freundschaft vielleicht etwas voreingenommen war. Während der Fahrt erzählte er ihm von den gemeinsam verbrachten Kindertagen und dass sie sich irgendwann aus den Augen verloren hatten.

»Jetzt verlangt er danach, mich zu sprechen«, fuhr Roselin fort. »Sein Pflichtverteidiger hat mich angerufen. Sie kommen bei den Befragungen nicht weiter. Jean-Yves verweigert jegliche Zusammenarbeit. Er wiederholt nur immer wieder, dass er seine Frau nicht getötet hat. Ich frage mich, was er von mir will.«

»Vermutlich sollst du ihm helfen, seine Unschuld zu beweisen«, mutmaßte Lagarde. »Er vertraut dir.«

»So wie es aussieht, wurde das Mordwerkzeug in seiner Werkstatt gefunden. Seine Fingerabdrücke wurden darauf sichergestellt.«

Lagarde zuckte mit den Schultern. »Das beweist gar nichts. Wenn es sich um seinen Hammer handelt, ist es logisch, dass seine Fingerabdrücke sich darauf befinden. Und das Ergebnis der DNA-Analyse liegt noch nicht vor.«

»Das ist richtig, Philippe. Aber an der Schlagfläche des Hammers klebten an den Blutspuren blonde Haare. Es ist doch offensichtlich.« Der Gendarm stöhnte gequält. »Ich habe die tote Frau gesehen, Philippe. Eine wunderschöne junge Frau mit langen blonden Haaren. Der Anblick der reglosen Gestalt und ihrer erloschenen Augen war entsetzlich. Ich werde ihn nie vergessen. Was, wenn mein alter Freund Yvi tatsächlich ein Mörder ist?«

»Wir reden jetzt erst einmal mit ihm und hören, was er zu sagen hat. Dann sehen wir weiter.«

»Sie haben einen sechsjährigen Sohn, Philibert. Was soll dann aus ihm werden? Die Mutter wurde getötet, und der Vater sitzt im Gefängnis.«

»Beruhige dich, Roselin. Wichtig ist jetzt das Gespräch mit ihm. An der Kreuzung musst du dich links einordnen.«

Das Untersuchungsgefängnis lag in der Nähe des Hafens. Es war ein modernes, funktionales Gebäude. Lagarde kannte es von früheren Besuchen und fand es abstoßend. Allein die Aussicht vom Parkplatz auf die Reede von Cherbourg war spektakulär. Der Monumentalbau aus dem 18. Jahrhundert stellte ein eindrucksvolles Gesamtwerk der Wehrarchitektur dar.

Der Himmel wölbte sich wie glasiertes hellblaues Porzellan über dem Ärmelkanal. Boote einer Segelschule glitten in strenger Formation jenseits der Hafenmole auf das in der Sonne glitzernde Meer hinaus. Die hellroten Segel wirkten wie winzige Dreiecke, die sich selbständig gemacht hatten.

Als Anlaufhafen für den transatlantischen Schiffsverkehr hatte Cherbourg einst die »Titanic« empfangen. Am 10. April 1912 gingen hier 281 Passagiere an Bord. Der Ozeanriese machte sich auf den Weg zu seiner einzigen Reise, die in einer beispiellosen Katastrophe endete.

Der Fährhafen Cherbourgs, das Tor nach Amerika, war im Art-déco-Stil erbaut. Tausende von Menschen hatte man nach New York einschiffen sehen, darunter Berühmtheiten wie Charlie Chaplin oder Salvador Dalí.

Die beiden Männer betraten das Untersuchungsgefängnis und meldeten sich am Empfang. Eine Weile warteten sie schweigend. Dann kam ein Polizist. Er führte sie über eine Treppe in das Untergeschoss, wo sich die Zelle von Jean-Yves Leblanc befand. Sie folgten dem Mann einen schmalen hohen Gang entlang. Ihre Schritte hallten, ansonsten war es totenstill. Die Wände waren grau gestrichen, die Stahltüren, die zu den Zellen führten, waren schwarz lackiert. Roselin bemerkte, dass ihm das Atmen schwerfiel. Ein beklemmendes Gefühl breitete sich in seinem Körper aus. Er fragte sich, wie er wohl reagieren würde, wenn man ihn in solch einen Raum mit verriegelter Tür stecken würde. Vielleicht würde er in seiner Verzweiflung auch mit der Stirn gegen die Wand schlagen. Er blickte Lagarde an, der mit ernster Miene die deprimierende Umgebung musterte.

Der Polizist entriegelte eine Zellentür. »Sie können bleiben, solange Sie wollen, hat der Staatsanwalt gesagt. Klopfen Sie einfach, wenn Sie fertig sind.«

Dumas und Lagarde betraten den Raum und hörten, wie die Tür geschlossen und verriegelt wurde.

Die Zelle war winzig klein. Spärliches Licht fiel durch ein kleines vergittertes Fenster. Die grauen Wände wiesen an manchen Stellen Kratzspuren auf, die Zeichnungen oder Buchstaben darstellten. In einem Herz, das von einem Pfeil durchbohrt wurde, konnte man den Namen »Mary« erkennen. Auf der linken Seite stand neben der Toilette ein mit der Wand verschraubter Tisch mit einem Stuhl. Gegenüber befand sich ein Bett mit zwei rauen Decken und einem kleinen Kopfkissen. Davor gab es ein Waschbecken aus Edelstahl.

Jean-Yves Leblanc saß mit angezogenen Knien auf der Pritsche und wippte mit dem Oberkörper vor und zurück, den Blick starr auf das Herz an der Wand gerichtet.

Langsam drehte er den Kopf. Irritiert musterte er die beiden fremden Eindringlinge. Dann huschte ein flüchtiges Lächeln über sein Gesicht. Er erhob sich mühsam und ging einen Schritt auf den Gendarm zu.

»Du bist gekommen, Roselin, mein alter Freund. Du lässt mich nicht im Stich, ich habe es gewusst. Ich habe es einfach gewusst.«

Seine Stimme bebte.

Zögerlich standen sich die beiden Männer gegenüber. Der Gendarm in seiner schmucken Uniform, Leblanc in zerknitterter Gefängniskleidung, das Gesicht aschfahl und zerfurcht, die Augen rot und verschwollen. Der eine klein und rund, der andere groß und massig.

Roselin entschied sich als Erster, wie die Begrüßung ausfallen sollte. Er umarmte seinen Freund aus Kindertagen und klopfte ihm unbeholfen mit der Hand auf den Rücken. Leblanc roch nach altem Schweiß.

»Ich musste kommen, Yvi, ich konnte nicht anders.«

»Wer ist dieser Mann, Roselin?« Leblanc fixierte Lagarde misstrauisch.

»Das ist ein sehr guter Freund. Du kannst ihm vertrauen.«

Philippe Lagarde machte einen Vorschlag. »Setzen wir uns doch, und Sie, Monsieur Leblanc, erzählen uns, was passiert ist.«

»Einverstanden.«

Der Gendarm setzte sich neben seinen Freund auf die Pritsche, Lagarde nahm den einzigen Stuhl.

Roselin Dumas griff in die Innentasche seiner Jacke und holte drei kleine Flaschen Bier der Marke 1664 hervor, die er aufmunternd lächelnd verteilte. Die Männer schraubten den Kronkorken ab und tranken. Es war dem Gendarm klar, dass er gegen geltende Vorschriften verstieß und Jean-Yves ein Tatverdächtiger war, versprach sich aber, dass er mir dieser Geste die Atmosphäre auflockern konnte. Philippe Lagarde nahm den Regelverstoß gelassen hin, er verstand, was Roselin damit bezwecken wollte.

Leblanc danke leise, fuhr mit der Hand über sein Gesicht und begann zu erzählen.

Maryline war zum Frühstück nicht nach Hause gekommen. Das hatte es noch nie gegeben. Sie hatte immer großen Wert darauf gelegt, gemeinsam mit ihrem Sohn Philibert und ihrem Mann die erste Mahlzeit des Tages einzunehmen.

Die Polizistin mit den roten Haaren hatte er angelogen. Seine Frau hatte die Nacht nicht bei irgendeiner Freundin verbracht. Wenn sie nicht nach Hause kam, übernachtete sie bei Michel, ihrem Schwager. Der war mit Fabienne, Jean-Yves' Schwester, verheiratet. Maryline und Michel pflegten seit Jahren ein Verhältnis. Er hatte davon beinahe von Anfang an gewusst. Und er hatte es geduldet. Als Maryline nicht kam, hatte Jean-Yves immer wieder versucht, Michel auf seinem Handy zu erreichen. Es war jedoch ausgeschaltet gewesen. Er war zu Michels Mobilheim gefahren, das er mit Fabienne bewohnte, und hatte an der Tür geklingelt und geklopft. Niemand hatte geöffnet. Auch als er aufgebracht gegen die Fensterscheiben gehämmert hatte, erfolgte keine Reaktion. Rastlos war er mit seinem Wagen die Straßen abgefahren, die Maryline auf ihrem Heimweg benutzt haben könnte. Als er keine Spur von ihr gefunden hatte, war er in Panik geraten.

»Ich bin zur Gendarmerie gefahren und habe eine Vermisstenanzeige aufgegeben. Ich wollte, dass nach meiner Frau gesucht wird. Ich dachte, sie sei vielleicht auf dem Heimweg angefahren oder überfallen worden. Auch eine Entführung zog ich in Betracht. Und jetzt ist sie tot, sagt die Polizei. Getötet und verscharrt wie ein Tier.«

Er heulte hemmungslos. Dann fasste er sich wieder und forderte: »Ihr müsst mit Michel reden. Vielleicht weiß er etwas. Vielleicht hat Maryline etwas erzählt, als sie bei ihm war. Vielleicht wollte sie vor unserem Frühstück noch irgendwo anders hin. Ihr müsst den Mörder finden. Dann bringe ich ihn um. Das schwöre ich.«

»Langsam, Jean-Yves«, versuchte Roselin ihn zu beruhigen. »Warum hast du der Polizistin nicht erzählt, dass deine Frau sich die ganze Nacht bei ihrem Schwager aufgehalten hatte?«

»Es war mir unangenehm, als gehörnter Ehemann dazustehen. Außerdem habe ich gedacht, dass nach ihrem Besuch bei Michel ein Unglück geschehen ist.«

»Wie ist sie denn zu Michel gekommen? Mit dem Auto?«

»Nein, nein. Von unserem Haus sind es nur eineinhalb bis zwei Kilometer bis zu seinem Mobilhome. Es steht auf einem großen Grundstück direkt am Meer. Maryline ist zu Fuß gegangen oder mit dem Fahrrad gefahren.«

»Steht ihr Fahrrad zu Hause?«

»Keine Ahnung, darauf habe ich nicht geachtet.«

Lagarde sah Leblanc nachdenklich an. »Sind Sie nicht auf die Idee gekommen, dass dieser Michel Ihrer Frau etwas angetan haben könnte?«

Verblüfft erwiderte Leblanc seinen Blick. »Nein, das ist ausgeschlossen. Michel würde ihr nichts tun. Ich glaube, er liebt sie fast so sehr wie ich.«

Er war in seine Schilderungen so vertieft, dass er nicht bemerkte, dass er von Maryline in der Gegenwart sprach.

Roselin hakte nach. »Hat es dich nicht gestört, dass du betrogen wurdest?«

»Sagen wir so, ich habe es hingenommen. So wie ich ihre sexuellen Eskapaden mit anderen Männern hingenommen habe.«

»Und Fabienne, deine Schwester? Hat sie von dem Verhältnis gewusst?«

»Das glaube ich nicht. Sie neigt zu rasender Eifersucht und hätte Michel die Hölle heißgemacht. Wir haben nie darüber gesprochen.«

»Aber du hast es gewusst. Und du wolltest Maryline auf keinen Fall verlieren.«

»Genauso ist es.«

Er erzählte seinen Besuchern, wie er Maryline auf einer Kirmes kennengelernt hatte. Niemals hätte er gedacht, dass die schöne, junge Frau sich mit ihm einlassen würde. An jenem Abend war sie beschwipst gewesen und hatte zugelassen, dass er sie hinter einem Zuckerwattestand in der Dunkelheit liebte. Danach ging er davon aus, dass er dieses bezaubernde Geschöpf nie wiedersehen würde. Doch eines Tages stand sie vor seiner Tür und teilte ihm mit, dass sie schwanger war. Sie wollte einen Vater für ihr Kind und forderte geregelte Verhältnisse. Sechs Wochen später hatten sie geheiratet. Er betrachtete die ungewollte Schwangerschaft als absoluten Glücksfall, weil er Maryline so an sich binden konnte. Ansonsten hätte er sie sicherlich nie wiedergesehen.

Seine Frau war von Anfang an mit ihrer Ehe unzufrieden. Er war ein einfacher Arbeiter und konnte ihr nicht bieten, was sie sich erträumte. Auch brachte er keinerlei Interesse für Kunstausstellungen und andere kulturelle oder gesellschaftliche Veranstaltungen auf. Sie blieb nur Philibert zuliebe bei ihm und hatte immer wieder Beziehungen zu anderen Männern, die sie auch nicht verheimlichte. Michel Rigou besuchte sie seit Jahren regelmäßig, mehrmals in der Woche. Er war jünger als Jean-Yves und viel attraktiver. Ein charmanter Taugenichts, der vom Pflegegeld seiner Frau lebte und um Arbeit einen großen Bogen machte. Er war so eine Art Lebenskünstler. Maryline fand ihn viel amüsanter als ihren Mann, der am liebsten in seiner Garage an Traktoren herumschraubte und im Laufe der Jahre immer wortkarger und verschlossener geworden war. Kurz und gut, mit Michel hatte sie mehr Spaß und sicherlich so viel Sex, wie sie wollte.

»Dieser Kommissar Cleroc ist felsenfest davon überzeugt, dass ich meine Frau umgebracht habe. Ich habe den Eindruck, dass er gar nicht in andere Richtungen ermittelt. Wenn die DNA-Analyse vorliegt, wird der Staatsanwalt Klage wegen Mordes erheben, und ich gehe lebenslänglich ins Gefängnis. Was wird dann aus meinem Sohn?« Tränen liefen Leblanc über das Gesicht. »Ich habe Maryline nicht umgebracht. Ich habe sie bedingungslos geliebt. Auch wenn ich es nicht so zeigen konnte. Ihr müsst mir helfen, ich bitte euch. Helft mir!«

»Was ist mit dem Hammer?«, wollte Lagarde wissen.

»Ich bestreite ja gar nicht, dass es mein Hammer ist. Ich gebrauche ihn häufig. Jemand hat ihn genommen, Maryline erschlagen und ihn dann wieder an seinen Platz gelegt. Eine andere Erklärung habe ich nicht.«

Philippe Lagarde überlegte. »Also gut«, meinte er. »Wir sprechen mit Michel Rigou. Sozusagen als Freundschaftsdienst von Roselin. Aber ich werde Kommissar Cleroc darüber informieren. Er leitet die Ermittlungen. Wenn er selbst mit Ihrem Schwager sprechen will, ist das natürlich in Ordnung und nicht zu ändern. Er arbeitet sehr sorgfältig. Mehr können wir im Moment nicht tun. Aber wir bleiben in Kontakt, das verspreche ich Ihnen.«

»Wir werden nichts unversucht lassen, um deine Unschuld zu beweisen«, versicherte Roselin seinem alten Freund.

»Du kannst dich auf uns verlassen.«

Sie tranken den letzten Schluck aus ihren Bierflaschen, und nachdem Roselin sie wieder verstaut hatte, klopften sie nach dem Wärter.

Philippe Lagarde lotste Roselin durch den hektischen Feierabendverkehr von Cherbourg zu einer Hafenkneipe. Er hatte Durst und wollte die frische Meeresbrise einatmen. Die beklemmende Atmosphäre des Untersuchungsgefängnisses hatte sich auf sein Gemüt gelegt. Roselin quetschte seinen Wagen in eine enge Parklücke, und sie schlenderten an der Kaimauer entlang zu der Kneipe, die bei den einheimischen Fischern sehr beliebt war. Touristen verirrten sich nur selten dorthin. Weite Sandflächen, durchzogen von Prielen, dehnten sich vor ihnen aus. Am Horizont war als blaues Band das Meer zu erkennen. Umgekippte bunte Fischerboote lagen auf dem Schlick. Zwei kleine Kinder in Begleitung ihrer Mutter zogen konzentriert ihre Kescher durch einen flachen Wasserlauf. Jedes Mal, wenn sie die kleinen Netze aus dem Bach hoben, jubelten sie über ihren Fang und zeigten ihn voller Begeisterung ihrer Mutter.

»Schau, Maman, schau doch, was wir gefangen haben.«

Es waren winzige, zappelnde, rosa Krebse, die in einem Eimer landeten.

Das Mädchen mit den blonden Zöpfchen und der herzförmigen Sonnenbrille erinnerte Lagarde an Amélie, deren Bekanntschaft er letzten Sommer gemacht hatte.

Die beiden Männer setzten sich unter die blaue Markise an einen wackeligen Holztisch nahe dem Kai. Blätter einer Bananenstaude, die in einem Holzbottich prächtig gedieh, wiegten sich im lauen Wind. Weitere Tische waren von Fischern in Arbeitskleidung besetzt, die sich lautstark unterhielten und sich lachend auf die Schenkel klopften. Sie tranken roten Wein aus Wassergläsern und rauchten filterlose Zigaretten. Einer von ihnen machte sich gerade über einen riesigen Teller mit Bigorneaux her, kleinen schwarzen Strandschnecken. Ein anderer berichtete mit lebhaften Gesten von einem Rochen, der ihm ins Netz gegangen war. Die Spannweite seiner Arme reichte nicht aus, um die Breite des Fisches zu demonstrieren.

Der Kommissar bestellte Pastis und eine Karaffe Eiswasser. Als der Wirt, der mit seinem Holzbein wie Long John Silver von der Schatzinsel aussah, die Getränke und eine Schale mit Oliven und Nüssen serviert hatte, goss Lagarde Wasser in den Anisschnaps, der sich dadurch milchig gelb verfärbte.

Tief atmete er den unvergleichlichen, von ihm so sehr geliebten Geruch des Meeres ein und beobachtete amüsiert die Kinder. Dann trank er einen Schluck und richtete den Blick auf Roselin.

»Was hältst du von den Schilderungen deines Freundes? Sagt er die Wahrheit?«

Roselin überlegte lange und knabberte an einer Olive.

»Ich traue ihm eine Gewalttat eigentlich nicht zu. Im Kindergarten war er ein ganz sanftmütiger kleiner Kerl, der auch gerne mit den Mädchen in der Puppenecke spielte.«

»Menschen können sich ändern, Roselin.«

»Ja, ich weiß.«

»Jean-Yves wurde jahrelang von seiner Frau betrogen. Sie hat nicht einmal versucht, diesen Vertrauensbruch vor ihm geheimzuhalten. Was hat dieses Verhalten mit ihm gemacht? Hat er resigniert, oder hat sich Zorn in ihm aufgestaut, der nicht mehr zu kontrollieren war?«

»Ich finde, er hat sehr glaubwürdig gewirkt.«

»Oder er kann gut lügen.«

»Ja, das mag sein. Ich bin jedoch fest davon überzeugt, dass er seine Frau trotz allem geliebt hat.«

»Das glaube ich auch. Aber es könnte doch sein, dass sein unterdrückter Groll nach all den Jahren der Demütigung explodiert ist. Er hat Maryline möglicherweise bei einem heftigen Streit im Affekt erschlagen. Dann würde es sich nicht um einen geplanten Mord handeln, und die Strafe würde geringer ausfallen.«

»Oder er ist nicht der Täter, und jemand hat seinen Hammer genommen.«

»Wenn jemand einen Hammer stiehlt, mit diesem Werkzeug einen Menschen erschlägt und es dann wieder zurücklegt, um den Besitzer zu belasten, handelt es sich eindeutig um Mord.«

Der Gendarm grübelte über diese Theorien nach und fuhr zusammen, als ein Fischer am Nebentisch in schallendes Gelächter ausbrach.

»Was machen wir jetzt, Philippe?«

»Ich rufe Ludovic Cleroc an und informiere ihn über unser Gespräch. Wenn er nichts dagegen hat, fahren wir morgen früh nach Saint-Vaast und sprechen mit Michel Rigou.«

Lagarde hatte Glück und erreichte Ludovic Cleroc auf Anhieb. Der Hauptkommissar freute sich sehr über seinen Anruf.

»Bonjour, Philippe, alter Knabe, schön, mal wieder von dir zu hören. Wie geht es dir?«

»Mir geht es gut, Ludovic. Und dir?«

»Ich habe viel Arbeit, wie immer. Wir könnten doch mal wieder einen trinken gehen und über alte Zeiten plaudern. Was meinst du?«

»Sehr gerne, Ludovic.«

»Erinnerst du dich noch an die Geschichte mit dem durchgeknallten Typen in der Kirche?«

»Wie könnte ich die vergessen, Ludovic?«

Vor einigen Jahren, an einem stürmischen bitterkalten Sonntagmorgen im Dezember, war ein bewaffneter Mann während des Gottesdienstes in die Basilique de Trinité eingedrungen. Die Kirche lag in der Nähe des

Hafens von Cherbourg und wies mit ihren hängenden Schlusssteinen der Gewölbe im Langhaus eine von Touristen gerne bestaunte Besonderheit auf.

Der Mann sprang zum Pfarrer auf die Kanzel und richtete ein Maschinengewehr auf die entsetzte Gemeinde. Er verlangte von den Gläubigen, dass sie auf ihren Plätzen sitzen bleiben und sich still verhalten sollten, dann würde ihnen nichts geschehen. Als der Geistliche sich an ihn wandte, darum bat, die Menschen gehen zu lassen, und sich selbst als Geisel anbot, schlug ihn der Eindringling mit dem Kolben der Waffe nieder und brüllte, er habe Stille verlangt.

Es war ein junger Mann, dessen Erscheinungsbild ungepflegt wirkte. Seine Jeans war schmutzig und zerrissen, die Haare waren ungewaschen und zerzaust. Der Blick aus den geröteten Augen schien irre.

Mit seinem Handy rief er die Polizei an und verlangte nach einem hochrangigen Verhandlungspartner, der sofort persönlich erscheinen sollte. So kamen Cleroc und Lagarde ins Spiel. Der Hauptkommissar rückte mit einer Spezialeinheit der französischen Gendarmerie an, der Groupe d'intervention de la gendarmerie nationale, abgekürzt GIGN. Rettungswagen, Notärzte, Feuerwehrlöschzüge aus Cherbourg und den umliegenden Ortschaften sowie ein Großaufgebot von Polizisten waren ebenfalls im Einsatz. Lagarde sollte die Verhandlungen mit dem Geiselnehmer führen. Bei dieser Gelegenheit hatten die beiden Polizisten sich kennengelernt.

Lagarde hatte damals das Gotteshaus durch das bronzene Hauptportal betreten. Er ließ die Flügeltür einen Spalt geöffnet, damit die Kollegen vor der Kirche den Verhandlungen folgen konnten. Außerdem trug er ein verstecktes Mikrofon, dessen Verkabelung auf seiner Brust klebte. Mit erhobenen Händen stand er zwischen den Bankreihen. Er nickte den verängstigten Menschen, die ihn hoffnungsvoll anstarrten, beruhigend zu. Ein Mann hatte den Kopf seines kleinen Sohnes auf seinen Schoß gedrückt und murmelte beruhigende Worte in dessen Ohr.

Cleroc bewunderte den Mut des Kollegen, der mit ruhiger Stimme nach den Forderungen des Geiselnehmers fragte und gezielt Deeskalationsmethoden einsetzte. Seine tiefe Stimmte hallte geisterhaft durch das hohe Kirchenschiff, während er sich langsam, Schritt für Schritt, dem Mann näherte. Es gelang ihm, Blickkontakt aufzunehmen. Die Waffe hatte er schnell als G36 identifiziert, die auch Armee- und Polizeieinheiten in Frankreich benutzten. Es handelte sich um ein Schnellfeuergewehr, das pro Sekunde zwölf Kugeln abschießen konnte. Es war optimal in der Feuerdichte im Nahkampf. Wie war es dem Geiselnehmer gelungen, in den Besitz dieser Waffe zu kommen?

Der junge Mann verlangte die Freilassung seiner Freundin. Mimi saß wegen eines Drogendelikts im Frauengefängnis von Cherbourg. Sie hatte auf der Straße gedealt und einem Polizisten in Zivil künstlich hergestellte Drogen angeboten, Crystal Meth, das innerhalb kürzester Zeit das Gehirn zerstörte.

Mimi sollte zur Kirche gebracht werden. Weiter sollte ein vollgetankter Fluchtwagen bereitgestellt und freies Geleit zugesichert werden. Im Auto sollte ein Koffer mit hunderttausend Euro in kleinen Scheinen liegen.

Die Polizisten vor der Kirche verfolgten angespannt den Dialog. Der herbeigeeilte Polizeipräsident Frank Lanoux rieb sich nervös die kalten Hände. Die Presse hatte schnell von der Geiselnahme Wind bekommen. Journalisten und Kamerateams waren mit ihren Übertragungswagen eingetroffen und hofften auf eine Sensationsstory.

Lagarde traf eine Entscheidung. Er würde auf die Forderungen des jungen Mannes eingehen. Ein Zugriff war indiskutabel. Das verabredete Zeichen dafür würde er nicht geben. Die Gefahr, dass der Geiselnehmer das Feuer auf die Kirchengemeinde eröffnen würde, war zu groß. Lagarde versuchte, den Dialog bis zum Eintreffen von Mimi weiterzuführen und den Eindruck zu vermitteln, dass die Polizei mit Hochdruck an der Umsetzung der Forderungen arbeitete.

Endlich wurde Mimi gebracht. Es war nicht leicht gewesen, sie ohne einen Gerichtsbeschluss aus dem Gefängnis zu holen. Lanoux und die Gefängnisdirektorin hatten sich angeschrien, der Polizeipräsident hatte sich letztendlich durchgesetzt. Erleichtert nahm Lagarde die Ankunft der jungen Frau zur Kenntnis. Die bedrohliche Situation musste dringend beendet werden, jede Sekunde rechnete er damit, dass ein Kirchenbesucher die Nerven verlor und in einer Kugelsalve umkommen würde. Die Anspannung und der Stress würden ihren Tribut fordern. Das wusste er genau.

In Absprache mit Lagarde hatte der Polizeipräsident sofort die nötigen Befehle gegeben. Alles stand bereit, um scheinbar auf die Forderungen des Geiselgangsters einzugehen. In unzähligen Übungen waren solche Abläufe besprochen und trainiert worden.

Mimi trug die steife Kleidung des Frauengefängnisses. Zum Umziehen war keine Zeit gewesen. Das schwarz gefärbte Haar stand in Stacheln vom Kopf ab, die Augenbrauen zierten jeweils drei silberne Ringe.

Sie stand verwirrt neben Lagarde, während ihr Freund den Mittelgang entlang lief und die Waffe auf die Menschen richtete. Dabei gab er Einschüchterungen und Morddrohungen von sich.

Er küsste Mimi und befahl Lagarde, sie zum Fluchtwagen zu begleiten. Die Polizeikräfte hatten sich zurückgezogen, um keine Provokation darzustellen.

Dann passierte exakt das, was der Kommissar erwartet hatte. Der Geiselnehmer, der Roger hieß, war nicht dumm.

»Du fährst den Wagen«, hatte er Lagarde angeherrscht. »Nur so kommen wir hier weg.«

Er sprang auf den Beifahrersitz, die Waffe auf den Kommissar gerichtet. Seine Freundin saß auf der Rückbank.

»Fahr endlich los, sonst knalle ich dich ab«, schrie er.

Roger stand total unter Stress und konnte nicht mehr logisch denken. Es war wichtig, ruhig zu bleiben und seinen Anweisungen weiterhin zu folgen. Sonst würden sie alle drei sterben.

Der Fluchtwagen war mit GPS ausgestattet und konnte in einem bestimmten weitreichenden Radius überall geortet werden. Außerdem war ein Chip im Auto versteckt, der dem gleichen Zweck diente.

Lagarde verließ die Stadt Richtung Süden. Er wusste, dass Zivilfahrzeuge und zwei Polizeihubschrauber ihnen in einigem Abstand folgen würden. Das Paar wollte zur Autobahn, die nach Paris führte. Mimi hatte ihre anfängliche Verwirrung hinter sich gelassen und plapperte vergnügt von einem Neuanfang in der Seine-Metropole. Sie wühlte im Geldkoffer, ahnungslos, dass die Scheine präpariert waren und ihre Finger färben würden, und machte Einkaufspläne. Ganz oben auf der Liste standen der Erwerb von roten Stöckelschuhen im Kaufhaus Lafayette und der Besuch eines Burgerrestaurants auf den Champs-Élysées in Paris.

Genervt von dem pausenlosen Gerede fuhr Roger seine Freundin an: »Jetzt halte doch mal den Mund, Mimi. Wir brauchen den Bullen nicht mehr. Ich muss überlegen, wie wir ihn am besten loswerden.«

Diese Entscheidung nahm Lagarde ihm ab.

Auf der Nationalstraße beschleunigte er. Als er sich durch einen Blick in den Rückspiegel versichert hatte, dass ihm kein Wagen folgte und die Straße leer vor ihm lag, handelte er. Abrupt zog er die Handbremse an und schlug das Lenkrad voll ein. Der Wagen geriet ins Schleudern und drehte sich mehrmals um die eigene Achse. Reifen quietschten, Bremsen kreischten, ein Aufprall erschütterte die Karosserie, und aufgewirbelte Staubwolken vernebelten die Sicht. Mimi schrie in Panik auf.

Als das Auto auf einer Wiese zum Stehen kam, war Roger durch einen gezielten Handkantenschlag vorübergehend außer Gefecht gesetzt worden, und Lagarde befand sich im Besitz der Waffe. Mimi kauerte zitternd in einer Ecke des Fonds. Dreißig Sekunden später stand ein Polizeihubschrauber drei Meter über der Kuhweide. Kräfte einer Spezialeinheit warfen ihr Kampfgepäck auf die Erde, sprangen hinterher und rollten sich geschickt ab. Die Landung des Hubschraubers abzuwarten, hätte zu viel Zeit gekostet. Außerdem war es gefährlich, sich unter den Rotoren zu bewegen. Schwarz gekleidete Frauen und Männer mit Sturmhauben und Maschinenpistolen rannten auf das Fahrzeug zu und umringten es. Der Einsatzleiter versuchte, die Fahrertür zu öffnen und Lagarde zu Hilfe zu eilen. Sie hatte sich offenbar durch den Aufprall auf einen Steinpfosten verzogen und rührte sich keinen Millimeter.

Als der Polizist über sein Funkgerät den Rüstwagen der Feuerwehr anforderte, bemerkte er eine aus dem Motorraum aufsteigende Rauchsäule. Die drei anderen Türen des Wagens hatten sich ebenfalls verklemmt. Als die Polizisten begannen, mit den Gewehrkolben die Scheiben einzuschlagen, bremste der Rüstwagen mit quietschenden Reifen. Feuerwehrmänner brachten in unglaublichem Tempo einen Rettungsspreizer zum Einsatz. Gleichzeitig setzten sie Schaum ein, um das Feuer zu ersticken,

Als Mimi den Qualm entdeckte, begann sie zu schreien und um sich zu schlagen. Panisch rüttelte sie an der Tür. Lagarde packte Mimi und drückte ihr Gesicht auf das Sitzpolster, um sie vor dem Glasscherbenregen zu schützen. Dabei beobachtete er beunruhigt den Rauch, der weiter aus dem Motor drang. Er versuchte, die hysterische junge Frau zu beruhigen, als Feuerwehrmänner die Fahrertür aufrissen und ihn aus dem Wagen zerrten. Mimi und ihr Freund wurden ebenfalls unsanft auf die Wiese befördert. Der Hubschrauber versuchte Höhe zu gewinnen, und die Polizisten rannten mit Lagarde und dem Pärchen, das sie geschultert hatten, so schnell sie konnten über die Weide und suchten Schutz hinter einer Hecke. Als sie sich zu Boden warfen, explodierte der Fahrzeugtank mit einem ohrenbetäubenden Knall. Glühende Eisenteile wirbelten durch die Luft und ein grellroter Feuerpilz schien den Wagen zu verschlingen.

Cleroc konnte sich von dieser Geschichte gar nicht losreißen und redete weiter ins Telefon.

»Das war eine Aktion, Philippe. Als ihr mit dem Fluchtwagen verschwunden wart, bekamen die Rettungskräfte alle Hände voll zu tun. Die Leute aus der Kirche benötigten ärztlichen Beistand. Der Polizeipräsident orderte Psychologen und Therapeuten aus dem nahegelegenen psychiatrischen Krankenhaus. Der mutige Pfarrer der Gemeinde ließ es sich nicht nehmen, trotz seiner Kopfverletzung Decken und heißen Kakao zu verteilen. Auf dem Platz bildeten sich Grüppchen von Menschen, die sich gegenseitig trösteten. Lanoux und du, ihr wart die Helden der Medien und der ganzen Nation.« Cleroc lachte.

Lagarde fiel in sein Lachen ein. »Die arme Mimi war so verstört, dass sie nur noch einen Wunsch hatte. Sie wollte so schnell wie möglich in ihre Zelle im Frauengefängnis zurück.«

»Aber nun genug von der Vergangenheit«, sagte Cleroc. »Was kann ich für dich tun, Philippe?«

»Es geht um das Verbrechen an Maryline Leblanc. Du ermittelst in dem Fall.«

»Das ist richtig.«

»Roselin Dumas hat heute Nachmittag Jean-Yves Leblanc im Untersuchungsgefängnis besucht.«

»Ja, darüber bin ich informiert.«

»Er hat mich gebeten, ihn zu begleiten. Wir sind gute Freunde.«

»Ich verstehe. Und hat Leblanc mit euch gesprochen?«

»Ja, er hat uns erzählt, dass seine Frau ein Verhältnis mit ihrem Schwager hatte. Er will unbedingt, dass wir mit ihm reden. Er heißt Michel Rigou.«

»Aber wozu, Philippe? Er hat das Mordmotiv bei eurem Gespräch doch selbst geliefert. Er hat seine Frau aus Eifersucht erschlagen. Weil er herausgefunden hat, dass sie ihn betrügt. Wir haben das Tatwerkzeug, einen Hammer, in seiner Werkstatt gefunden.«

»Jean-Yves Leblanc berichtete, dass er von dem Verhältnis schon seit längerer Zeit wusste.«

»Das kann ja sein. Aber dann ist ihm eben vor zwei, drei Tagen der Kragen geplatzt. Vielleicht hat er von seiner Frau verlangt, dass sie ihr Verhältnis mit Rigou sofort beendet. Es kam zum Streit, und in seinem Zorn hat er zugeschlagen. Jean-Yves Leblanc ist unser Mann, Philippe. Hundertprozentig. Ich warte nur noch auf das Ergebnis der DNA-Analyse, dann nehme ich ihn in die Mangel, bis er ein Geständnis ablegt.«

»Ich kann deinen Standpunkt verstehen, Ludovic. Aber wir haben ihm versprochen, mit Michel Rigou zu reden. Hast du etwas dagegen?«

»Nein, wenn ihr das unbedingt wollt. Roselin Dumas ist schließlich ein alter Freund von Leblanc. Ich vertraue dir, Philippe. Wenn es Neuigkeiten gibt, informiere mich bitte. Ich halte meine Ermittlungen trotz meines Tatverdachtes in alle Richtungen offen.«

»Das weiß ich«, antwortete Lagarde.

»Ich kann euch auch die DNA-Analyse zukommen lassen, sobald sie vorliegt.«

»Das wäre großartig, Ludovic. Was hältst du von einem gemeinsamen Essen?«

»Sehr viel, alter Knabe. Sag mir, wann und wo.«

Als Philippe Lagarde zu Odettes Restaurant Mirabelle fuhr, dämmerte es bereits. Ein leichter Nieselregen hatte eingesetzt, und kühler Wind kam auf. Für die Nacht war eine Sturmwarnung herausgegeben worden. Schiffe steuerten die sicheren Häfen an.

Der Kommissar hatte sich eine Krawatte umgebunden und war in ein Jackett geschlüpft. Odette mochte es nicht, wenn man in legerer Kleidung in ihrem Gourmettempel speiste.

Er stellte seinen Wagen auf dem Gästeparkplatz ab und lief über einen gepflasterten Weg zwischen einem Nebengebäude und dem Haupthaus zum Restaurant, in dem sich früher ein Schafstall befunden hatte. In zwei der Gästezimmer brannte Licht. Jemand trat auf den hölzernen Balkon im ersten Stock und zündete sich eine Zigarette an. Die Glut leuchtete als roter Punkt in der Dunkelheit.

Im Haupthaus gab es vier Fremdenzimmer, die Odette mit erlesenem Geschmack individuell gestaltet hatte. Die Person auf dem Balkon wohnte im grünen Zimmer. Es war in Grün- und Blautönen gehalten.

Selbst über die Tapete rankten sich Blätter in diesen Farbtönen. Den Blickfang bildete ein wertvoller antiker Sekretär aus Nussbaumholz, dessen Fächer Odette mit lindgrünem Samt ausgeschlagen hatte. Diese Farbe nahm der Hintergrund eines großen Ölgemäldes wieder auf, das eine nackte Frau zeigte, deren schlanker Körper mit kühnen Pinselstrichen dargestellt war. Das Pendant an der gegenüber liegenden Wand bildete ein weiblicher Torso aus Kirschbaumholz mit kräftigen Schenkeln und runden Brüsten.

Vom ersten Stock wand sich eine rote Lichterkette über die Balustrade um das Geländer der Außentreppe und verschwand wie eine Schlange unter einem Riesenfarn. Beleuchtete weiße Glaskugeln wiesen den Weg zum Restaurant. Es sah aus, als würden kleine Monde in der Dunkelheit durch den Garten schweben. Die Blätter der alten Walnussbäume schimmerten im Licht. Von ihren Blättern tropfte Regenwasser.

Lagarde zog den Kragen hoch. Er erreichte das Restaurant, das aus geschichteten Granitsteinen erbaut war. Das Dach saß wie ein Topfdeckel auf den Außenmauern und bestand aus flachen, sich überlappenden Schieferplatten. Ein roter, rund gemauerter Kamin überragte seine Spitze. Rechts und links neben dem Eingang wuchsen weiße Kamelien aus steinernen Trögen. Die Terrasse mit den eleganten Sitzgruppen lag verlassen in der Abenddämmerung. Die Gäste hatten sich ins Restaurant zurückgezogen.

Lagarde trat durch die massive, mit Schnitzereien verzierte Eichenholztür. Sein erster Blick fiel auf den bis zur Decke reichenden gemauerten Kamin, in dem ein gelbes Feuer prasselte.

Der Oberkellner stand bei Gästen am Tisch und erläuterte die Vorzüge des Tagesmenüs. Als er Lagarde erblickte, winkte er ihm freundlich zu.

»Bonsoir, Philippe!«

»Bonsoir, Gérard!«

»Die Chefin ist in der Küche.«

»Merci.«

Er betrat Odettes Refugium. Sie stand am Herd und diskutierte mit ihrem Chefkoch Jacques, der eine beleidigte Miene aufgesetzt hatte. In ihrer Kochjacke, der blütenweißen Mütze und mit den erhitzen Wangen sah sie entzückend aus. Die Diskussion schien sich zu einem lautstarken Disput zu entwickeln. Jacques hatte einen Sud für normannische Muscheln angesetzt, und Odette vertrat die Ansicht, dass er zu viel Schinkenspeck in die Sahne gegeben hatte. Dadurch würde das Aroma der Meerestiere überdeckt. Empört begann der Koch ein Petersiliensträußchen zu hacken, als hege er Mordabsichten.

Lagarde grüßte die Streithähne und schimpfte über das Wetter, um sie abzulenken. Er gab Odette einen Kuss und fragte: »Trinkst du einen Aperitif mit mir?«

»Das ist eine gute Idee.« Den Blick auf Jacques gerichtet, verkündete sie: »Ich verlasse jetzt die Küche.«

»Großartig, dann kann ich ja endlich in Ruhe weiterkochen«, knurrte er gekränkt. »Ich habe schon tausend Mal Muscheln auf normannische Art gekocht und weiß ganz genau, wie sie perfekt gelingen.«

Philippe Lagarde zog Odette aus der Küche. Er setzte sich an einen Tisch neben dem Kamin. Seine noch immer vom Streit erregte Freundin brachte die Getränke und gesellte sich zu ihm.

»Das ist eine neue Kreation«, erklärte sie. »Crémant mit Mirabellenlikör, koste mal.«

»Kann ich lieber ein Bier haben?«, fragte er grinsend.

»Nein«, fauchte sie. Dann merkte sie, dass er sie auf den Arm genommen hatte, und lachte. Die roten Flecken auf den Wangen waren verschwunden. Sie stießen an, und Lagarde probierte den Aperitif.

»Hmm, sehr gut.«

Odette lächelte ihn an. »Das freut mich sehr, dass er dir schmeckt. Aber dieser Jacques weiß immer alles besser. Er lässt sich einfach nichts sagen.«

»Starköche sind eben zickig, so wie Operntenöre.«

Misstrauisch sah sie ihn an. »Meinst du etwa mich damit?«

»Nein«, beteuerte er. »Wie kommst du denn darauf?«

»Dann ist es ja gut. Hast du Hunger, mein Liebster?«

»O ja, einen Bärenhunger.«

»Magst du das Tagesmenü?«

»Nein, danke, mir ist nicht nach Poularde. Was gibt es denn noch?«

Ihre Augen blitzten. »Ich habe wunderbare fangfrische Langusten, dazu passt sehr gut Safranmayonnaise. Nach dem Käse bekommst du eine doppelte Portion vom Dessert. Du wirst staunen, wie harmonisch sich die Aromen verbinden.« Sie legte eine künstliche Pause ein. »Es gibt Crêperöllchen, gefüllt mit Vanillequark, an warmen Mirabellen und Walnusseis.«

Begeistert von ihrem Vorschlag, strahlte sie ihn an. Sie wusste, dass er süße Gerichte liebte.

»Das hört sich fantastisch an, meine Schöne.«

Odette wurde wieder ernst. »Alle reden von der toten Frau, die Florence im Wald entdeckt hat. Arme Florence, hat sie sich ein bisschen gefangen?«

Der Kommissar schüttelte den Kopf. »Nicht so richtig. Es war ein schreckliches Erlebnis für sie.«

»Ja, natürlich. Wenn ich mir vorstelle, ich gehe Pilze suchen und finde eine Leiche.« Sie schauderte. »Es wird erzählt, dass der Ehemann der Frau verhaftet wurde. Hat er sie getötet?«

»Roselin und ich haben ihn heute Nachmittag im Untersuchungsgefängnis besucht. Er kennt Roselin von früher und hat ihn um Hilfe gebeten. Und er beteuert seine Unschuld.«

»Und was macht ihr jetzt?«

»Wir helfen ihm und schnüffeln ein bisschen herum.«

»Das wird der Kripo in Cherbourg nicht gefallen.«

»Der ermittelnde Kommissar ist ein alter Bekannter von mir. Ich habe schon mit ihm gesprochen. Er hat nichts dagegen, wenn wir uns ein wenig umhören und ihn damit eventuell auch unterstützen.«

»Ach so, ich verstehe. Welchen Eindruck hattest du von dem Mann?«

»Das ist schwer zu sagen, Odette. Mir fehlen Informationen, ich muss mehr über diese Familie erfahren. Morgen fahren wir nach Saint-Vaast und sprechen mit dem Schwager der Toten. Sie hatte ein Verhältnis mit ihm.«

»Na, das hört sich doch spannend an. Vielleicht bringt euch dieses Gespräch weiter.«

»Ich hoffe es.«

»Es könnten ja noch andere verdächtige Personen auftauchen, und dann war es jemand, an den anfangs niemand gedacht hat.«

»Das ist durchaus möglich. Irgendwie scheint mir die Lösung zu einfach. Wenn man sich mit dem Psychogramm von Familien beschäftigt, tun sich häufig Abgründe auf.«

Odette nickte. »Du machst das schon, mein Liebster.« Voller Elan sprang sie auf. »Jetzt kümmere ich mich um dein Abendessen. Ich bin gleich wieder da. Du kannst in der Zwischenzeit den Wein aussuchen.«

Sie reichte ihm die aufgeschlagene Karte, dann verschwand sie in der Küche.

Bevor die Tür zufiel, hörte er noch, wie sie rief: »Zuviel Schinkenspeck, Jacques, definitiv.«

Darauf folgte ein unheilvolles Scheppern.

Nach dem vorzüglichen Menü zog sich Philippe Lagarde in die Privaträume von Odette zurück. Die Langusten hatten hervorragend geschmeckt. In ihrem Schlafzimmer zog er sich aus. Der Mond schien durch das große halbkreisförmige Fenster und tauchte den Raum in sanftes gelbes Licht. Äste einer Birke bildeten ein schwarzes Scherenschnittmuster. Nackt ging Lagarde in die Küche. Im Kühlschrank stand eine angebrochene Flasche Chablis. Er goss ein wenig von dem Wein in ein Glas und machte es sich auf dem Bett bequem. Das Gespräch im Untersuchungsgefängnis ging ihm nicht aus dem Kopf. Seine Gedanken drehten sich im Kreis. Schluss für heute. Er war müde. Er blätterte eine Bootszeitschrift durch und trank den Wein aus. Dann fielen ihm die Augen zu.

Er irrte durch einen endlosen dunklen Gefängnisgang. Alle abgehenden Türen waren verschlossen und blockierten den Weg in die Freiheit. Verzweifelt rüttelte er an einer Stahltür, die plötzlich aufsprang. Dahinter gab es keinen Korridor, der ihn weiterführte. Ein gähnender Schacht tat sich vor ihm auf, dessen Grund grünlich schimmerte. Erschrocken wich er einen Schritt zurück und machte kehrt. Ein schwarz gekleideter Mann versperrte ihm den Weg. Er sah ihn mit kalten Augen an und hob die rechte Hand, die eine Pistole umklammerte. Ohne zu zögern, drückte er ab und schoss Lagarde in die Schulter. Ein brennender Schmerz fuhr durch seinen Körper.

Lagarde stöhnte und drehte sich auf die Seite.

Ein warmer Körper schmiegte sich an ihn. Ein Arm umschloss ihn zärtlich, Finger liebkosten seine Brust. Er nahm den Duft von Odettes Lieblingsparfüm wahr. Es war Opium von Yves Saint Laurent.

»Du hast wieder von dem Angriff geträumt, mein Liebster.«

Das war keine Frage, sondern eine Feststellung.

»Ich werde dich auf andere Gedanken bringen.«

Ihre Finger spazierten über seinen Bauch.

DAS HAUS IM ERDBEERWALD

DRITTER TAG

Gleich nach dem Frühstück hatte Roselin den Kommissar abgeholt und folgte der Straße nach Saint-Vaast-la-Hougue. Jean-Yves Leblanc hatte den Weg zu dem Grundstück, auf dem das Mobilheim seines Schwagers Michel stand, gut beschrieben.

Die beiden Männer sprachen über den Sturm, der vergangene Nacht über die Halbinsel Cotentin und den Atlantik hinweggefegt war.

»Eine Yacht ist in Seenot geraten«, berichtete der Gendarm.

»Es handelte sich um Touristen aus Holland, die die Sturmwarnungen nicht ernst genommen haben und dadurch in große Gefahr geraten sind. Dann gab es noch Probleme mit einer Fähre und einigen Fischerbooten. Durch die vielen Notrufe kam es zu einem Engpass bei den Rettungskräften, und sie haben Richard geholt.«

Richard wohnte mit seiner Frau Angélique in einem wunderschönen normannischen Fachwerkhaus direkt neben Philippe Lagarde. Beide waren über achtzig Jahre alt und noch sehr agil und unternehmungslustig.

Der Kommissar lachte. »Ja, Richard kennt die Küstengewässer wie seine Westentasche. Er hat sich sicherlich gefreut, dass er gebraucht wurde und helfen konnte. Ein beschaulicher Ruhestand ist gar nichts für ihn.«

»Es wird erzählt, dass er das Rettungsmanöver der havarierenden Yacht bravourös gemeistert hat. Er hat das Boot der Küstenwache souverän durch meterhohe Wellen und Sturmböen gesteuert. Angélique war natürlich mit von der Partie und hat ihn mit Pastis versorgt. In der ganzen Aufregung waren die beiden absolut gelassen.«

»Das kann ich mir gut vorstellen. Die beiden haben Nerven wie Schiffstaue. Weißt du noch, wie Richard uns letztes Jahr während eines Orkans zum Mimosenkastell gebracht hat?«

»O ja. Wie könnte ich das vergessen! Da gab es Momente, da hatte ich mich schon auf dem Meeresgrund gesehen, bleich und tot, wie ein harpunierter Oktopus.«

Sie lächelten bei dem Gedanken an das Abenteuer, das sie gemeinsam bei der Suche nach einem verschwundenen deutschen Studenten erlebt hatten.

Roselin berichtete weiter: »Der Kapitän der Yacht war so glücklich über die Rettung in letzter Sekunde, dass er für die ehrenamtlichen Helfer der Küstenwache tausend Euro gespendet hat. Wieder an Land hat er mit Richard eine Flasche Genever niedergemacht.«

Inzwischen hatten sie Saint-Vaast erreicht. Von der Straße bis zum Ufer erstreckten sich saftige Wiesen, auf denen weißbraun gescheckte Kühe zwischen blühenden Ginsterhecken grasten.

Draußen im Meer, etwa einen Kilometer vom Festland entfernt, lag die Insel Tatihou im graublauen Morgendunst. Der Turm der kompakten Festung erhob sich über dem kleinen, flachen, bewaldeten Eiland. Es gab dort ein Seefahrtsmuseum mit Exponaten von gekenterten Schiffen der Tourville-Flotte, die im Umkreis der Insel vom Meeresgrund geborgen worden waren. Tatihou konnte unabhängig von den Gezeiten mit einem Amphibienboot erreicht werden und war der Lieblingsplatz vieler Vogelarten.

Südlich des Hafens erhob sich die Verteidigungsanlage Fort de la Hougue mit seinem eindrucksvollen Turm, der ebenfalls, wie das Gebäude auf Tatihou, von Vauban, dem Festungsbaumeister Ludwigs XIV., errichtet worden war.

Roselin bog in eine schmale gewundene Straße ab, die auf eine Landzunge führte. Linker Hand erstreckten sich die Austernbänke, auf der rechten Seite dehnte sich eine platte Marschlandschaft bis zum breiten Sandstrand, der kilometerlang in einem sanften Bogen bis zum Utah Beach verlief. Im Zweiten Weltkrieg war Utah Beach der Deckname für den knapp fünf Kilometer langen Küstenabschnitt zwischen Pouppeville und La Madeleine gewesen, an dem die Alliierten am 6. Juni 1944 in der Normandie gelandet waren. Am Fuß der Halbinsel Cotentin war ursprünglich keine

Landung vorgesehen gewesen. Die Alliierten hatten jedoch einen Tiefwasserhafen benötigt, für den Cherbourg geeignet schien.

An diesem geschichtsträchtigen Tag war während der militärischen Operation Overlord der Fallschirmjäger John M. Steele aus Illinois unglücklicherweise auf dem Kirchturm von Sainte-Mère-Église auf der Halbinsel Cotentin gelandet.

Etwa zur gleichen Zeit setzte in dem Ort eine Bombe ein Gebäude in Brand. Die Bewohner bildeten Eimerketten, um das Feuer zu löschen. Darunter hatte sich auch Thomas, der Großvater von Valérie, befunden, der damals noch ein stattlicher junger Mann gewesen war. Den Fallschirmjäger John M. Steele bekam er nicht zu Gesicht, da er auf der Nordseite des Kirchturmes hing. Genau an diesem Tag lernte Thomas seine zukünftige Frau Mireille kennen, die neben ihm in der Kette gestanden hatte.

Die amerikanischen Alliierten brachten auch die Jazzmusik mit in die Normandie. Sie ließen mit Fallschirmen Klaviere abwerfen, um die Stimmung der Truppe aufzuheitern. Seitdem war Valéries Großvater Jazzfan. Als sie ein kleines Mädchen war, spielte Thomas Schellackplatten auf seinem Grammophon ab und tanzte mit seiner Enkelin. Ihr Lieblingssong war »Cheek to Cheek« von Ella Fitzgerald.

Nun hing eine Puppe am Kirchturm, die an den D-Day erinnerte.

Auf der Straße, der Roselin folgte, waren Fahrradfahrer unterwegs, die mit einem Baguette im Rucksack gegen den Wind anstrampelten. Erste Surfer hielten sich aufrecht auf ihren Brettern und segelten mit abenteuerlicher Geschwindigkeit auf das Meer hinaus. Die beiden Polizisten fuhren an einem Campingplatz vorbei. Urlauber saßen an Klapptischen vor ihren Zelten unter Pinien und frühstückten. Die Straße mündete in eine Schotterpiste, die zu den Spazierwegen und Angelplätzen des Sumpfgebietes führte. Dort lag das Grundstück von Michel Rigou. Es war groß, rechteckig und von dicht wachsenden ausgetrockneten Gräsern überzogen. An beiden Seiten wurde es von Bäumen begrenzt. Zum Ozean hin stießen steile Klippen senkrecht in das Wasser, das donnernd gegen die Felsen schlug und Gischt über die Abbruchkante schleuderte. Der schmale Saum oberhalb des Abgrundes wurde von sternförmigen gelben Blumen überwuchert. In der Mitte des Grundstücks stand, etwas verloren, das Mobilheim. Das seltsame Haus kauerte einsam auf einer Anhöhe an der Landspitze.

Jean-Yves hatte ihnen erzählt, dass seine Schwester Fabienne das Stück Land von einer Tante geerbt hatte. Den Bau eines Hauses konnte sich Michel nicht leisten. Wenn er Geld hatte, gab er es sofort wieder aus. Als er einmal beim Kartenspiel gewann, konnte einer der Mitspieler seine Schulden nicht bezahlen und bot ihm stattdessen ein heruntergekommenes Mobilheim an. Michel ließ es auf das Grundstück seiner Frau transportieren und erklärte es kurzerhand zu ihrem Zuhause. Schon damals war Fabienne krank gewesen und hatte klaglos die Entscheidung ihres Ehemannes hingenommen.

Die Holzverkleidung der Behausung war einmal weiß gestrichen gewesen und wirkte nun schmutzig grau. Von den Fensterläden löste sich dunkelgrüne Lackfarbe. An die Vorderfront des Hauses war über die gesamte Länge eine überdachte Holzterrasse angebaut, die von Balken gestützt wurde und über eine Stufe erreicht werden konnte. In dem schmalen Zwischenraum über der Wiese hatte sich allerlei Unrat angesammelt.

Erstaunt bemerkte Lagarde, dass eine etwa fünf Meter lange Rampe ebenfalls auf die Terrasse führte. Zwei einfache Blumenkästen aus Plastik waren an waagrechten schmalen Balken befestigt. In ihnen befanden sich vertrocknete Geranien.

»Was hat diese Rampe zu bedeuten?«, fragte Roselin.

»Das werden wir in Kürze herausfinden.«

Auf der Terrasse saß ein Mann, bekleidet mit einer ausgebeulten Jogginghose und einem Fischerpullover. Er trank Kaffee, rauchte und blätterte in einer Sportzeitung. Als er die Besucher bemerkte, die auf einem Trampelpfad auf ihn zukamen, setzte er eine abweisende Miene auf und erhob sich.

»Das Grundstück steht nicht zum Verkauf«, rief er. »Da vorne auf dem Schild steht es. Können Sie nicht lesen? Und jetzt verschwinden Sie von meinem Grund und Boden.«

Seine Stimme war überaus dünn und hoch für einen erwachsenen Mann. Jetzt erst bemerkte er, dass einer der Männer eine Uniform trug.

»Bonjour«, rief Lagarde zurück. »Entschuldigen Sie bitte die Störung. Wir haben kein Interesse an Ihrem Grundstück. Wir sind von der Polizei und wollen mit Ihnen über Maryline Leblanc sprechen. Sie sind doch Michel Rigou, nicht wahr?«

Jean-Yves Leblanc hatte ihn sehr gut beschrieben. Er war von kleiner Statur und sehr schlank, fast mager. Seitlich am Kopf und oberhalb des Nackens waren die Haare abrasiert, vom Mittelscheitel aus fielen blondierte Strähnen bis zu den Ohren. Rigou hatte ein hübsches, fast mädchenhaftes Gesicht mit einer kleinen, leicht schiefen Nase und runden blauen Augen.

»Polizei?«, fragte er. »Was wollen Sie von mir? Marylines Mörder sitzt doch schon im Gefängnis. Jean-Yves hat sie mit einem Hammer erschlagen, das steht in allen Zeitungen. Ich frage mich, was in ihn gefahren ist.«

»Dürfen wir auf die Terrasse kommen und mit Ihnen reden?«, erkundigte sich Lagarde.

Als Rigou klar wurde, dass er nicht nein sagen konnte, entgegnete er mit aufgesetzter Freundlichkeit: »Natürlich, kommen Sie und setzen Sie sich. Dann erklären Sie mir, um was es genau geht.«

Lagarde und Dumas setzten sich zu Michel Rigou an den Holztisch.

»Darf ich Ihnen etwas anbieten? Wie wäre es mit einem Kaffee? Ich habe gerade frischen aufgebrüht.«

»Sehr gerne, mit viel Milch, bitte«, erwiderte der Kommissar.

Als Michel Rigou durch die Terrassentür im Inneren des Mobilheims verschwand, konnte er einen Blick in die beengte Küche werfen. Sie war mit einer einfachen Küchenzeile ausgestattet, auf deren Arbeitsfläche sich das Frühstücksgeschirr stapelte. Der Essplatz gegenüber bestand aus einer Eckbank und zwei Stühlen, die mit einem braunbeige gemusterten Stoff überzogen waren. Auf dem Tisch lag eine weiße Spitzendecke. Eine braunbeige Lampe mit schwarzen Fransen schwebte über einem Teller mit Obst. Die Einrichtung wirkte ein wenig altmodisch, jedoch ordentlich und sauber.

Michel Rigou kam mit dem Kaffee und setzte sich zu den Polizisten.

»Was kann ich für Sie tun?«, fragte er höflich.

Lagarde nahm den Duft eines teuren Herrenparfums wahr. Ihm fiel auf, dass die Augen seines Gegenübers gerötet waren. Der Gedanke, dass er um seine Geliebte trauerte, war naheliegend.

»Wir haben Jean-Yves im Untersuchungsgefängnis

besucht. Er bestreitet, seiner Frau etwas angetan zu haben, und hat uns um Hilfe gebeten. Deshalb hören wir uns ein wenig um. Trauen Sie Ihrem Schwager eine solche Tat zu?«, fragte Lagarde.

Rigou dachte nach. »Eigentlich nicht. Er ist zwar manchmal etwas aufbrausend, aber im Grunde harmlos. Jean-Yves ist ein einfach gestrickter Mensch, der sich nur für Landmaschinen interessiert. Er hat Maryline geliebt, da bin ich ganz sicher, aber er ist ihren Ansprüchen nie gerecht geworden, das war ihr Problem. Aber wenn er es nicht war, wer könnte es dann gewesen sein?«

»Das versuchen wir herauszufinden«, erklärte Roselin.

»Jean-Yves behauptet, dass Sie ein Verhältnis mit Maryline Leblanc hatten. Ist das richtig?«

Rigou nickte, ohne zu zögern.

»Ja, das ist richtig. Schon seit einigen Jahren. Jean-Yves hat es fast von Anfang an gewusst.«

»Und wie hat er darauf reagiert?«, hakte der Kommissar nach.

»Er hat es hingenommen, nicht akzeptiert, nein, aber hingenommen.«

»Wie erklären Sie sich dieses Verhalten?«

»Nun, ich denke, es war ihm klar, dass er mit den Bedürfnissen und Launen seiner Frau leben musste, wenn er sie behalten wollte. Maryline brauchte Abwechslung. Sie hatte ihre eigenen Vorstellungen von

Glück. Ihr Mann langweilte sie. Bei mir fand sie diese Abwechslung.«

»Wie geht es Ihnen jetzt nach ihrem gewaltsamen Tod?«, wollte Lagarde wissen.

Michel Rigous Augen wurden feucht. »Sie fehlt mir. Sehr sogar.«

»Haben Sie einen Verdacht? Hat Maryline irgendetwas erzählt, was sie beunruhigte? Hatte sie Ärger mit jemandem, oder wurde sie bedroht?«

»Nein, nicht, dass ich wüsste. Sie hat nichts dergleichen gesagt. Mir ist auch an ihrem Verhalten nichts Außergewöhnliches aufgefallen.«

»Als Maryline Leblanc zum Frühstück nicht nach Hause kam, hat Ihr Schwager immer wieder versucht, Sie anzurufen, weil er sich große Sorgen um seine Frau machte. Warum sind Sie nicht an Ihr Handy gegangen?«

»Der Akku war leer, das passiert mir häufig.«

»Wann hat Maryline Sie in der Nacht, bevor sie ermordet aufgefunden wurde, verlassen?«

Rigou zögerte einen Moment. »Sie war in dieser Nacht gar nicht bei mir.«

Der Kommissar sah ihn verblüfft an. »Sie war nicht bei Ihnen?«

»Nein.«

»Den ganzen Abend nicht?«

»Nein.«

»Aber wo hat sie sich dann aufgehalten?«

»Ich habe keine Ahnung, Herr Kommissar.«

»Jean-Yves Leblanc war fest davon überzeugt, dass sich seine Frau bei Ihnen aufhielt. Er sagte, sie würden sich an mehreren Tagen in der Woche treffen.«

»Das stimmt schon, aber in der Nacht, als sie ermordet wurde, habe ich sie nicht gesehen. Ich habe auf sie gewartet, aber sie kam nicht. Dieses Verhalten war nicht ungewöhnlich, sie hatte ihre Launen.«

Die Polizisten wechselten einen Blick.

Log Rigou? Versuchte er etwas zu verbergen? Jean-Yves Leblanc war sich sicher gewesen. Wollte er den Verdacht auf seinen Schwager Michel lenken, um sich zu entlasten?

Als Philippe Lagarde sich seine nächsten Fragen überlegte, bemerkte er den Wagen eines Behindertenfahrdienstes, der über die Schotterpiste holperte und auf das Grundstück einbog.

Die Fahrerin, eine dicke Frau in sandfarbener Dienstkleidung eines Wohlfahrtsverbandes, stieg aus und rief: »Du musst endlich einen befestigten Weg anlegen lassen, Michel. Fabienne wird jedes Mal total durchgeschüttelt. Das ist nicht gut für sie.«

Michel Rigou reagierte genervt. »Ich bin ein armer Mann, das weißt du doch, Adèle. Die Pflege meiner Frau kostet mich ein Vermögen. Von welchem Geld soll ich einen Weg bauen lassen?«

Adèle schnaubte empört, sagte aber nichts mehr.

»Was macht ihr überhaupt schon wieder hier?«, fragte Rigou gereizt. »Du hast Fabienne doch erst vor einer

Stunde abgeholt. Ich zahle den kompletten Tag für die betreute Tagesstätte. Ihr bringt meinen ganzen Tagesplan durcheinander. Pflegende Angehörige müssen auch einmal durchatmen.«

Verständnislos verfolgten die Polizisten die Auseinandersetzung, bis Adèle die hintere Tür des Fahrzeuges öffnete und mit Hilfe einer elektronisch gesteuerten Plattform eine Frau im Rollstuhl behutsam auf der Wiese absetzte. Dann schob sie den Rollstuhl über die Rampe auf die Terrasse. »Fabienne wollte den Ausflug in den Streichelzoo nicht mitmachen«, erklärte sie. »Es geht ihr nicht gut. Du musst darauf achten, dass sie ihre Medikamente einnimmt, Michel.«

»Ich denke an nichts anderes.«

Mit Blick auf seine Gäste versuchte er, sich zu beherrschen.

»Danke, Adèle. Ich bringe Fabienne zu Bett und kümmere mich um sie.« Er wandte sich an die Frau im Rollstuhl: »Komm, mein Schatz. Ich fahre dich ins Schlafzimmer und helfe dir ins Bett. Dann bereite ich für dich eine Zitronenlimonade zu, wie du sie gerne magst.«

Bemüht versuchte Rigou, Fürsorglichkeit zu demonstrieren. Der Wagen des Behindertenfahrdienstes schaukelte über den Weg und verschwand um die Ecke.

Philippe Lagarde betrachtete die Frau, die vergeblich versuchte, sich mit ihren gekrümmten knochigen Fingern an der Tischkante festzukrallen. Er verstand die Geste so, dass sie jetzt nicht ins Bett wollte. Sie war groß, hager und trug einen schäbigen Trainingsanzug. Ihre lila gefärbten, kurz geschnittenen Haare waren ausgedünnt, so dass an manchen Stellen die schuppige Kopfhaut zum Vorschein kam. Er wusste, dass sie etliche Jahre jünger als ihr Bruder Jean-Yves war. Sie wirkte jedoch aufgrund ihrer Erkrankung viel älter. Ihre aschgraue Gesichtshaut sah aus wie von Pergamentpapier überzogen. Die Nase schien riesig zwischen den eingefallenen Wangen. Der Mund war ein waagrechter Schlitz. Glanzlose unglückliche Augen fixierten die beiden Besucher argwöhnisch.

Als Fabienne ihren Mann kennengelernt hatte, war sie eine attraktive lebenslustige Frau gewesen. Hals über Kopf hatte sie sich in den charmanten Lebenskünstler verliebt. Die Warnungen ihres Bruders, der Michel flüchtig kannte und schon einiges über ihn gehört hatte, schlug sie in den Wind. Die beiden heirateten, und schon bald war Fabienne klargeworden, dass sie einen großen Fehler begangen hatte. Michel war keinesfalls bereit, eine Arbeit anzunehmen. Er lebte in den Tag hinein und traf sich mit Freunden, um Karten zu spielen oder zu angeln. Als sie eines Tages früher von der Arbeit nach Hause kam, fand sie Michel mit ihrer besten Freundin im Ehebett vor. An jenem Tag beschloss sie, ihn zu verlassen.

Am nächsten Morgen hatte sie einen Arzttermin. Er teilte ihr mit unbewegter Miene das niederschmetternde Ergebnis der durchgeführten Tests mit. Die Diagnose lautete Multiple Sklerose. Sie litt an einer besonders aggressiven Form dieser Erkrankung und würde höchstwahrscheinlich irgendwann auf den Rollstuhl angewiesen sein.

Fabienne hatte keine Kraft mehr, sich von Michel zu trennen. Vielleicht war es auch eine Art von Rache, sich an ihn zu klammern.

»Wer sind diese Leute, Michel? Was wollen sie?«

Bevor ihr Mann antworten konnte, erklärte Lagarde die Situation. »Wir sind Polizisten. Ihr Bruder Jean-Yves hat uns um Hilfe gebeten. Wie Sie sicher bereits wissen, wird er verdächtigt, seine Frau getötet zu haben. Wir reden mit den Angehörigen, um mehr über Maryline Leblanc zu erfahren. Es sind viele Hintergrundinformationen erforderlich, um ein Gewaltverbrechen aufzuklären.«

»Mein Bruder ist sanft wie ein Lamm«, erklärte die kranke Frau mit schwacher, rasselnder Stimme. »Er hat Maryline nicht umgebracht. Dazu wäre er gar nicht fähig. Obwohl sie es verdient hätte, das Flittchen. Sie hat ihn nach Strich und Faden betrogen.«

»Haben Sie irgendwelche Informationen, die uns vielleicht weiterhelfen können?«

»O ja.« In ihre Augen trat ein diabolisches Funkeln. Verunsichert beobachtete Michel Rigou seine Frau.

»Sagen Sie uns bitte, was Sie vermuten oder wissen, Madame Rigou.«

»Maryline hat ihn verlassen.« Ihr dünner Finger zeigte auf Michel. »Einige Tage, bevor sie getötet wurde.«

Ihr Mann fuhr sie an: »Was redest du für einen Unsinn? Das phantasierst du in deinem wirren Kopf zusammen.«

Triumphierend gab sie zurück: »Ich habe euch heimlich an jenem Abend beobachtet und euer Gespräch belauscht.«

Fabienne Rigou hatte die Schlaftabletten, die Michel ihr mit einem Glas Wasser zu geben pflegte, wieder ausgespuckt, nachdem er ihr Schlafzimmer verlassen hatte. Das machte sie ab und zu, da sie nicht ständig betäubt werden wollte. Sie lag im Bett, starrte an die Decke und überließ sich ihren düsteren Gedanken. Sie könnte die Schlaftabletten sammeln, eine Überdosis nehmen und so ihrem grenzenlosen Leid ein Ende setzen. Aber vielleicht würde dann Maryline ihren Platz einnehmen. Das konnte sie nicht zulassen. Dieser Gedanke gab ihr manchmal Kraft.

Plötzlich hörte sie durch das geöffnete Fenster leise Stimmen auf der Terrasse. Sofort erkannte sie die Stimme von Maryline. Sie besuchte Michel häufig, wenn sie sicher waren, dass Fabienne dank der Tabletten tief und fest schlief. Manchmal hatte Fabienne gute Tage, an denen sie ihr Bett zwar mit viel Mühe, aber ohne fremde Unterstützung verlassen und sich mit Hilfe von Krücken vorwärtsbewegen konnte. In jener Nacht war es so gewesen.

Sie beschlich das Gefühl, dass diese Zusammenkunft anders verlaufen würde als sonst. Maryline lachte normalerweise ausgelassen, und Freude auf den gemeinsamen Abend war ihrer Stimme anzumerken. Heute Abend jedoch klang sie ernst. Fabienne befiel eine unbändige Neugierde. Sie wollte wissen, was die beiden zu besprechen hatten.

Fabienne rollte sich auf die Seite und schob mit den Händen ihre Beine über den Bettrand. Mithilfe einer Schlaufe, die über dem Bett hing, zog sie ihren Oberkörper in eine aufrechte Position. Sie griff nach ihren Krücken, die immer in Reichweite stehen mussten. Jetzt kam der schwierigste Teil. Sie musste aufstehen. Nach mehreren Anläufen stand sie, keuchend vor Anstrengung, neben ihrem Bett. Ihre Hände, die die Krückengriffe umklammerten, zitterten. Wenn sie jetzt ihrer Schwäche nachgab, würde sie zusammenbrechen und auf den Boden fallen. Dort würde sie hilflos liegen bleiben, womöglich mit gebrochenen Knochen.

Als ihr Atem ruhiger wurde, bewegte sie sich Zentimeter für Zentimeter durch ihr Schlafzimmer zum schmalen Flur. Durch die Hintertür, die ebenerdig auf die Wiese führte, gelangte sie nach draußen. Die weiße Scheibe des Mondes stand über der dunklen See, deren Rauschen sie hören konnte. Ansonsten herrschte absolute Stille.

Fabienne wusste, dass sich Maryline und Michel inzwischen in der Küche aufhielten. Dieser Raum war am weitesten von ihrem Schlafzimmer entfernt. Auf der Terrasse konnten sie ihre hemmungslosen Spielchen nicht treiben. Jemand hätte sie sehen können, auch wenn das Grundstück abgelegen war.

Die schwerbehinderte Frau setzte mühevoll einen Fuß vor den anderen und gelangte an das gekippte Fenster der Küche auf der Rückseite des Mobilheims.

Im Schein der Lampe beobachtete sie, wie Michel seine Geliebte leidenschaftlich küsste und gegen den Tisch drückte. Er schob ihr Kleid hoch und riss ihr das Höschen vom Leib. Dann setzte er sie auf den Tisch und drang in sie ein. Sein magerer, weißer Hintern bewegte sich voller Begierde. Er stöhnte und flüsterte seiner Geliebten zärtliche unverständliche Worte ins Ohr.

Erfüllt von Abscheu und Zorn über diesen Verrat, biss sich Fabienne die Lippe blutig. Sie bemerkte es nicht. In diesem Moment empfand sie abgrundtiefen Hass.

Maryline machte während dieser Szene einen seltsam abwesenden Eindruck. Nach dem Akt zog sie ihr Kleid zurecht und stopfte den zerfetzten Slip in ihre Tasche. Sie setzte sich an den Tisch und bat um ein Glas Wein. Michel holte eine angebrochene Flasche Rotwein aus dem Schrank, nahm zwei Gläser und setzte sich gegenüber seiner Geliebten an den Tisch. Wären die beiden aufmerksam gewesen, hätten sie ein wutverzerrtes bleiches Gesicht hinter der Fensterscheibe entdecken können. Aber sie waren auf sich selbst konzentriert.

»Ich muss mit dir reden, Michel.«

»Was gibt es denn, mein blonder Engel, hat es dir nicht gefallen?«

»Darum geht es jetzt nicht.«

Maryline nippte an ihrem Wein. Ihre großen grünen Augen richteten sich ernst auf ihren Geliebten.

»Worum geht es dann? Willst du Jean-Yves endlich verlassen? Großartig, wir brennen zusammen durch.«

Er lachte unbeschwert.

Fabienne überkam eine lähmende Angst.

»Nein, Michel.« Der entschlossene Ton von Marylines Stimme drang in die Dunkelheit. »Ich werde dich verlassen. Heute treffen wir uns zum letzten Mal.«

Entsetzt starrte ihr Geliebter sie an. »Das ist nicht dein Ernst.«

»Doch, das ist mein Ernst. Es tut mir leid, Michel, aber ich habe meine Entscheidung getroffen. Es ist Schluss.«

»Aber warum denn, mein Engel? Es ist doch so schön mit uns. Du brichst mir das Herz, wenn du mich verlässt.«

»Ich habe meine Gründe, Michel. Und jetzt werde ich gehen.«

An der Tür drehte Maryline sich noch einmal um.

»Mach's gut, Michel. Und danke für alles.«

Dann ging sie. Michel versuchte nicht sie aufzuhalten. Wie gelähmt saß er am Tisch. Er griff nach seinem Glas und leerte es in einem Zug. Dann schlug er die Hände vor sein Gesicht und weinte wie ein Kind.

»Warum nur, warum, mein Engel?«, schluchzte er.

Als Fabienne mit ihrer Geschichte zu Ende war, herrschte zunächst Stille. Roselin Dumas war erschüttert darüber, wie sich die Mitglieder dieser Familie gegenseitig quälten.

Philippe Lagarde wandte sich an Rigou. »Warum haben Sie uns diese Information vorenthalten? Sie könnte wichtig sein.«

»Sie ist nicht wichtig. Jean-Yves hat sie erschlagen.«

»Also, warum, Monsieur Rigou?«

»Ein Mann gibt es nicht gerne zu, wenn er verlassen wird.«

»Das reicht mir nicht als Erklärung.«

»Eine andere habe ich nicht.«

»Und Maryline Leblanc hat keinen Grund genannt, warum sie Sie verlassen wollte?«, bohrte Roselin nach. »Keinerlei Erklärungen?«

Ihn beschlich das Gefühl, dass sie in ein Wespennest gestochen hatten.

»Nein.«

»Können sie sich einen Grund denken?«

»Mir fällt keiner ein. Wir waren glücklich miteinander.«

Fabienne konnte es nicht mehr ertragen. »Er hat sie erschlagen, weil sie ihn verlassen hat«, kreischte sie. »Er ist der Mörder.«

Sie zeigte auf ihren Mann, ihr hagerer Finger zitterte.

»Er.«

Erbost sprang Rigou vom Stuhl auf. »Wenn du jetzt nicht still bist, stoße ich dich mit samt deinem Rollstuhl über die Klippe, du alte Hexe.«

Die Polizisten fuhren nach dem aufschlussreichen Gespräch zurück nach Barfleur. Bevor sie sich verabschiedeten, hatte Philippe Lagarde dem aufgebrachten Rigou unmissverständlich klargemacht, dass er ihn auf der Stelle verhaften lassen würde, wenn er sich nicht beruhigte und seine Frau Fabienne weiterhin bedrohte. Er hatte der Frau im Rollstuhl seine Visitenkarte in die Hand gedrückt, mit der Aufforderung, ihn umgehend anzurufen, wenn es Probleme geben sollte.

Michel Rigou hatte sich für sein Verhalten entschuldigt und versprochen, seine Frau anständig zu behandeln.

Mehr konnten sie im Moment nicht tun. Beide Männer waren sich einig, dass Ludovic Cleroc so schnell wie möglich die neuen Informationen erhalten musste. Es war Aufgabe der Kriminalpolizei von Cherbourg, die Ermittlungen durchzuführen. Vielleicht ergaben sich durch die Resultate dieser Befragung neue Spuren, die Jean-Yves Leblanc entlasten würden. Ansatzpunkte gab es genug.

Der Morgendunst hatte sich verzogen, es war heiß geworden. Roselin kurbelte das Fenster seines Dienstwagens herunter und lockerte den Krawattenknoten. Fröhliche Menschen in Badekleidung, ausgerüstet mit Sonnenschirmen, Klappstühlen und Kühltaschen, waren auf dem Weg zum Strand.

Die Sonne stand schon hoch am Himmel, und die Männer beschlossen, im Bistro »Im Wind der Inseln« ihr Mittagessen einzunehmen.

Sie suchten sich einen Tisch im Schatten unter der Markise. Gaston brachte die Speisekarten und empfahl frische Seezunge. Das hörte sich gut an. Dazu bestellten sie eine Karaffe vom weißen Hauswein und Wasser.

Als der Wirt die Getränke serviert hatte, schenkte Philippe Lagarde jedem eine halbes Glas Wein ein. Die Männer stießen an.

»Santé, Roselin.«

»Santé, mein Freund.«

Sie schwiegen.

Ihre Gedanken wanderten wieder zu diesem Ehepaar, das sich offensichtlich abgrundtief hasste und dennoch nicht voneinander loskam.

Schließlich ergriff der Kommissar das Wort. »Zwei Fragen drängen sich auf. Erstens, aus welchem Grund hat Maryline Leblanc ihren Geliebten verlassen? Zweitens, wo war sie an dem Abend, an dem sie ermordet wurde?«

Gaston eilte mit der in Butter gedünsteten Seezunge herbei, die köstlich roch.

Roselin nickte. »Genau, du bringst es auf den Punkt. Vorausgesetzt, Jean-Yves Leblanc und Michel Rigou sagen die Wahrheit, wo war sie dann? Vielleicht hat jemand sie gesehen.«

Er ließ sich durch den Duft des Fisches von seinen weiteren Überlegungen ablenken. Disharmonien, wie dieser Ehestreit, lösten bei ihm immer ein enormes Hungergefühl aus. Außerdem beschäftigte ihn die Frage, warum sich Florence gestern Abend so merkwürdig verhalten und hinter seinem Rücken mit Brigitte geflüstert hatte.

Erst kürzlich hatte er sie beim Durchstöbern seines Kleiderschrankes ertappt. Ihre Erklärung, ihr sei kalt und sie wolle nur schnell einen seiner Pullover überziehen, hatte wenig glaubwürdig gewirkt. So kalt war es nun auch wieder nicht gewesen. Sie hatte vorgehabt, auf der Terrasse Makrelen zu grillen. Was heckten die beiden aus?

Er versuchte sich wieder auf sein Gegenüber zu konzentrieren. Philippe wollte über den Fall diskutieren.

Als der zarte Fisch auf seiner Zunge zerging, kam ihm ein Gedanke.

»Was ist eigentlich mit dem Fahrrad von Maryline Leblanc? Steht es zu Hause, oder ist es verschwunden?«

»Keine Ahnung.«

Das Fahrrad. Natürlich.

Der Kommissar ergänzte die Notizen, die er für Cleroc gemacht hatte.

»Das ist eine wichtige Frage, Roselin, der Ludovic unbedingt nachgehen sollte. An seiner Stelle würde ich auch die Bevölkerung um Mithilfe bitten und nach Informationen über Maryline Leblanc fragen.«

Roselin setzte Philippe Lagarde vor dessen Gartentür ab und fuhr weiter zur Gendarmerie. Ein Berg Arbeit wartete auf ihn. Er nahm sich vor, am Wochenende einen schönen Ausflug mit Florence zu unternehmen, damit sie auf andere Gedanken kam. Vielleicht konnten sie das liebliche Tal der Vire besuchen, das südlich von Saint-Lô lag. In der Wallfahrtskapelle Chapelle-sur-Vire, die an einer malerischen, von Weiden überschatteten Flusswindung lag, würden sie Kerzen entzünden. Florence schien durch den Fund der toten Frau ihre Unbeschwertheit und Fröhlichkeit verloren zu haben.

Philippe Lagarde entdeckte seine Nachbarn Angélique und Richard unter der alten blauen Zeder in ihrem Garten. Sie saßen auf einer Bank und tranken Kaffee.

»Komm, Philippe, trink eine Tasse Kaffee mit uns«, rief Angélique und winkte ihm erfreut zu.

»Herzlichen Dank für die Einladung, Angélique. Aber ich muss Amélie vom Kindergarten abholen und bin schon spät dran. Camille hat heute Lehrerkonferenz.«

»Dann vielleicht morgen.«

»Sehr gerne.«

Er wollte in sein Haus eilen, als ihm noch etwas einfiel.

»Du bist der Held des Tages, Richard. Alle reden von deinem erfolgreichen Einsatz letzte Nacht auf See, Chapeau!«

Richard winkte ab. »Im Vergleich zu den Geschehnissen im Algerienkrieg war diese Aktion ein Kindergartenausflug.«

Lagarde lachte und verschwand im Haus. Er wollte sich frisch machen und die Kleidung wechseln. Inzwischen war das Thermometer auf dreißig Grad im Schatten gestiegen. Danach wurde es höchste Zeit, zur Tagesstätte zu fahren.

Der Kindergarten war ein moderner Bau, der sich aus mehreren flachen Gebäuden zusammensetzte. Er war von einem großen Grundstück mit gepflegtem Rasen und altem Baumbestand umgeben. Drei Planschbecken standen neben einer Schaukel, auf denen winzige Segelboote trieben. Sie bestanden aus Baumrinde, in der Ästchen steckten, an denen Segel aus Papier befestigt waren. Kinder waren keine zu sehen. Sie warteten im Haus darauf, abgeholt zu werden. Einmal im Monat fand um Punkt zwei Uhr eine Teamsitzung des Personals statt, deshalb schloss der Kindergarten früher. Lagarde betrat das Gebäude und schaute sich nach Amélie um. Sein Blick fiel auf die Glasfront, die den Blick auf den Garten freigab. Er bewunderte die lustigen originellen Bilder, die die Kinder mit Fingerfarben auf die Scheiben gemalt hatten. Eine ältere Frau, die einen kleinen Jungen an der Hand führte, fiel ihm auf. Wahrscheinlich handelte es sich um die Großmutter. Mit bemüht fröhlicher Stimme fragte sie ihren Enkel, was er heute im Kindergarten gemacht hatte.

»Ach, nichts weiter«, antwortete der Junge mit leiser Stimme.

Philippe Lagarde hatte noch nie ein so trauriges Kind gesehen.

Er entdeckte Amélie an der Garderobe. Sie saß auf einer Bank und zog ihre grünen Basketballschuhe an. Das Angebot einer Erzieherin, die Schleifen zu binden, lehnte sie empört ab.

»Ich bin schließlich ein Vorschulkind. Ich kann das alleine«, erklärte sie.

Als sie Lagarde entdeckte, sprang sie jubelnd auf, verlor ihren linken Schuh und umarmte ihn stürmisch.

»Hallo, Onkel Philippe«, rief sie. »Wie schön, dass du mich abholst.«

Er hob sie hoch und gab ihr ein Küsschen auf die Wange.

»Hallo, Prinzessin Pippinette, ich freue mich auch sehr.«

»Ich habe ein Geschenk für dich gebastelt, schau doch mal.«

Sie zeigte ihm ein rotes Kartonpapier, auf das sie winzige blaue und grüne Perlen in Form eines Herzens geklebt hatte.

»Es ist für dich, gefällt es dir?«

»Das ist ein wunderbares Geschenk, Amélie. Natürlich gefällt es mir. Ich muss überlegen, wo ich es bei mir zu Hause aufhängen werde.«

»Über deinen Schreibtisch würde es gut passen. Da hängt sonst nichts Buntes.«

»Das ist eine ausgezeichnete Idee.«

»Maman muss länger in der Schule bleiben. Was machen wir heute Nachmittag?«

»Was du willst, Prinzessin. Du hast Bestimmertag.«

»Ich weiß schon, wir machen einen langen Spaziergang mit Lali, danach gehen wir Eis essen.«

»Das ist ein toller Vorschlag, Amélie. Das machen wir.«

Philippe Lagarde hatte Camille und ihre Tochter vor ungefähr einem Jahr kennengelernt. Im Laufe der Zeit hatten sie sich angefreundet. Camille war alleinerziehende Mutter und von Beruf Lehrerin. Sie unterrichtete Französisch und Deutsch am Gymnasium von Saint-Vaast-la-Hougue. Der Kommissar übernahm den Babysitterjob, wenn Camille länger arbeiten musste. Sie hatte sonst niemanden.

Philippe Lagarde informierte einen Erzieher, der in

einem der Spielzimmer auf dem Teppich kniete und Tausende von Legosteinen in eine Holzkiste räumte, dass er Amélie abholen würde.

Der junge Mann blickte kurz auf. »Madame Renard hat uns deswegen angerufen. Das geht in Ordnung. Ich wünsche einen schönen Nachmittag.«

»Vielen Dank. Au revoir.«

Amélie hatte es jetzt eilig und ließ es zu, dass Lagarde ihr die Schuhe band und die Söckchen zurechtzog. Die Spange von einem ihrer blonden Rattenschwänzchen hatte sich gelöst und wurde wieder an Ort und Stelle befestigt. Lagarde nahm ihre Jacke und die Kindergartentasche, und sie verließen die Tagesstätte.

Als sie Lali abgeholt hatten, konnte der Ausflug beginnen. Lali war Amélies Hund, der von einem Nachbarn versorgt wurde, wenn Camille und ihre Tochter nicht zu Hause waren. Es war ein kleiner Mischlingshund mit weißbraun geflecktem Fell und spitzen Ohren. Um den Hals trug er immer ein gefaltetes Dreieckstüchlein. Heute war es grün, wie das Kleid seines Frauchens.

Philippe Lagarde fuhr auf die Landzunge, auf der das Grundstück von Fabienne und Michel Rigou lag. Amélie und ihr Hund saßen auf dem Rücksitz und teilten sich eine Stange Puffreis. Interessiert betrachtete das Mädchen die vorüberziehende Landschaft.

»Da drüben, das sind Austerngärten«, klärte sie Lagarde auf.

»Maman isst gerne Austern. Lali und ich können diese glitschigen Tiere nicht ausstehen. Sie werden lebendig verzehrt, stell dir das mal vor.«

Angewidert schüttelte sie sich, dass die Zöpfchen flogen.

»Eis ist uns lieber. Wir gehen doch nach dem Spaziergang Eis essen?«

»Selbstverständlich. Ich habe es dir doch versprochen.«

Zufrieden knabberte das Mädchen weiter an der Süßigkeit.

Hinter dem Campingplatz parkte Lagarde am Straßenrand. Zu dem Mobilheim waren es höchstens noch zweihundert Meter. Er machte sich Sorgen um Fabienne Rigou und wollte einen Blick auf das Grundstück werfen. Der verbeulte Vesparoller, der bei ihrem Besuch am Vormittag neben dem Holzhaus gestanden hatte, war verschwunden, die Terrasse war verlassen, die Eingangstür geschlossen. Während Amélie auf dem Schotterweg Stöckchen für ihren Hund warf, der sie begeistert jagte, drehte der Kommissar eilig eine Runde um das Mobilheim. Die Gardine an Fabiennes Schlafzimmerfenster war zurückgezogen, so dass er einen Blick hineinwerfen konnte. Der Raum war leer. Vielleicht hatte Adèle vom Behindertenfahrdienst die kranke Frau wieder abgeholt. Am liebsten hätte er das Türschloss geknackt, um in alle Räume schauen zu können. Aber so eine Aktion kam jetzt nicht in Frage.

Er versuchte sich mit dem Gedanken zu beruhigen, dass die Rollstuhlfahrerin im Besitz seiner Handynummer war und ihn jederzeit anrufen konnte.

Er lief auf das Mädchen zu, das mit seinem Hund über eine Wiese tobte und sich hinter Ginsterbüschen versteckte. Sie hatte sein Interesse an dem Häuschen nicht bemerkt. Dann folgten sie der Schotterpiste, vorbei an einem Stellplatz für Wohnmobile, hinter dem dichtes Schilfrohr wuchs. Ein deutsches Ehepaar saß an einem Klapptisch vor einem riesigen Fahrzeug. Die beiden grüßten freundlich mit einem drolligen Akzent. Der Duft, der von einem Teller ausging, auf dem kleine Bratwürste lagen, zog Lali unwiderstehlich an. Direkt vor den Touristen setzte sich der Hund, machte Männchen und jaulte.

»Du sollst nicht betteln, Lali«, schimpfte Amélie, blieb neben ihm stehen und verschlang die Nürnberger Rostbratwürstchen mit den Augen.

Die deutschen Touristen lachten über die beiden, und die Frau hielt Amélie auffordernd den Teller hin.

Sie sah Lagarde fragend an. Er gab nickend sein Einverständnis.

Das kleine Mädchen nahm zwei Würstchen, machte einen Knicks und bedankte sich artig. Winkend zogen sie weiter.

Als sie das Marschland erreicht hatten, wählten sie einen Plankensteg, der quer durch das Feuchtgebiet verlief. Holzbrücken führten über Wasseradern, in denen sich Krebse und kleine schillernde Fische tummelten. Sie verließen den Steg und wateten barfuß durch einen Bach. Unter einer flachen Holzbrücke machten sie im Schatten Rast. Der Kommissar holte eine große Wasserflasche aus seinem Rucksack. Amélie füllte etwas Wasser für Lali in einen ausgehöhlten Stein und trank dann selbst durstig. Im Bach entdeckte sie einen tieforangen Taschenkrebs, den sie sich auf die Hand setzte. Als er zu krabbeln begann, machte Lali erschrocken einen Satz rückwärts. Behutsam setzte Amélie das Krustentier an eine geschützte Stelle in den Bach zurück. Anschließend kletterte sie über das Holzgerüst auf die Brücke und winkte von oben herab. Lagarde lobte sie für ihr Geschick, und sie war sehr stolz. Am Ende des Plankenweges sprangen sie auf den Sandstrand. Sie liefen um die Wette auf die Brandung zu. Natürlich gewann Amélie. Im nassen Sand folgten sie der weiten Bucht, und manche besondere Muschel landete in der Tasche von Amélies Kleid. Eine Familie saß am Rand der Dünen und veranstaltete ein Picknick. Einige Jugendliche spielten Volleyball. Eine einsame Schwimmerin hatte sich weit hinaus in die Fluten gewagt.

Die Sandbucht endete an hohen, grauen, ausgeschwemmten Felsen. Die Flut hatte ihren Höhepunkt noch nicht ganz erreicht, so dass ein schmaler steiniger Pfad vor ihnen lag, der an den Klippen entlangführte. Lagarde wollte umkehren, doch Amélie bat ihn, noch ein Stück weiterzulaufen. Sie wollte über die Steine klettern und schauen, ob sie Schätze in den Aushöhlungen fand, schöne Federn von Seevögeln beispielsweise. Sie stiegen über Felsbrocken und spähten in jede Höhle. Und tatsächlich, in einer der schwarzen Nischen lag eine weißbraune Feder. Das Mädchen jauchzte und steckte sich den Schmuck unter Indianergeheul ins Haar. Die letzten Meter des Weges, der um die Klippen führte, wurden bereits von Wellen überflutet, und sie wateten durch das Wasser. Mit einem Riesengeschrei spritzten sie sich gegenseitig nass. Lali begleitete sie schwimmend.

Dann erreichten sie eine weitere, kleine, schmale Bucht, die von flach geschliffenen, granitgrauen, schwarzen und roten Steinen übersät war. Jede ankommende Welle überflutete den Streifen ein wenig mehr. Eine verwitterte Holztreppe führte über kantige Felsbrocken und Gestrüpp steil nach oben zum Klippenrand. Lali streunte durch das Geröll, als etwas ihre Aufmerksamkeit erregte. Sie schnupperte aufgeregt an einem Stein, stellte Schwanz und Ohren auf, knurrte, bellte und begann mit den Vorderpfoten den Sand hinter sich zu schleudern. Unermüdlich schaufelte sie ein Loch und war von ihrem Tun nicht abzubringen. Lagarde und Amélie schauten ihr interessiert zu.

»Meinst du, Lali hat einen Schatz entdeckt?«, fragte das Mädchen.

»Schön wär's.« Der Kommissar lachte. »Dann gehen wir auf Weltreise.«

»Mit einem Piratenschiff?«

»Etwas anderes kommt überhaupt nicht in Frage. Und du wirst Kapitän.«

Die Kleine strahlte.

Im tiefer werdenden Buddelloch erschien ein silbernes Band, dann ein hoher dünner Absatz. Lali zerrte an dem Riemen und beförderte triumphierend eine silberne, hochhackige, rechte Damensandalette ans Tageslicht.

»Kein Schatz«, stellte Amélie enttäuscht fest. »Nur ein Schuh. Hoffentlich ist die Frau nicht ertrunken.«

Lagarde beruhigte sie sofort. »Das glaube ich nicht. Vielleicht hat sie ihn verloren, oder jemand hat ihn weggeworfen.«

Nachdenklich betrachtete er den Fund. Normalerweise war er nicht von Interesse. Es war erstaunlich, welche Gegenstände das Meer anspülte. Aber eine silberne Damensandalette? Wer hatte so etwas kürzlich erwähnt? Ein Kribbeln breitete sich in seinem Körper aus, wie immer, wenn er während einer Ermittlung auf einen Hinweis stieß, der zu neuen Erkenntnissen führen könnte. Seine Intuition flüsterte ihm ins Ohr, dass der Schuh wichtig war.

Er packte den Schuh und befahl Lali: »Aus.« Der Hund knurrte zunächst und wollte nicht gehorchen. Ein strenger Blick von Amélie überzeugte ihn vom Gegenteil. Er ließ seine Beute in den Sand fallen. Lagarde steckte das Fundstück in seinen Rucksack.

»Wir nehme ihn mit«, verkündete er.

»Komm, Amélie, wir steigen die Treppe hoch und laufen zum Auto zurück. Die Flut hat schon fast den ganzen Strand überspült. Nichts wie weg.«

Er nahm das Mädchen bei der Hand, und sie kletterten die Stufen hinauf. Von oben hatten sie einen wunderschönen Blick auf den Atlantik im sanfter werdenden Nachmittagslicht.

Ein enger gerader Weg verlief ungefähr hundert Meter an einem Grundstück entlang, das mit einem verrosteten Maschendrahtzaun eingegrenzt war. Ein Bungalow, der verlassen wirkte, stand zwischen hohen Gräsern und grün belaubten Bäumen. Philippe Lagarde stellte fest, dass die bebauten Parzellen oberhalb der Klippen mit ihrer zum Meer hin fantastischen Aussicht in einem Erdbeerwald lagen. Immergrüne Sträucher und Bäume mit dichten Zweigen und einer Wuchshöhe bis zu zehn Metern gediehen auf diesem Küstengebiet und überwucherten den Boden. Die Früchte der Bäume erinnerten an Erdbeeren und waren von mehliger Konsistenz. Sie waren genießbar und schmeckten leicht süßlich. Lagarde wusste, dass aus den Blüten des Baumes ein bittersüßer Honig gewonnen wurde, der »miel d'Arbousier«, den Odette in ihrem Restaurant zu einem bestimmten Käse servierte. Der Erdbeerbaum, ein Winterblüher, war im Altertum auch Meerkirsche genannt worden. Im Wappen von Madrid war auch ein Erdbeerbaum abgebildet.

Auf der linken Seite des Pfades befand sich eine hohe Steinmauer, die den Blick auf das Grundstück verwehrte. Abrupt endete der Sichtschutz, und eine Reihe von aufgelockert und schnurgerade gepflanzten Thujapflanzen gaben die Sicht auf eine wunderschöne, stattliche, alte Villa im Erdbeerwald frei. Der Kommissar bewunderte das prächtige Anwesen, das sich vor ihnen erhob. Er fand es jammerschade, dass heutzutage solche Gebäude nicht mehr errichtet wurden und alle Häuser gleichförmig und phantasielos schienen.

Die eingeschossige Villa bestand aus einem Mittelbau und zwei Seitenflügeln. Der schmalere, mittlere Teil war den seitlichen Anbauten vorgesetzt. Das spitze, glänzende Schieferdach überragte die breiteren Dächer der Flügel. Über dem imposanten bronzenen Eingangsportal schwebte ein Steinbalkon, dessen Balustrade mit orientalischer Ornamentik versehen war. Aus den Dachschrägen ragten kleinere Erker, die wiederum mit Schieferplatten bedeckt waren. Im Dreieck über den Fenstern waren kunstvolle Reliefs abgebildet. Vor den fast zimmerhohen, schmalen, weiß lackierten Holzfenstern waren schwarze, elegant geschmiedete Schutzgitter angebracht. Die Fassade war aus roten Klinkersteinen gebaut und an den Ecken mit grauen Quadern versehen, die auch auf jeder Außenwand zu einem senkrecht verlaufenden Muster gesetzt waren. Zum Portal führte eine halbrunde Marmortreppe. Alte knorrige Olivenbäume gruppierten sich um das herrschaftliche kleine Schloss.

Ein niedriger Anbau, der sich nach Süden zum Meer hin ausrichtete, war in der gleichen graurot gemauerten Bauweise gestaltet. Dahinter, auf der Ebene, die bis zu den Klippen reichte, leuchtete die glatte blaue Wasseroberfläche eines Swimmingpools inmitten eines grünen Rasens. Das Becken war nierenförmig in die Erde eingelassen und lag in einem Rechteck aus türkisenen, blauen und goldenen Mosaiksteinen. Auf den Platten standen zwei edle Holzliegen und ein runder flacher Tisch. Es war niemand zu sehen.

Sie gelangten auf einen Gehweg, der an einer ruhigen Nebenstraße entlangführte. Die Steinmauer, hinter der die Villa lag, wurde von einem geschmiedeten hohen grünen Tor durchbrochen, das geschlossen war. Weiße und rote Rosen rankten sich um die mit goldenen Spitzen versehenen Stäbe.

Ein älterer Mann mit einer karierten Schiebermütze auf dem Kopf stand an der Ecke und redete mit seinem Hund, einem weißen Spitz. Als Lali ihn entdeckte, sprang sie begeistert auf ihn zu. Der Schwanz wirbelte wie ein Propeller. Die beiden Hunde tänzelten umeinander und beschnupperten sich.

»Sie haben aber einen hübschen lieben Hund«, sprach Amélie den Mann an. »Wie heißt er denn?«

»Es heißt Fifou, kleines Fräulein.«

»Das ist aber ein schöner Name.«

»Und wie heißt dein Hund?«

»Lali, und sie isst am liebsten Erdbeereis.«

Der Mann lachte. »Ein wohlerzogener Hund mit einem besonderen Namen.« Ihm war wohl nach einem kleinen Plausch zumute, denn er sprach auch Philippe Lagarde an.

»Haben Sie die rote Villa gesehen?«

»Ja, sie ist mir aufgefallen, weil sie so bezaubernd ist.«

»Ein Engländer hat sie gekauft und renoviert. Und dann lässt er diesen Pool bauen, der überhaupt nicht zum Stil des Hauses passt. Was haben diese Angelsachsen nur für einen Geschmack!«

Lagarde nickte grinsend. »Die farbigen Mosaikplatten wirken etwas schrill, das muss ich zugeben. Weniger wäre hier mehr gewesen.«

»Seine Frau habe ich seit Tagen nicht mehr gesehen. Merkwürdiges Volk, diese Engländer.«

»Sie wird schon wieder auftauchen.«

»Sie sind die Treppe von der Bucht hochgekommen, nicht wahr? Fällt Ihnen das auch auf, dass am Strand immer mehr Müll herumliegt? Heutzutage wirft man einfach alles weg«, erklärte der Mann erbost. »Unsere schönen Strände sind doch keine Müllhalden. Da vorne«, er deutete auf einen Laternenmast, »steht schon seit Tagen ein herrenloses Fahrrad, kein Mensch holt es ab. Die Leute lassen einfach alles stehen und liegen, als würde es kein Geld kosten. Was ist das nur für eine

Welt! Es herrscht einfach keine Ordnung mehr. Früher war das anders.«

Der Kommissar hatte keine Lust mehr, sich die Schimpftiraden des Rentners anzuhören, und lenkte ihn ab.

»Können Sie mir vielleicht einen Tipp geben? Ich brauche noch Muscheln für das Abendessen. Wo könnte ich denn welche bekommen?«

»Wo steht Ihr Wagen?«

»In der Nähe des Campingplatzes.«

»Auf dem Zeltplatz gibt es einen kleinen Markt, auf dem man frischen Fisch und Meeresfrüchte kaufen kann. Sagen Sie dem Verkäufer, Baptiste hat Sie geschickt, dann bekommen Sie ganz sicher die beste Qualität.«

»Merci, Monsieur. Amélie, komm, wir müssen los.«

Das Mädchen hüpfte auf einem Bein den Gehsteig entlang und winkte dem Mann zu.

Sie machten sich auf den Weg zum Campingplatz. Amélie wurde müde, und Philippe Lagarde setzte sie auf seine Schultern. Sie legte ihre Ärmchen um seinen Hals. Augenblicklich schlief sie ein. Lali trippelte neben ihnen her und ließ sein Frauchen nicht aus den Augen.

Neben dem Empfang des Zeltplatzes befand sich ein kleiner Supermarkt. Davor, an einem Stand, verkaufte ein Mann frischen Fisch, Muscheln, Schnecken und rosa Garnelen. Er hatte auch Hühner im Angebot.

Sie waren gerupft, der Kopf jedoch befand sich noch am Rumpf.

Lagarde stellte sich in die Schlange zu den Campern in Badekleidung, die ebenfalls für ihr Abendessen einkauften. Die Menschen unterhielten sich gut aufgelegt und scherzten.

»Was möchtest du heute Abend essen, Prinzessin Pippinette? Soll ich Hähnchen grillen oder Muscheln mit Spaghetti kochen?«, fragte er die müde Amélie.

»Spaghetti, bitte.«

Mit dieser Antwort hatte er gerechnet. Er kaufte zwei Kilo Miesmuscheln. Am Gemüsestand wählte er einen großen Kopf Friséesalat, aromatisch riechende Eiertomaten und braune Champignons.

Dann suchten sie das Bistro auf, das ebenfalls zum Campingplatz gehörte, und nahmen unter einem Sonnenschirm Platz. Amélie studierte konzentriert die Eiskarte. Sie konnte schon ein wenig lesen und entschied sich für drei Kugeln gemischtes Eis mit Schokoladensauce und Waffeln. Lali bekam eine Kugel Erdbeereis, wie immer. Lagarde bestellte für sich einen großen Milchkaffee und ein Stück Käsekuchen.

Auf einem staubigen Platz vor dem Supermarkt spielte eine Horde wilder Jungs Fußball. Der Ball verfehlte sein Ziel, ein provisorisches Tor aus zwei Stöcken, und flog genau auf Amélies Kopf zu. Lagarde sprang auf und fing ihn ab. Dann warf er ihn zurück zu den Jungs.

»Passt auf, wo ihr hinschießt«, rief er.

»Entschuldigung, Monsieur«, antwortete ein rothaariger Jugendlicher. »Kommt nicht wieder vor.«

Die Horde trollte sich in Richtung Strand.

Lagarde fiel etwas ein. Er hatte im Supermarkt einen Wasserkübel gesehen, in dem schöne bunte Blumensträuße steckten. Er würde für Camille einen Strauß kaufen. Nach der langen Lehrerkonferenz würde sie sich sicherlich darüber freuen. Er glaubte nicht, dass ihr sonst jemand Blumen schenkte.

»Ich bin gleich wieder da, Amélie. Bezahlst du schon mal die Rechnung? Wir müssen jetzt zu mir nach Hause fahren und das Abendessen kochen. Deine Maman wird bald kommen.«

»Ist gut, Onkel Philippe.«

Durch das Schaufenster des Supermarktes beobachtete er amüsiert, wie die Kleine nach dem Kellner winkte und mit ihm sprach. Als er die Rechnung auf einem Schälchen brachte, holte sie Geld aus seiner Brieftasche, rechnete und rechnete und legte dann einen Betrag zur Quittung. Die Bedienung brachte ihr das Wechselgeld. Sorgfältig verstaute sie es in seinem Geldbeutel. Als Lagarde wieder zu ihr zurückkehrte, legte sie gerade einen Euro Trinkgeld in das Schälchen.

»Ist das richtig so, Onkel Philippe?«

»Perfekt, Prinzessin Pippinette, du hast gut aufgepasst.«

Sie waren in Lagardes Küche und kochten gemeinsam. Amélie wollte unbedingt mithelfen. Beide trugen die gleiche Schürze. Sie waren ein Geschenk des kleinen Mädchens und seiner Mutter für ihn zu Weihnachten gewesen. Amélie hatte sie im Kindergarten gebastelt. Sie bestanden aus naturfarbenem Leinenstoff, und ihre Vornamen waren mit Kartoffeldrucktechnik in roten und blauen Buchstaben auf dem Stoff verewigt worden.

Amelie stand auf einem Schemel an der Spüle und wusch den Salat mit höchster Konzentration. Blatt für Blatt wurde er gesäubert. Lagarde bereitete den Sud für die Miesmuscheln zu. Lali lag zusammengerollt in der Sofaecke und schlief. Ab und zu winselte sie im Traum.

Aus den Boxen der Stereoanlage drang leise ein Lied von Joe Dassin, »L'été indien«. Der Kommissar summte mit, während er im Topf rührte.

»On ira où tu voudras, quand tu voudras.«

Sie stellten Getränke kalt und deckten den Tisch auf der Terrasse. Amélie war in ein Spiel vertieft, und Lagarde gönnte sich eine Pause und setzte sich mit einer Tasse Milchkaffee an den Tisch. Die Sonne verabschiedete sich, und das Meer erstrahlte in orangen und rosa Farben. Ein Fischkutter steuerte gemächlich den Hafen von Barfleur an. Ein Arbeitstag neigte sich dem Ende zu.

An der Tür klingelte es. Es war Camille, die ihre Tochter in die Arme schloss und Lagarde mit zwei

Wangenküsschen begrüßte. Sie trug einen eleganten dunkelblauen Hosenanzug und eine weiße Bluse. Ihr dunkelblondes Haar hatte sie mit einer Perlmuttspange hochgesteckt. Sie sah erschöpft aus.

»Hallo ihr beiden, habt ihr euch gut amüsiert?«

»Ja, sehr«, rief Amélie. »Wir haben einen langen Spaziergang am Meer gemacht, und ich habe eine Feder gefunden. Sieh doch!«

Camille bewunderte den Fund. Sie zog ihre Jacke aus und ließ sich auf einen Stuhl sinken.

»Endlich Feierabend. Ich dachte schon, diese Lehrerkonferenz würde niemals enden.«

»Darf ich dir ein kühles Glas Weißwein bringen?«, erkundigte sich Lagarde.

»Das hört sich großartig an.«

Er brachte ihr ein Glas und fragte: »Wie war die Konferenz?«

»Langweilig. Vier Stunden hat sie sich hingezogen. Die Themen hätte man genauso gut in der Hälfte der Zeit abhandeln können. Aber manche Kollegen finden einfach kein Ende. Wahrscheinlich wartet niemand auf sie, der etwas Feines zum Abendessen gekocht hat.« Sie lächelte. »Was gibt es denn Gutes?«

Erneut klingelte es an der Tür. Camille sah ihn fragend an.

»Das sind Angélique und Richard. Ich habe sie spontan eingeladen. Du hast doch nichts dagegen?«

»Aber nein, ich mag die beiden sehr gerne.«

Angélique und Richard Martinet betraten die Terrasse und wurden herzlich begrüßt. Angélique trug ein langes, eng anliegendes, altrosa Abendkleid, das durch einen glänzenden Seidenschal im gleichen Farbton ergänzt wurde, der ihr lässig um den Hals hing. Passend zu der eleganten Erscheinung seiner Frau hatte sich Richard für einen dunkelgrauen Anzug entschieden. Die Fliege und das Stecktüchlein waren altrosa.

Sie nahmen um den Tisch Platz, auf dem weiße Kerzen in Kugelgläsern in der Abendbrise flackerten, und warteten gespannt, was ihr Gastgeber servieren würde.

Lagarde trug den ersten Gang auf. Auf die gerupften Salatblätter gab er Tomaten, Champignons, hart gekochte geschnittene Eier und Thunfischfilets. Sie stießen auf den schönen Abend an.

»Die köstliche Vorspeise hat Amélie ganz alleine zubereitet«, informierte Lagarde seine Gäste. »Als Hauptgericht gibt es auf Wunsch von Prinzessin Pippinette«, er zwinkerte ihr zu, »Spaghetti mit Miesmuscheln. Nach dem Käse schließt ein Überraschungsdessert das Menü ab.«

Sie ließen es sich schmecken und lobten die beiden Köche. Camille erzählte von der Lehrerkonferenz und bedankte sich noch einmal bei Philippe, dass er sich um Amélie gekümmert hatte.

Angélique stellte besorgt fest, dass die alleinerziehende berufstätige Mutter ziemlich gehetzt wirkte.

»Camille, wenn du mal etwas zu erledigen hast oder

in Ruhe einkaufen möchtest, übernehmen wir gerne die Betreuung deiner bezaubernden kleinen Tochter. Ein Anruf genügt. Nicht wahr, Richard?«

»Immer gerne«, erwiderte er und legte den Arm um die Kleine. »Wenn du dich in ein Haus traust, auf dessen Dachboden Gespenster wohnen.«

Amélie kicherte. »Es gibt doch keine Gespenster, Onkel Richard.«

»Wenn du kommst, sehen wir nach. Ausgerüstet mit Taschenlampen und Wasserspritzpistolen.«

»Jetzt mach doch dem Kind keine Angst. Richard«, rügte Angélique ihren Mann. Und zu Amélie gewandt fuhr sie fort: »Natürlich gibt es keine Gespenster. Wenn du bei uns bist, kannst du uns auf dem Boot begleiten, wenn wir hinausfahren, um die Reusen zu leeren.«

»Darf ich auch mithelfen?«

»Wir können jede Unterstützung gebrauchen, schließlich sind wir nicht mehr die Jüngsten.«

Als das Dessert aufgetragen wurde, ließ es sich Richard nicht nehmen, wieder einmal eine Geschichte aus seiner Zeit in Algerien zu erzählen. Philippe Lagarde war fest davon überzeugt, dass er sich die Abenteuer für Amélie ausdachte.

»Stellt euch vor, eines Tages floh während eines Jahrhundertsandsturmes ein alter zahnloser Mann in unser Wüstenlager und berichtete, dass ganz in der Nähe in einem stillgelegten Silberbergwerk ein Schatz liegen würde.

Am nächsten Morgen machten wir uns auf den Weg. Wir waren wild entschlossen, reich zu werden. Durch einen verborgenen Höhleneingang gelangten wir in einen Tunnel, der immer niedriger wurde und uns tief in den Berg führte. Zwei Lampen waren bereits erloschen. Was tun, wenn die dritte und letzte auch noch ausfallen würde?«

Amélies Augen wurden immer größer.

»Wir gelangten an einen unterirdischen See, auf dessen Grund sich der Schatz befinden sollte. Und jetzt? Tauchen war unmöglich. Vielleicht wurde das Gold von einem Seeungeheuer bewacht, das uns mit Haut und Haaren verschlingen würde. Technisch versiert, wie wir waren, konstruierten wir eine Pumpe, die das Wasser absaugen sollte.«

Lagarde hatte große Mühe, ein ernstes Gesicht aufzusetzen. »Nach drei Tagen war der See verschwunden. Weit und breit gab es keine Spur von einem Ungeheuer. Eine Leiter führte auf den Grund des Sees. Dort stand auf einem schwarz glänzenden Felsgestein eine goldene Truhe. Wer sollte es wagen, in diesen Höllenschlund zu steigen? Die Wahl fiel selbstverständlich auf mich.«

»Weil du der tapferste der Männer warst?«, fragte Amélie.

»Genau so war es, mein Kind. Also stieg ich hinab. Am Leiterende angekommen, erlosch die dritte Lampe. Nun blieb mir nur noch das Licht einer Kerze. Zur Truhe führten Steinplatten, von denen ein magisches

Leuchten ausging. Schritt für Schritt näherte ich mich dem Schatz. Dann nahm ich meinen ganzen Mut zusammen und hob den Deckel der Truhe.«

Amélie hielt dem Atem an.

»Was glaubt ihr, was sich daraus erhob?«

»Ein feuerspeiender Drachen?«, hauchte das kleine Mädchen.

»O nein. Eine Fee schwebte über mir in der Höhle, die plötzlich von einem Sternenhimmel erleuchtet war. Es war die schönste Frau, die ich jemals erblickt hatte. Außer Angélique natürlich. Die Fee sprach, dass sie mir drei Rätsel aufgeben würde. Würde ich sie lösen, wäre der Schatz mein. Als gebildeter Mann war das kein Problem für mich. Obwohl die Rätsel sehr schwer waren, das könnt ihr mir glauben. So nahm ich die Schatztruhe in Empfang, und wir schleppten sie zum Höhlenausgang.«

»Und was war drin?« Amélie konnte ihre Neugierde nicht mehr zurückhalten.

»Tausend Goldstücke waren drin.«

»Tausend Goldstücke! Dann bist du ja ein reicher Mann, Onkel Richard.«

»Nun ja, nicht wirklich. Schließlich mussten wir durch drei teilen. Jeder bekam dreihundertdreiunddreißig Goldstücke. Ein Goldstück schenkten wir dem Mann, von dem wir den Tipp hatten.«

Alle klatschten, als Richard die Geschichte beendet hatte.

Philippe Lagarde schenkte nach und erkundigte sich, wer einen Calvados wollte. Richard meinte, ein Pastis sei ihm lieber.

Amélie gähnte und kuschelte sich an Richard. Bald wurde es Zeit aufzubrechen.

Sie plauderten, und der Kommissar erzählte, dass sie heute bei ihrem Spaziergang eine wunderschöne rote Villa in einem Erdbeerwald entdeckt hatten.

Amélie wurde blass, sie klammerte sich an ihre Mutter.

»Was hast du denn, mein Spatz?«, fragte Camille erschrocken.

»Philibert hat im Kindergarten erzählt, dass er seine Maman zum letzten Mal gesehen hat, als sie in einem Erdbeerwald verschwunden ist.«

Um einundzwanzig Uhr war Philippe Lagarde mit Hauptkommissar Ludovic Cleroc im Bistro »Im Wind der Inseln« verabredet. Er wollte ihm berichten, was sie bisher herausgefunden hatten, und ihm mitteilen, dass sie sich zukünftig aus den Ermittlungen heraushalten würden. Es war der Fall von Cleroc. Das musste auch Jean-Yves Leblanc einsehen.

Der eigentliche Grund ihres Treffens war jedoch, dass sie nach langer Zeit bei einem Bier wieder einmal reden wollten. Soweit Lagarde sich erinnern konnte, war Ludovic damals in einen heftigen Scheidungskrieg verstrickt gewesen. Er hatte keine Ahnung, wie die Streitigkeiten ausgegangen waren. Cleroc war ihm immer sympathisch gewesen. Sie sollten sich in Zukunft wieder öfter treffen und zusammen essen gehen. Vielleicht bei Odette, Ludovic liebte die gehobene Küche.

Nachdem er sich von seinen Gästen verabschiedet hatte, fuhr er zum Bistro und setzte sich an die Theke. Ludovic war noch nicht eingetroffen. Lagarde bestellte ein Bier und plauderte mit Gaston, dem Wirt. Es war nicht viel Betrieb.

Lagarde erzählte ihm von der roten Villa und der neu gebauten Poolanlage mit der ausgefallenen Pflasterung.

»Ich denke, schlichte Granitsteinplatten hätten besser zu dem Stil des Anwesens gepasst. Aber das muss jeder selbst wissen.«

»Ja, sicher«, bekräftigte Gaston. »Über Geschmack lässt sich eben nicht streiten. Meine Freundin Nadine hat blaue Strähnchen in ihre Haare machen lassen. Das sieht vielleicht komisch aus. Aber ich habe kein Wort gesagt. Das wäre Majestätsbeleidigung.«

Die Männer lachten.

Inzwischen war es einundzwanzig Uhr fünfzehn.

Lagarde versuchte, den Hauptkommissar auf seinem Handy zu erreichen. Er ging nicht ran. Merkwürdig. Er müsste doch schon seit mindestens einer Viertelstunde hier sein. Ludovic war ein pünktlicher Mensch.

»Wartest du auf jemanden?«, fragte Gaston.

»Ja, auf einen Kollegen, den ich von früher kenne. Er ist Hauptkommissar bei der Kriminalpolizei von Cherbourg.«

»Ah, ich verstehe, ein Männerabend.«

Lagarde versuchte es noch einmal und ließ es lange klingeln. Die Mailbox sprang nicht an. Auch das war seltsam.

Ein Kommissar, der in einem so wichtigen Fall ermittelte, war immer erreichbar.

Um einundzwanzig Uhr vierzig trank er sein Bier aus und verabschiedete sich von Gaston.

»Mein Kollege kommt wohl nicht mehr. Wahrscheinlich ist etwas dazwischengekommen.«

»Ja, wahrscheinlich. So etwas kann passieren. Komm gut nach Hause, Philippe. Bonsoir.«

»Bonsoir, Gaston.«

Ludovic Cleroc fuhr mit überhöhter Geschwindigkeit auf der Nationalstraße nach Barfleur. Er war spät dran. Philippe würde sicher pünktlich sein. Er hielt sein Handy ans Ohr gepresst und stritt mit seiner Freundin. Die Freisprechanlage hatte er ausgeschaltet, weil ihr Rauschen das Gespräch störte. Suzanne verlangte, dass er den Abend mit ihr verbringen sollte. Er aber wollte mit seinem alten Kollegen ein Bier trinken gehen. Das verstand sie nicht und reagierte beleidigt. Sie kannten sich erst seit zwei Monaten, und bereits jetzt wollte sie ihm Vorschriften machen, genau wie seine Exfrau.

Cleroc war genervt. Er hatte keine Lust, sich für sein Vorhaben zu rechtfertigen. Auf der anderen Seite war er verliebt und wollte sie nicht verlieren. Es war nicht leicht gewesen, eine Frau zu finden, die bereit war, die Anforderungen seines Berufes zu akzeptieren. Jahrelang war er Single gewesen und hatte diesen Zustand gehasst.

»Ich kann doch später noch zu dir kommen, Suzanne«, schlug er einlenkend vor. »Nach meinem Treffen mit Philippe. Wir machen es uns gemütlich.«

»Ich habe für uns gekocht, Ludovic. In zwei Stunden schmeckt es nicht mehr. Außerdem schlafe ich dann wahrscheinlich schon. Ich muss morgen früh bald raus.«

»Dann treffen wir uns doch morgen Abend, Suzanne. Ich lade dich zum Essen ein«, lockte er.

»Morgen habe ich keine Zeit«, erklärte sie mit scharfer Stimme.«

»Übermorgen?«

»Nein.«

»Dann mach du doch einen Vorschlag.«

»Ich mache keinen Vorschlag. Ich kippe jetzt das Essen in den Mülleimer und gehe ins Bett. Gute Nacht.«

Sie drückte ihn weg. Wütend schaltete er sein Handy aus und warf es auf den Beifahrersitz.

Zicke!

Er durchquerte ein größeres Waldstück. Dunkle Bäume rauschten an ihm vorbei. Er kramte in der Ablage nach seinen Zigarillos. Nach dem Ärger mit Suzanne musste er eine rauchen. Nach einem kurzen Moment der Unachtsamkeit richtete er seinen Blick wieder auf die Straße. Ein ausgewachsenes Reh stand paralysiert im Lichtkegel seiner Scheinwerfer. Große dunkle Augen starrten ihn an. Er trat auf die Bremse und erfasste gleichzeitig frontal das Tier. Das Fahrzeug geriet ins Schleudern, kam von der Straße ab und überschlug sich. Es prallte gegen einen Baum und blieb auf dem Dach liegen. Rauch stieg aus dem Motorraum auf, und die Reifen drehten sich noch immer. Cleroc wurde schwarz vor Augen. Bevor er in tiefe Bewusstlosigkeit fiel, tauchte in seinem Kopf das schöne Gesicht von Suzanne auf, dann wurde es von einem Rehkopf mit langen Ohren überlagert.

Philippe Lagarde konnte nicht schlafen. Immer neue Gedanken wirbelten durch seinen Kopf. Da er ohnehin keinen Schlaf finden würde, stand er auf und ging zu seinem Lieblingsplatz, um sie zu ordnen und sich Notizen zu machen.

Der Platz lag am Ende seines Gartens. Dort hatte er sich eine Feuerstelle eingerichtet. Er warf einige trockene Äste in die Sandkuhle und entzündete sie. Bald knisterte ein Feuer. Tagsüber hatte man von dieser exponierten Stelle aus einen überwältigenden Blick auf den Ozean. Jetzt sah er nur weit draußen vereinzelte Lichter von Schiffen und leuchtende Punkte, die wie eine goldene Girlande der Küstenlinie folgten. Das Rauschen des Meeres, das von der kleinen Bucht unterhalb seines Gartens zu ihm drang, beruhigte ihn. Verse seines Lieblingsdichters Baudelaire kamen ihm in den Sinn.

Hoch über stillen Wäldern, blauen Meeren,
Hoch über eisiger Gletscher Einsamkeit
Und über Wolkenflügen weltenweit,
Jenseits der sternbeglänzten ewigen Sphären

Dort regst du dich, mein Geist, so frei und jung!
Wie kühne Schwimmer durch die Wellen gleiten,
So ziehst du durch die unermessnen Weiten
Voll großer, männlicher Begeisterung.

Er setzte sich ans Feuer und fragte sich, warum Ludovic nicht gekommen war. Warum hatte er sich nicht gemeldet? Es war ihm doch hoffentlich nichts zugestoßen. Er wusste, dass sein Kollege ein risikobereiter Fahrer war, der immer zu schnell unterwegs war.

Dann kam ihm Amélie in den Sinn. Alle Anwesenden hatten sich fast überschlagen, um das kleine Mädchen zu beruhigen. Um sie abzulenken, hatte er sie aufgefordert, ihm zu helfen, das Geschirr in die Küche zu tragen. Eifrig war sie der Bitte nachgekommen. Innen steckte er ihr einen Lutscher zu. Ihre Lieblingssorte, Sahnekaramell. Dann hob er sie auf seinen Schreibtisch, und gemeinsam suchten sie den besten Platz für den roten Karton mit dem Perlenherz. Als sie den Kopf schieflegte und nachdenklich die Pinnwand musterte, riskierte er es, ihr eine Frage zu stellen.

»Weißt du, wie Philibert mit Nachnamen heißt?«

»Natürlich«, hatte sie geantwortet. »Ich bin doch nicht blöd.

Er heißt Leblanc – Philibert Leblanc. Wir spielen manchmal zusammen.« Dann konzentrierte sie sich wieder auf die Pinnwand. Stirnrunzelnd suchte sie nach der passenden Stelle. »Da ist ein schöner Platz für dein Geschenk.«

Lagarde reichte Amélie bunte Pinnnägel, und sie befestigte das Bild. Es war ein wenig schief geraten, aber das spielte keine Rolle.

»Das ist der beste Platz für dein schönes Geschenk. Ich danke dir, Amélie.«

Als sie sich mit ihrer Mutter auf den Heimweg machte, war sie wieder fröhlich. Und sehr müde. Lagarde hatte sie zum Auto getragen und vorsichtig in ihrem Kindersitz angeschnallt. Sie schlief bereits.

Maryline Leblanc war in einem Erdbeerwald verschwunden. Was hatte das zu bedeuten? Unterhalb des Waldes hatten sie in der Bucht die silberne Sandalette gefunden. Gehörte sie dem Opfer? Wie war sie da hingekommen? War der Fundort von Bedeutung?

Ein Gedanke schoss durch seinen Kopf. Das Fahrrad. Der Rentner mit dem Spitz erwähnte ein Fahrrad, das seit einigen Tagen an einem Laternenmast lehnte. Niemand holte es ab. Vielleicht, weil die Besitzerin tot war?

Wieder ergriff dieses Kribbeln von ihm Besitz. Unruhe packte ihn. Er musste morgen an diesen Ort zurück und sich alles genau anschauen. Lag dort des Rätsels Lösung?

Er korrigierte sich in Gedanken. Ludovic musste das erledigen. Es war sein Fall. Er würde ihn morgen früh sofort informieren.

Lagarde war sich ganz sicher, auf eine Spur gestoßen zu sein.

Als die Unterlagen mit dem Ergebnis der DNA-Analyse und der Autopsiebericht aus dem Faxgerät der Gendarmerie von Barfleur ratterten, hatte der Staatsanwalt in Cherbourg bereits Anklage gegen Jean-Yves Leblanc erhoben. Er wurde beschuldigt, seine Ehefrau Maryline getötet zu haben. Das Blut und die Haare auf der Bahn des Hammers stammten unzweifelhaft von ihr. Ein Geständnis des Angeklagten lag immer noch nicht vor.

Auf dem Rand des Papiers hatte Cleroc handschriftlich vermerkt, dass der Hammer bei der Tat im Bogen geführt worden war und der Täter mindestens einen Kopf größer sein musste als das Opfer.

Der beschuldigte Ehemann saß in seiner Zelle am Tisch im grellen Neonschein der Deckenleuchte. Vor ihm lagen ein einfaches Schreibheft und ein Bleistift.

Darum hatte er gebeten und die Gegenstände, nachdem er einen Antrag gestellt hatte, tatsächlich auch erhalten. Er wollte seine Gedanken aufschreiben, um zu verhindern, dass er verrückt wurde. Liebevoll betrachtete er das schiefe Herz, das er mit seinem Fingernagel in die Wand geritzt hatte und das den Namen Mary umschloss. Er hatte seine Frau immer Mary genannt, in der englischen Aussprache. Das hatte sie gemocht. Vielleicht, weil es nach der großen weiten Welt klang, die sie so sehr vermisste.

Das Deckenlicht erlosch pünktlich um 22 Uhr. Jean-Yves legte sich auf die harte Pritsche. Er dachte an seinen Sohn, der jetzt von seiner Großmutter betreut wurde und sicherlich die Welt nicht mehr verstand. Philibert und Maryline hatten eine geradezu symbiotische Beziehung gehabt. Er dachte an seine Frau, deren smaragdgrüne Augen sich nie mehr auf ihn richten würden. Und er dachte daran, dass er endlich aus dieser verdammten Zelle heraus wollte. Dann würde er mit seinem Sohn an der Seite mit dessen Lieblingstraktor über die Felder fahren und ihm die Wolken zeigen. Er würde ihm erklären, dass seine geliebte Maman jetzt ein Engel war und auf einer Wolke saß. Er konnte sie nicht sehen, aber sie würde immer auf ihn herabblicken und ihn beschützen. Nie würde sie ihn verlassen. Und er wollte Marylines Grab mit einem wunderschönen Stein schmücken. Jeden Tag würden Philibert und er ihr frische Blumen bringen.

Weinend fiel er in einen unruhigen Schlaf. Im Traum erschien ihm ein blonder Engel auf einer schneeweißen Wolke, der ihn sanft anlächelte und ihm zuwinkte. Als er zurückwinken wollte, entdeckte er voller Entsetzen einen blutverschmierten Schlosserhammer in seiner Hand.

DER REITERHOF

VIERTER TAG

Philippe Lagarde hatte geduscht und trank seinen Milchkaffee. Er nahm einen schwarzen Anzug aus dem Schrank und legte ihn auf das Bett, daneben ein weißes Hemd und eine schwarze Krawatte. Heute um zehn Uhr fand auf dem alten Friedhof von Saint-Vaast die Beerdigung von Maryline Leblanc statt. Überraschend schnell waren ihre sterblichen Überreste von der Rechtsmedizin freigegeben worden.

Das Telefon klingelte, und er rannte die Stufen hinab in das Erdgeschoss.

»Philippe Lagarde am Apparat, bonjour.«

»Bonjour, Lagarde, hier spricht Frank Lanoux.«

Frank Lanoux war der Polizeipräsident von Cherbourg. Der Kommissar war gleichzeitig überrascht und alarmiert. Was wollte er von ihm? Hatte es mit Ludovic zu tun? War ihm etwas zugestoßen?

»Sie wundern sich sicher, warum ich Sie anrufe?«

»Ich nehme an, ich werde es gleich erfahren.«

»Es geht um Folgendes, Lagarde: Ludovic Cleroc hatte gestern Abend einen Autounfall, auf der Nationalstraße zwischen Cherbourg und Barfleur. Ein Reh ist ihm ins Auto gelaufen.«

»Ist er verletzt?«

»Ja, aber er hatte Glück, obwohl der Aufprall schrecklich gewesen sein muss. Entgegen seinen sonstigen Gewohnheiten war er angeschnallt, und der Airbag hat sich aktiviert. Deshalb hat er nur eine leichte Gehirnerschütterung. Er hat sich das rechte Bein und ein Handgelenk gebrochen und ist nachts noch operiert worden. Jetzt liegt er auf der Intensivstation und schläft.«

»Ludovic wollte zu mir, gestern Abend. Wir waren verabredet. Ich habe mir Sorgen gemacht, als er nicht kam. Zum Glück ist er nicht lebensgefährlich verletzt worden.«

»Nein. Er wird es überstehen. In ein paar Wochen ist er wieder fit.«

»Darüber bin ich sehr erleichtert. Danke, dass Sie mich informiert haben. Ich werde ihn im Krankenhaus besuchen, Monsieur Lanoux.«

»Machen Sie das. Er wird sich darüber freuen. Es gibt jedoch noch einen Grund, warum ich Sie anrufe, Lagarde.«

Der Kommissar ahnte, was nun kam.

»Der Ausfall von Cleroc hat mich in eine schwierige Lage gebracht. Wir haben einen Personalengpass. Eine Kollegin ist im Mutterschutz, ein Kollege macht eine Kur, ein weiterer trampt durch Argentinien und ist nicht zu erreichen. Ich habe Verstärkung aus Paris angefordert, das kann jedoch einige Tage dauern.«

»Das heißt, sie haben derzeit niemanden, der die Ermittlungen weiterführt.«

»Genau so ist es. Eine furchtbare Situation, Lagarde. Es ist gegenüber der besorgten Bevölkerung nicht vermittelbar, wenn Ermittlungen in einem Mordfall zum Stillstand kommen. Die Presse wird über uns herfallen und uns als unfähig darstellen.«

»Außerdem zählt bei einem Gewaltverbrechen jede Stunde«, ergänzte der Kommissar. »Je weiter eine Tat zurückliegt, desto schwieriger wird die Aufklärung. Zeugen erinnern sich nicht mehr, Spuren werden verwischt und gehen verloren.«

»Sie sagen es, Lagarde. Die Menschen würden das Vertrauen in die Polizei verlieren. Deshalb meine Bitte. Führen Sie die Ermittlungen weiter, bis Ersatz eingetroffen ist.«

»Dieses Ansinnen ist ein wenig ungewöhnlich und entspricht nicht ganz den Polizeivorschriften, wenn ich es einmal vorsichtig ausdrücken darf.«

»Ja, Lagarde, aber was soll ich machen? Ich weiß, dass Sie im Untersuchungsgefängnis bei Leblanc waren und dass Sie sich mit Cleroc über den Fall ausgetauscht haben. Das heißt, sie sind schon involviert. Der Fall ist kein Neuland für Sie. Sie können sofort loslegen.«

»Das ist richtig. Es liegen einige Erkenntnisse vor, die höchst interessant sind und bearbeitet werden müssen.«

»Passen Sie auf, Lagarde, ich mache Ihnen ein Angebot.

Sie bekommen ein angemessenes Honorar für Ihre Arbeit, und Sie sind autorisiert, auf den gesamten Polizeiapparat von Cherbourg zurückzugreifen. Wenn Sie die Kollegen der Gendarmerie von Barfleur in Ihre Ermittlungen mit einbeziehen wollen, weiß ich nichts davon. Wenn es Ärger gibt, decke ich Sie. Sie können absolut frei arbeiten und berichten nur mir. Wir werden dieses ungewöhnliche Vorgehen den verantwortlichen Stellen in Paris und der Presse gegenüber offensiv kommunizieren. Einer der besten Polizisten ist bereit, uns zu helfen. Das kommt gut rüber. Es ist ein Zeichen, dass wir die Situation absolut im Griff haben.«

Skeptisch trank der Kommissar einen Schluck von seinem Milchkaffee.

»Was halten Sie von diesem Angebot?«

Lagarde spürte die Nervosität am anderen Ende der Leitung.

Er antwortete überlegt. »Für mich zählen auch die inhaltlichen Aspekte, Monsieur Lanoux. Sobald die DNA-Analyse vorliegt und es als erwiesen gilt, dass das Blut und die Haare an dem Hammer von Maryline Leblanc stammen, wird der Staatsanwalt Anklage erheben. Die Ermittlungen müssen in alle Richtungen weitergeführt werden, damit Jean-Yves Leblanc einen fairen Prozess bekommt.«

»Natürlich, Lagarde, schließlich befinden wir uns in einem demokratischen Rechtsstaat und nicht in Mali. Also, wie lautet Ihre Antwort?«

Lagarde hatte sich schon entschieden. Er hatte sich bereits in den Fall verbissen wie ein Jagdhund in seine Beute. Er durfte nur Odette nicht vernachlässigen, sonst würde er mächtig Ärger kriegen. Das Honorar konnte er dem Kindergarten spenden, den Amélie besuchte.

»Ich nehme Ihr Angebot an, Monsieur Lanoux. Sie können sich darauf verlassen, dass ich mein Bestes geben werde.«

»Davon bin ich felsenfest überzeugt, Lagarde. Ich danke Ihnen von ganzem Herzen. Sie haben was gut bei mir. Und melden Sie sich, wenn ich helfen kann. Une bonne journée, au revoir.«

Kurz vor zehn Uhr parkte Philippe Lagarde in der Nähe des alten Friedhofes von Saint-Vaast-la-Hougue, der westlich des Hafenstädtchens in einem Lindenhain lag. Die Parkplätze waren bereits alle belegt. Er lief an der hohen verwitterten Steinmauer entlang und betrat durch eine Nebenpforte den Friedhof. Breite baumgesäumte Wege durchzogen das parkähnliche Gelände. Sie führten an moosbedeckten, mit Efeu überwucherten Grabsteinen und kleinen, reich verzierten Mausoleen vorbei. Engelsstatuen mit ausgebreiteten Flügeln und mit Flechten überzogene Kreuze bewachten die Gräber. Warmes sommerliches Licht sickerte durch die Baumkronen. Lagarde näherte sich der Kapelle, an deren Granitsteinfassade blaue und lila Hortensienbüsche in vollendeter Pracht wuchsen. Die nach oben spitz zulaufenden Buntglasfenster zeigten in leuchtenden Farben biblische Motive. Der schiefe Glockenturm wurde von orange blühendem Geißblatt umrankt. Auf seiner Spitze saß ein schlichtes steinernes Kreuz.

Die Totenglocke läutete. Das eintönige traurige Schlagen hallte über den Friedhof.

Die Bänke in der kleinen Kirche waren alle besetzt, und der Kommissar mischte sich unter die Trauergäste, die sich im Hof versammelt hatten. Der Gottesdienst begann soeben, und Lagarde konnte der Liturgie durch die geöffneten Torflügel folgen. Mindestens hundert Menschen waren gekommen, um sich von Maryline Leblanc zu verabschieden.

Als am Schluss des Gottesdienstes eine Sopranistin des Kirchenchors auf der Empore das »Ave Maria« sang, war die Trauergemeinde sehr ergriffen, und viele Taschentücher wurden hervorgeholt.

Als Philippe Lagarde im Zug mit den anderen Trauernden die Grabstätte erreichte, traf er auf Roselin und dessen Assistentin Valérie. Sie nickten sich zu. Valérie hatte gerötete Augen.

Am Grab stand Jean-Yves Leblanc zwischen zwei Polizisten in Zivil. Er trug einen schwarzen Anzug, der ihm zu eng war. Mit versteinerter Miene starrte er auf den Sarg. Ein großes Bouquet mit weißen Kamelien lag darauf. Philibert Leblanc war nirgends zu sehen. Lagarde vermutete, dass man beschlossen hatte, dem Kind die Abschiedszeremonie zu ersparen.

Als der Sarg in das Grab hinabgelassen worden war, warf Leblanc eine weiße Rose auf den Sargdeckel. Seine Hand zitterte. Er rieb sich mit den Händen über das Gesicht und begann zu weinen. Lagarde beobachtete ihn. Die Trauer schien echt zu sein. Der Mann stand völlig neben sich und wirkte absolut verzweifelt und untröstlich.

Die Großmutter von Philibert, Marylines Mutter, brach am Grab zusammen und musste von Freundinnen gestützt werden, die sie wegführten. Es war eine erschütternde Szene, die auch diejenigen berührte, die Maryline Leblanc gar nicht gekannt hatten.

Nach der Beerdigung gingen die Polizisten in einem Bistro am Hafen von Saint-Vaast einen Kaffee trinken. Sie sahen zu, wie ein Fischer direkt von seinem Boot aus seinen Fang an Passanten verkaufte. Der Mann war bester Laune und fand für jeden seiner Kunden aufmunternde Worte. Weiter draußen startete das Amphibienfahrzeug mit einer Ladung Touristen an Bord und steuerte die Insel Tatihou an, die, umspült von aquamarinblauen Wellen, in der Sonne lag.

Valérie sagte: »Das war eine sehr stimmungsvolle und feierliche Beerdigung. Ich habe den Pfarrer bewundert, wie er die richtigen Worte gefunden hat. In dieser Situation keine leichte Aufgabe.«

Roselin nickte betrübt.

»Als die Frau das ›Ave Maria‹ gesungen hat, habe ich geheult wie ein Schlosshund«, gestand Valérie.

»Das ist nur zu verständlich«, meinte Lagarde. »Ihr wart dabei, als die Tote ausgegraben wurde. Das war eine enorme emotionale Belastung.«

Roselin fand noch immer keine Worte. Niedergeschlagen verspeiste er ein Himbeertörtchen.

»Ich habe Neuigkeiten«, erklärte Lagarde. Die beiden Polizisten sahen ihn neugierig an. »Ludovic Cleroc ist gestern mit seinem Wagen verunglückt. Ein Reh ist ihm ins Auto gelaufen. Gottlob ist er angeschnallt gewesen. Er hat Glück gehabt und ist mit einer Gehirnerschütterung und einigen Knochenbrüchen davongekommen.«

Valérie war schockiert. »Das ist ja furchtbar.«

Lagarde berichtet weiter: »Der Polizeipräsident hat heute Morgen angerufen und mich gebeten, vorläufig die Ermittlungen zu übernehmen, bis Ersatz aus Paris eintrifft.«

Jetzt hatte er die volle Aufmerksamkeit seiner Freunde. Roselin schien sich nicht mehr für sein Törtchen zu interessieren.

»Und was hast du geantwortet?« Valérie war ganz aufgeregt.

»Ich habe zugesagt.«

»Donnerwetter, er hat dich gefragt?« Jetzt hatte Roselin seine Sprache wiedergefunden.

Valérie sah ihn fragend an. »Geht das nicht ein bisschen an den Dienstvorschriften vorbei?«

»Durchaus, aber wir machen es trotzdem. Lanoux hat das Arrangement vorgeschlagen und abgesegnet.« Lagarde grinste unternehmungslustig.

Valéries Augen begannen zu leuchten. »Wen meinst du mit ›wir‹?

»Euch beide. Ich brauche eure Unterstützung. Ich weiß, dass ihr sehr viel Arbeit habt, euer Einsatz wird sich deshalb zeitlich im Rahmen halten.«

Plötzlich hielt die Polizistin nichts mehr auf ihrem Stuhl. Voller Begeisterung umarmte sie den Kommissar.

»Das ist ja großartig. Ich darf bei einer Mordermittlung helfen.«

Roselin reagierte etwas langsamer, dann meinte er: »Ich bin dabei, mein Freund.«

Der Kommissar hatte ihn bei ihrem letzten Fall aus einer lebensbedrohlichen Situation gerettet. Seitdem würde er alles für ihn tun.

»Ich danke euch, meine Freunde«, sagte Lagarde feierlich und schlug gleich einen Namen für ihr ungewöhnliches Ermittlerteam vor. Sie würden sich »Soko Maryline« nennen.

Am Nachmittag wollten sie sich zum ersten Mal treffen und die bisherigen Ermittlungsergebnisse besprechen. Als Hauptquartier wurde der Besprechungsraum der Gendarmerie von Barfleur ausgewählt, weil er nicht häufig genutzt wurde, und er verfügte über die notwendige technische Ausstattung. Voller Elan hätte sich die Polizistin am liebsten gleich auf den Fall gestürzt.

»Soko Maryline«, flüsterte sie enthusiastisch. Sie würden den Mörder von Maryline Leblanc finden. Davon war sie fest überzeugt. Doch sie musste ihre Ungeduld bremsen, der Kommissar hatte noch etwas zu erledigen.

Lagarde fuhr zu der schmalen Nebenstraße, in der die rote Villa lag, und parkte seinen Renault Express ungefähr zweihundert Meter davon entfernt. Das dunkle Jackett und die schwarze Krawatte ließ er im Wagen. Diese Kleidung war zu auffällig, und außerdem brannte die Sonne vom Himmel. Er schlenderte den Gehweg entlang und kam nach zwanzig Metern zu dem Laternenmast, an dem tatsächlich immer noch ein Fahrrad lehnte. Es handelte sich um ein schwarzsilberfarbenes Mountainbike, das nicht abgesperrt war. Der Kommissar betrachtete es näher und entdeckte auf dem Aluminiumrahmen ein eingraviertes Herz, in dessen Mitte »Mary« stand. Er machte mit seinem Handy einige Fotos. Telefonisch bat er den Leiter der Spurensicherung von Cherbourg, das Fahrrad so schnell wie möglich abholen zu lassen. Er würde in der Nähe bleiben. Lagarde schloss es ab, wobei er ein Taschentuch benutzte, um keine Fingerabdrücke zu verwischen, und steckte den Schlüssel in die Hosentasche.

Der Pfahl stand dicht an einem Bretterzaun, an dem einige Latten fehlten. Dahinter lag ein verwildertes Grundstück. In einer breiten Garage ohne Tor waren zwei Motorboote auf Anhängern untergestellt. Wo der Zaun endete, erstreckte sich über eine große Fläche ein Erdbeerwald. Die Laubbäume mit den graubraunen rissigen Stämmen standen dicht an dicht. Dornengestrüpp und Büsche breiteten sich auf dem Boden aus.

Dann kam Lagarde zu einem engen Pfad, der an der Treppe endete, die zu der steinigen Bucht führte. Über der Steinmauer glänzte das Schieferdach der roten Villa in der Sonne.

Er lief den Weg entlang, bis er zu der Treppe gelangte. Es war Hochflut, und die Bucht, in der er gestern mit Amélie und ihrem Hund gestanden hatte, wurde von hohen schäumenden Wellen überspült. Das Wasser reichte bereits bis zur vierten Stufe der Treppe.

Jeder hätte vom obersten Treppenabsatz aus die Sandalette in das Meer werfen können, um sie für immer verschwinden zu lassen.

Er sah sich um. Das Grundstück, in dem der verlassene Bungalow stand, wurde oberhalb der Klippen von einer dichten hohen Buchsbaumhecke begrenzt, die schon lange Zeit niemand mehr in Form gestutzt hatte. Sie zu durchdringen dürfte schwierig sein. Er kletterte über Felsbrocken hinauf zum Ende des Grundstücks, auf dem die Villa stand, und spähte über die Felskante.

Hier gab es keine Abgrenzung. Keinen Steinwall, keine Büsche, keinen Zaun. Nur einige kleinere aufgereihte Felsbrocken bildeten eine natürliche optische Barriere vor dem Klippensturz. So hätte er es auch gemacht. Der Blick auf die See sollte freibleiben. Auch von dort aus wäre es einfach gewesen, die Sandalette im Meer zu entsorgen.

Im Garten kniete ein Mann neben den Mosaikfliesen und zupfte verwelkte Blätter von lachsfarbenen Rosen, die in einer Blumenrabatte wuchsen. Die hölzerne Pforte des Hintereinganges in der Steinmauer stand offen. Das war die Gelegenheit. Der Kommissar kletterte eilig zur Treppe zurück. Auf einem Algenteppich rutschte er aus. Die eleganten schwarzen Lederschuhe mit den glatten Sohlen waren für eine derartige Unternehmung ganz und gar nicht geeignet. Er klammerte sich mit den Händen an einer Felsspalte fest, während er versuchte, mit den Füßen Halt zu finden. Er sah nach unten, ignorierte die spitzen Steine und das brodelnde Wasser und stellte seinen Fuß auf einen Vorsprung. Lagarde hatte nicht die geringste Lust, über das Geröll zu schrammen und in die stürmische Brandung zu stürzen.

Er fluchte und beschloss, sich seitlich vorwärts zu bewegen und oberhalb des Weges nach unten zu klettern.

Als er wieder am Treppenabsatz angelangt war, klopfte er Hemd und Hose ab, dann steuerte er auf die

Gartentür zu und betrachtete das Anwesen. Der Mann im Garten wurde auf ihn aufmerksam, richtete sich auf und grüßte freundlich.

»Ihre Villa ist wirklich ein Prachtbau«, stellte der Kommissar bewundernd fest.

Der Mann nickte stolz. »Ja, da haben Sie recht. Es ist ein wunderschönes Haus.«

Der Mann war Engländer. Er sprach ein holpriges Französisch mit einem starken Akzent. Lagarde musterte ihn unauffällig. Er war groß und hager, die grauen Haare trug er kurz geschnitten. Hinter seiner runden Nickelbrille versteckten sich wache, wässrig blaue Augen. Das Gesicht wirkte offen und sympathisch.

»Wohnen Sie schon lange hier?«

»Nein, erst seit kurzem. Ich habe das Haus im Frühjahr gekauft. Meine Frau Margaret und ich verbringen seit einigen Jahren die Ferien hier in dieser wundervollen Gegend. Dabei haben wir das Haus entdeckt und uns darin verliebt.« Er lachte. »Es dient uns jetzt als Feriendomizil.«

»Die Poolanlage gefällt mir gut. Sie sieht neu aus.«

»Ja, sie wurde erst vor einigen Tagen fertiggestellt. Eine Baufirma hat die Arbeiten durchgeführt. Soweit reichen meine handwerklichen Fähigkeiten nicht. Der Pool passt großartig in diesen Garten und ergänzt die Villa perfekt.«

»Ja, da haben Sie recht. Sind Sie in Begleitung Ihrer Frau hier?«

Der Engländer, der sich als Reginald Adams aus Oxford vorstellte, wunderte sich nicht über die vielen Fragen. Anscheinend hatte er Lust auf eine Unterhaltung.

»Meine Frau ist vor ein paar Tagen abgereist. Sie war genervt, weil unser Urlaub diesmal hauptsächlich von Renovierungsarbeiten bestimmt war. Ich bin gerne handwerklich tätig als Ausgleich zu Lehre und Forschung. Wir haben die Fenster selbst lackiert, die Räume gestrichen und alte Holzbalken abgeschliffen und gebeizt. Margaret sagte dann, dass sie sich ihren Urlaub anders vorstelle. Typisch Frau! Erst will sie unbedingt eine renovierungsbedürftige Villa kaufen, und dann wundert sie sich, wenn es Arbeit gibt.«

Der Kommissar fiel in das Lachen ein. »Ja, so ist das wohl.« Er beschloss, den Engländer zu überrumpeln. »Ich habe noch eine Frage, Monsieur Adams. Sie ist allerdings dienstlicher Natur.«

Der Mann blinzelte ihn überrascht an. »Wie meinen Sie das?«

»Ich bin Polizist.« Er zeigte seinen Dienstausweis. »Eine junge Frau ist verschwunden, wir suchen sie.«

Lagarde riskierte diese Behauptung. Er ging davon aus, dass der Engländer aufgrund seiner mangelnden Sprachkenntnisse keine französischen Zeitungen las. Auf dem Liegestuhl am Pool lag eine englische Zeitung.

»Ihr Fahrrad wurde hier in der Nähe gefunden. Deshalb befragen wir die Nachbarn. Kennen Sie eine Maryline Leblanc?«

»Nein.«

Die Antwort war zu schnell gekommen.

»Sind Sie sicher?«

»Absolut sicher. Den Namen habe ich noch nie gehört.«

Die Stimme des Engländers hatte sich verändert. Er war nun nicht mehr so freundlich.

»Ich kenne hier niemanden, außer einigen Immobilienmaklern und Bauunternehmern. Mit den Nachbarn grüßt man sich höflich, das ist alles.«

»Ich bedanke mich für Ihre Bereitschaft, mir Auskunft zu geben. Ich wünsche Ihnen noch einen schönen Urlaub. Au revoir, Monsieur Adams.«

»Merci. Au revoir.«

Reginald Adams sah ihm mit ausdrucksloser Miene nach, dann wandte er sich wieder seinen Pflanzen zu.

Nachdem der Kommissar den Garten verlassen hatte, bemerkte er nach einigen Metern zwischen den Erdbeerbäumen einen Trampelpfad, der ihm vorher gar nicht aufgefallen war. Der Weg war sehr schmal. Zweige behinderten sein Vorwärtskommen, manche waren abgeknickt. Stellenweise hatte er den Eindruck, sich durch einen grünen Tunnel zu bewegen, in den gedämpft Waldgeräusche drangen. Kurz vor dem Bretterzaun gelangte er wieder auf den Gehweg.

Grübelnd lief der Kommissar zum Fahrrad zurück und wartete auf die Kollegen. Die schnelle Antwort von Reginald Adams hatte ihn misstrauisch gemacht.

Als Philippe Lagarde in der Gendarmerie von Barfleur eintraf, fand er Valérie in der kleinen ordentlichen Küche. Sie kochte Kaffee für die Besprechung.

»Bonjour, Valérie.«

»Bonjour, Philippe. Hast du noch etwas Interessantes in Erfahrung bringen können?«

»Ja, ich glaube, ich habe das Fahrrad von Maryline Leblanc gefunden.«

»Das wäre ja großartig. Du wirst sicher gleich davon berichten. Ich platze vor Neugierde. Der Kaffee muss noch durchlaufen.«

Der Kommissar steuerte für die erste inoffizielle Besprechung der »Soko Maryline« eine Tüte Schokoladencroissants bei, die er noch schnell beim Bäcker besorgt hatte. Er trug das Tablett mit dem Geschirr und einer Flasche Wasser in den Besprechungsraum. Dort traf er auf Roselin, der einen Drucker anschloss.

»Bonjour, Roselin. Kommst du zurecht mit der Technik?«

»Ich denke schon, Philippe. Bonjour.«

Die Polizistin kam mit dem Kaffee, und sie nahmen am Konferenztisch Platz. Philippe Lagarde bedankte sich und goss ein.

Das Besprechungszimmer war ein heller rechteckiger Raum mit kahlen Wänden, bis auf ein farbenfrohes Plakat neben der Tür. Es warb für ein Musikfestival, das im August in Barfleur stattfinden sollte.

Sie hatten zwei Computer mit Internetverbindung

sowie zwei Telefone zur Verfügung. Diese Ausstattung reichte vollkommen aus, schließlich ging es darum, durch intensive Ermittlungsarbeit, psychologische Einschätzungen, Darstellungen von Beweggründen und das Erstellen eines Täterprofils dem Mörder von Maryline Leblanc auf die Spur zu kommen.

Valérie war voller Tatendrang, ihr fuchsroter Pferdeschwanz wippte aufgeregt. Sie trug ihre Dienstjacke, die blaue Krawatte saß perfekt.

»Wie gehen wir vor, Philippe?«

»Ich schlage vor, wir sprechen die bisher verdächtigen Personen durch und visualisieren sie anhand von Fotos ebenso wie bisherige Ergebnisse und mögliche Zusammenhänge auf dem Whiteboard. Anschließend besprechen wir die Punkte, die ich mir notiert habe, und unser weiteres Vorgehen. Einverstanden?«

Beide Polizisten nickten. Der Gendarm Roselin Dumas saß hemdsärmelig und ohne Krawatte am Tisch und wirkte voll konzentriert.

»Du hast schon vorgearbeitet, wie ich sehe, Valérie?« Lagardes Blick glitt zu der Tafel, an die Fotografien geheftet waren.

»Ja, ich habe im oberen Bereich die Fotografie von Maryline Leblanc angebracht, die ihr Mann mir gegeben hat, als er die Vermisstenmeldung aufgab.«

Es war nicht leicht, den Anblick der gut gelaunten Frau am Strand zu ertragen.

»Die Bilder aus dem Kiefernwald fehlen noch. Die

anderen Fotos habe ich aus dem Internet. Ich dachte, es wäre gut, wenn wir die Abbilder der Personen sehen, um die es geht.«

»Eine kluge und hilfreiche Überlegung«, lobte Lagarde sie.

Zufrieden fuhr die Polizistin fort: »Das Bild von Jean-Yves Leblanc stammt von der überregionalen Landmaschinenausstellung, die einmal im Jahr in Lessay stattfindet.«

Es zeigte einen Mann, der neben einem überdimensionalen Traktor lehnte und unbeschwert in die Kamera lachte.

»Michel Rigou wurde von einem Pressefotografen der Ortszeitung verewigt, nachdem er einen gewaltigen Dorsch geangelt hatte.«

Der Schwager von Maryline hielt den ein Meter langen Fisch stolz mit beiden Händen in die Höhe, breit grinsend, den Anglerhut lässig in den Nacken geschoben.

»Ebenfalls aus der Lokalpresse habe ich ein Foto von Fabienne Rigou. Die Betreuer der Tagesstätte hatten mit ihren Schützlingen einen Ausflug zum Mont-Saint-Michel unternommen.«

Fabienne Rigou saß mit verbittertem Gesichtsausdruck im Rollstuhl. Selbst für die Kamera wollte sie sich kein Lächeln abringen. Schon damals war jede Freude und Zuversicht aus ihren Augen verschwunden gewesen.

Die Fotografien waren im mittleren Bereich in einer Reihe angebracht. Unten in der rechten Ecke hing eine vergrößerte Landkarte von Saint-Vaast und der näheren Umgebung.

Gemeinsam besprachen sie den Autopsiebericht, den die Rechtsmedizinerin Delphine Moreau verfasst hatte. Es blieb beim Tod durch die Einwirkung eines stumpfen Gegenstandes auf den Hinterkopf. Sie hatte keine fremde DNA am Körper oder unter den Fingernägeln des Opfers finden können. Auch sonst gab es keine weiteren Spuren, die ihnen hätten weiterhelfen können. Handschriftlich hatte die Ärztin neben ihrer Unterschrift noch vermerkt: »Das war hundertprozentig eine Beziehungstat. Schnappt euch den brutalen Kerl. Viel Erfolg!«

Philippe Lagarde warf einen Namen in die Runde. »Jean-Yves Leblanc, was meint ihr?«

Valérie ergriff das Wort. Ihre Wangen hatten sich vor Aufregung rosa gefärbt. »Der Ehemann von Maryline hatte ein starkes Motiv. Er war extrem eifersüchtig auf seinen Schwager Michel. Seine Frau hat ihre Beziehung und ihre Ehe verraten und seine Gefühle mit Füßen getreten.«

»Wir wissen nicht, ob Maryline die Nacht tatsächlich außer Haus verbracht hat«, ergänzte Roselin. »Es gibt keine Zeugen. Vielleicht war sie ja doch zu Hause. Ihr Sohn Philibert hat sicherlich geschlafen.«

Der Kommissar nickte. »Leblanc ist von großer Statur und hätte seinen Hammer in einem Bogen führen können.«

»Warum hat er ihn nicht besser versteckt?«, grübelte die Polizistin.

Lagarde antwortete: »Ich gehe davon aus, dass der Täter, wer auch immer es war, nicht damit rechnete, dass das Opfer so schnell gefunden wird. Wie ihr wisst, war es reiner Zufall. Zu diesem Zeitpunkt wurde die vermisste Person noch gar nicht gesucht.« Er nahm sich ein Croissant. »Michel Rigou, was ist mit ihm?«

Roselin hatte die erschütternde Szene auf der Terrasse des Mobilheims noch sehr gut im Gedächtnis. »Er hat Maryline auch geliebt und wurde von ihr verlassen. Nicht einmal den Grund dafür durfte er erfahren. Wenn man etwas verliert, das man liebt, kann das zu starken Aggressionen führen.« Er dachte nach. »Rigou ist höchstens mittelgroß.«

»Vielleicht stand er erhöht, zum Beispiel auf einem Treppenabsatz?«, mutmaßte Valérie.

»Schon möglich«, entgegnete ihr Chef.

»Sie dreht sich um und er schlägt zu.«

Die Polizistin schenkte Kaffee nach. Dann befestigte sie erste Notizzettel mit Stichworten an der Tafel.

»Fabienne Rigou«, sagte Lagarde. »Eine tragische Person. Was haltet ihr von der Frau?«

»Sie strahlt neben großer Eifersucht auch unbezähmbaren Hass aus, der mit den Jahren und den zunehmenden Frustrationen und seelischen Verletzungen immer mehr gewachsen ist«, beschrieb Roselin seine Eindrücke.

»Aber wie soll eine behinderte Frau jemanden erschlagen?«, warf die Polizistin ein.

»Nun, sie konnte auch zum Fenster gehen und lauschen«, erwiderte der Kommissar.

»Manchmal hat sie gute Tage, das hat sie selbst gesagt. Das Problem stellt der Hammer dar und das Vergraben der Leiche im Kiefernwald. Das hätte sie niemals alleine bewerkstelligen können.«

»Und wenn sie einen Helfer hatte?«, fragte Valérie.

»Aber wen? Und aus welchem Grund sollte diese fiktive Person Fabienne helfen?«, gab Roselin zurück.

Lagarde griff eine weitere Hypothese auf. »Die Annahme, dass Maryline auf ihrem Heimweg einem Fremden begegnet ist, der ihr etwas angetan hat, können wir ausschließen. Oder könnt ihr euch vorstellen, dass eine zufällige Bekanntschaft schnell in die Werkstatt von Leblanc rennt, den Hammer holt, sein Opfer erschlägt und den Hammer wieder zurückbringt?«

Die Polizistin lehnte sich zurück und betrachtete die Tafel, auf deren Fläche nun schon etliche Notizen klebten. »Ich glaube, dass irgendjemand das Verbrechen Jean-Yves Leblanc anhängen will, indem er seinen Schlosserhammer verwendete. Als er die Vermisstenmeldung bei mir aufgab, schien er wirklich verzweifelt. Aber er könnte natürlich auch ein guter Schauspieler sein.«

Das Telefon läutete. Valérie nahm ab. Sie lauschte und machte sich Notizen.

»Das war ein Kollege aus dem Untersuchungsgefängnis«, erklärte sie nach dem Gespräch.

Vor ihrer Besprechung hatte sie die Fotos, die der Kommissar von dem Fahrrad gemacht hatte, auf einen Computer überspielt und an das Gefängnis gemailt.

»Jean-Yves Leblanc bestätigt zweifelsfrei, dass es sich um das Mountainbike seiner Frau handelt. Das Herz mit ihrem Namen ist von ihm selbst eingraviert worden.«

Lagarde beschrieb seinen Mitstreitern die Stelle, an der er das Fahrrad gefunden hat.

»Wie kommt es dorthin?«, fragte Roselin.

»Was hat Marylin dort gewollt?«, überlegte seine Assistentin.

»Das müssen wir herausfinden«, antwortete der Kommissar.

»Ich bin fest davon überzeugt, dass dieser Punkt für unsere Ermittlungen wesentlich ist.«

Das Telefon klingelte erneut. Diesmal war die Sekretärin von Hauptkommissar Ludovic Cleroc am Apparat.

Lagarde hatte sie gebeten, alle Fotografien zu mailen, die von der silbernen Sandalette aus dem Grab im Wald existierten.

Valérie fasste das Gespräch zusammen.

»Die Sekretärin von Cleroc hat nach Rücksprache

mit dem Polizeipräsidenten die Bilder gemailt. Außerdem hat sie berichtet, dass ihr Chef auf eine normale Station verlegt wurde und es ihm den Umständen entsprechend gut geht. Ab Morgen darf er Besuch empfangen.«

Die drei Ermittler nahmen diese Nachricht erleichtert auf.

»Soll ich die Fotos ausdrucken?«, erkundigte sich die Polizistin.

»Ja, bitte, Valérie«, forderte Lagarde sie auf.

Er dauerte nicht lange, bis Valérie mehrere Bilder in Farbe und von guter Qualität auf dem Konferenztisch ausbreitete.

Lagarde stellte die Sandalette, die Lali gefunden hatte und die sich mittlerweile in einem Plastikbeutel befand, auf den Tisch.

Sie verglichen den Schuh mit den Abbildungen auf den Fotos. Bei beiden Sandaletten handelte es sich um Schuhe in der Größe achtunddreißig. Beide waren silberfarben und hochhackig. Eine rechte und eine linke Sandale.

»Sie könnten allem Anschein nach zusammenpassen«, bemerkte Roselin aufgeregt.

Valerie sah genauer auf ein Foto. Auf dem schmalen Riemen, der die Zehen umschloss, konnte sie ein Detail erkennen, aber es war zu winzig, um sagen zu können, was es war. Eilig begann sie, Befehle in den Computer einzugeben, um einen vergrößerten Bildausschnitt zu bekommen. Die Verzierung, die sie nun erkennen konnten, war etwas grobkörnig dargestellt, jedoch eindeutig als kleines Herz, zusammengesetzt aus Strasssteinen, zu identifizieren. Auf dem Riemchen des Schuhs, der auf dem Tisch stand, gab es ein identisches Herz.

»Es handelt sich definitiv um ein zusammengehörendes Paar Schuhe«, hauchte Valérie.

Roselin betrachtete ihre Entdeckung. »Das ist ja unglaublich«, stieß er hervor.

»Wir sollten ein Kreuz auf der Landkarte machen, wo Amélies Hund den Schuh gefunden hat. Natürlich könnte er angespült worden sein. Aber vielleicht gibt es auch einen Grund, warum er sich gerade an dieser Stelle befand.«

Die Polizistin malte einen kleinen roten Schuh in die henkelförmige Bucht.

»Wäre es nicht sinnvoll, die Lage der Häuser zu markieren, die möglicherweise in diesem Fall eine Rolle spielen?«, fragte sie.

»Auf jeden Fall, Valérie«, bekräftigte Lagarde ihre Idee.

»Machst du das bitte?«

An die Spitze der Landzunge, die nach Osten ragte, zwischen den Austerngärten von Saint-Vaast und dem Marschland setzte die Polizistin ein Rechteck mit Stelzen für das Mobilheim des Ehepaars Rigou.

Südlich davon, oberhalb der Klippen, markierte sie die Lage der roten Villa durch ein spitzes Dach.

In ungefähr zweitausend Meter Luftlinie entfernt, in nordwestlicher Richtung, lag das Haus von Jean-Yves Leblanc. Auch diese Stelle wurde durch ein winziges rotes Haus hervorgehoben.

Lagarde betrachtete die Landkarte. »Ich habe euch erzählt, dass sich über das Gebiet, in dem sich die rote Villa befindet, ein Erdbeerwald erstreckt. Wir sollten ihn ebenfalls einzeichnen. Leider kann ich nicht sagen, wie groß er ist. In Bezug auf das, was Philibert Amélie erzählt hat, müssen wir auch wissen, ob es noch mehr Erdbeerwälder in der Umgebung gibt.«

Sogleich hämmerte die Polizistin auf die Computertasten ein und wählte eine Telefonnummer. Sie stellte sich höflich vor und erklärte ihr Anliegen. Ihr Stift flitzte über den Notizblock.

Als sie das Telefonat beendet hatte, lächelte sie ihre Kollegen an.

»Der Erdbeerwald umfasst eine Fläche von etwa einem Quadratkilometer und ist hier an diesem Küstenabschnitt der einzige Forst mit diesen besonderen Bäumen.«

»Wie hast du das so schnell herausgefunden?«, fragte Roselin verblüfft.

»Ich habe beim geografischen Institut in Cherbourg angerufen. Der wissenschaftliche Mitarbeiter, mit dem ich verbunden wurde, war sehr zuvorkommend und kompetent.«

Sorgfältig begann Valérie, die Umrisse des Waldes

nach den Angaben des Institutsmitarbeiters auf die Landkarte zu übertragen. Diesmal wählte sie einen grünen Stift.

»Sehr gut«, meinte der Kommissar. »Was das weitere Vorgehen betrifft, müssen wir die Nachbarn befragen, die in der Nähe des Fundortes des Fahrrades und der Sandalette wohnen. Wenn wir Glück haben, hat jemand eine Beobachtung gemacht. Vielleicht hat Maryline auch jemanden dort besucht oder mit jemandem gesprochen.«

»Diese Aufgabe können Pierre und Alain übernehmen«, schlug Roselin vor.

»Einverstanden«, sagte der Kommissar.

»Sollten wir nicht auch mit Philibert sprechen?«, fragte die Polizistin.

»Ich bin mir nicht sicher, ob das eine gute Idee ist. Im Prinzip natürlich schon, Valérie, verstehe mich bitte nicht falsch. Aber der kleine Junge ist schon verwirrt genug. Eigentlich möchte ich ihn nicht noch mehr belasten. Ich denke darüber nach, in Ordnung?«

»Das verstehe ich voll und ganz, Philippe.«

»Wir könnten zu dem Gespräch einen Kinderpsychologen hinzuziehen«, schlug der Gendarm vor. »Und wir bräuchten das Einverständnis von Jean-Yves und der Großmutter Philiberts.«

»Ja, da hast du recht«, entgegnete Lagarde. »Wir werden sehen. Vielleicht können wir dem Kind die Befragung auch ersparen. Mir wäre es lieber.«

Roselin nickte. Er dachte daran, wie sensibel und verletzlich seine Tochter Brigitte war. Und sie war bereits sechzehn Jahre alt.

Philippe Lagarde blickte auf sein kleines Team. »Machen wir Schluss für heute. Ich danke euch für eure engagierte Mitarbeit. Morgen treffen wir uns wieder. Wir werden den Mörder von Maryline Leblanc finden, davon bin ich fest überzeugt.«

Roselin und Valérie signalisierten Zustimmung und räumten ihre Papiere zusammen.

»Was haltet ihr davon, wenn ich euch ins Bistro ›Im Wind der Inseln‹ zum Abendessen einlade?«

»Viel«, freute sich der Gendarm. »Ich habe einen Bärenhunger.«

»Ich bin auch dabei«, antwortete Valérie mit einem Lächeln.

Sie liefen die paar Meter zum Bistro, froh, sich die Beine vertreten zu können. Die Hitze hatte nachgelassen, und die Abendluft war mild. Spaziergänger flanierten die Hafenpromenade entlang. In den Cafés saßen entspannte Menschen, die sich unterhielten und zusammen lachten.

Im überfüllten Bistro »Im Wind der Inseln« sorgte der Wirt Gaston dafür, dass sie einen Tisch im Freien bekamen. Er brachte Wein, Wasser und empfahl die soupe de poisson.

Die Soko Maryline stieß auf gutes Gelingen an und widmete sich der Vorspeise. Jeder hatte eine Tonschale mit der orangebraunen sämigen Suppe vor sich stehen. Auf die klein geschnittenen, gerösteten Toastscheiben strichen sie Rouille, eine Mayonnaise mit Knoblauch, Chili und Paprika. Dann wurde das Brot vorsichtig auf die Oberfläche des Gerichtes gesetzt und mit geriebenem Käse bestreut.

Die Fischsuppe schmeckte wie immer köstlich.

Inzwischen war die Nacht hereingebrochen. Eine schwarz gekleidete Gestalt fuhr mit dem Fahrrad einen Feldweg entlang, den tagsüber nur Bauern benutzten. Sie hatte beschlossen, öffentliche Straßen zu meiden, um das Risiko, entdeckt zu werden, möglichst gering zu halten. Die Leuchten des Rades waren ausgeschaltet. Tausende von Sternen funkelten am schwarzen Himmel. Die weißgelbe Mondsichel schwebte über den Rübenäckern. Diese natürliche Beleuchtung musste ausreichen. Die Gestalt wollte nicht gesehen werden. Sie hatte ein Ziel, und sie hatte eine Mission.

Als der Weg durch ein Waldstück führte, hohe Fichten das Licht ausschlossen und die Dunkelheit noch verstärkten, beschlich die Gestalt ein beklemmendes Gefühl. Als ein Käuzchen schrie, fuhr sie zusammen und verriss die Lenkstange. Ein aufgeschreckter Feldhase, der sich in den Forst verirrt hatte, kreuzte ihren Weg und jagte ihr einen gehörigen Schrecken ein.

Endlich tauchte die alte massive Steinmauer, die den Reiterhof begrenzte, in der Dunkelheit auf. Die

Kronen der Trauerweiden, die ein Bächlein säumten, schimmerten silbern im Mondlicht.

Die schwarze Gestalt schob ihr Fahrrad ein Stück und verbarg es dann im Schatten der Bäume hinter einer Brombeerhecke. Abgesehen vom Plätschern des Baches war es absolut still.

Die Person zog sich eine schwarze Sturmhaube über den Kopf und lauschte in die Nacht. Ein Pferd wieherte.

Das schwere bogenförmige Holztor stand halb offen, so dass es ein Leichtes war, hindurchzuschlüpfen und in den Hof zu gelangen. Die Gestalt ging hinter einem Holzstapel in Deckung und studierte aufmerksam die Umgebung. Eine Laterne über der Eingangstür des Hauptgebäudes, die schwaches gelbes Licht verbreitete, erleichterte ihr die Orientierung. In der Mitte des Hofes befand sich ein alter Ziehbrunnen. Keine Menschenseele war zu sehen, kein Geräusch war zu vernehmen. Die Stimmung war unheimlich.

Dank zuverlässiger Insiderinformationen kannte die Gestalt den Grundriss des Reiterhofes sowie die unterschiedlichen Funktionen der Gebäude. Auf der linken Seite des Hofes erstreckten sich die Ställe. In einem Bereich, in dem sich drei Pferdeboxen befanden und in dessen Außenmauer im oberen Bereich Fenster eingebaut waren, brannte eine Glühbirne.

In zwei der Boxen befanden sich die wertvollen Pferde Barcelona Loreta und Ulu Tayfun. Die dritte Box war leer. Durch ihren Informanten wusste die schwarze Gestalt auch, wer um diese Zeit Dienst hatte und in Kürze als Letzter den Reiterhof verlassen würde. Der Eindringling bewegte sich im Schutz der Mauer zielstrebig auf die Ställe zu.

Plötzlich wurde die Tür des Haupthauses geöffnet, und ein Mann trat heraus. Er war groß, hatte breite Schultern und eine Glatze, die im Hoflicht glänzte. Neben ihm erschien ein riesiger weißer Hund mit langem Zottelfell. Die schwarze Gestalt erstarrte und duckte sich schnell hinter einen Weißdornbusch. Ihr Herz raste, und sie betete, dass das Tier ihre Witterung nicht aufnehmen würde. Der Hund sprang über die Stufen in den Hof, lief um den Brunnen und kam geradewegs auf die schwarze Gestalt zu. Die drückte sich entsetzt gegen die Mauer und erwartete das Anschlagen des Tieres oder noch schlimmer seinen Angriff. Der Hund trabte auf sie zu, leckte ihre Hand und hob sein Bein an dem Busch. Auf den Befehl seines Herrchens verschwand er wieder im Haus. Die Tür wurde geschlossen.

Bruno Humbert hatte bereits die Ställe der beiden edlen Rösser gesäubert und frisches Stroh aufgeschüttet. Sie hatten klares Quellwasser und spezielles Kraftfutter bekommen. Der dickliche junge Mann war heilfroh, dass sein Dienst gleich zu Ende war. Er musste nur noch die dritte Box vorbereiten. Der Eigentümer des Reiterhofes hatte ein Pferd gekauft, das am nächsten Morgen ganz früh eintreffen sollte. Solche Arbeiten wurden immer ihm aufgebürdet. Bruno Humbert fühlte sich ausgenutzt. Er hatte keinerlei Bezug zu Pferden, und von dem Gestank des Mistes wurde ihm übel. Aber sein Vater zwang ihn zu diesem Ferienjob. Anfangs war er mit seinem Schicksal ganz zufrieden gewesen und hatte sich Hoffnungen gemacht, eine hübsche Praktikantin kennenzulernen. Doch das hatte nicht funktioniert.

Schwitzend schaufelte Bruno mit einer Heugabel Stroh in die Box und verteilte es gleichmäßig auf der Erde, als er ein Geräusch vernahm. Die beiden Pferde in den Nachbarboxen kauten zufrieden, von ihnen konnte das Rascheln nicht ausgegangen sein. Was war es dann gewesen? Nervös wischte er sich den Schweiß von der Stirn und versuchte sich zu beruhigen. Auf einem Reiterhof gab es immer irgendwelche Geräusche. Wahrscheinlich war eine Maus durch das Stroh geflitzt.

Erneut war ein Rascheln zu hören. Bruno zuckte genervt mit den Schultern und wandte sich wieder dem Strohhaufen zu. Er war gleich fertig und wollte endlich weg.

Plötzlich trat ihm jemand kräftig in die Kniekehlen. Er sackte weg und landete unsanft auf einem Mistfladen, den er nachlässigerweise übersehen hatte. Stöhnend rollte sich Bruno auf den Rücken. Als er die schwarze Gestalt sah, die bedrohlich über seinem Körper aufragte, geriet er in Panik. Eine Sturmhaube war über ihren Kopf gestülpt, so dass nur wütend blitzende Augen zu sehen waren. Was Bruno nicht sah, war das in den Mützenrand eingestickte goldene Wappen der französischen Gendarmerie. Die Gestalt hatte die Mistgabel ergriffen und bohrte deren Metallspitzen unbarmherzig in seine Brust.

Voller Entsetzen stammelte Bruno: »Was wollen Sie von mir?«

Ein Schweißfilm zog sich über seine Stirn.

Die Person schwieg.

»Wollen Sie mich umbringen? Ich habe doch nichts getan«, wimmerte er.

»Du terrorisierst ein Mädchen im Internet. Gib es zu!«

»Nein, das stimmt nicht.«

Die Gestalt setzte einen Fuß auf die Gabel und drückte fester zu. Bruno rang nach Luft.

»Gib es zu!«

»Ja, ich gebe es zu.«

»Pass auf, du Rotzlöffel! Dieser Terror hört sofort auf. Hast du das verstanden?«

Der Stallgehilfe nickte eifrig. Dann wiederholte er mit bebender Stimme: »Der Terror hört sofort auf.« Dann fügte er hinzu: »Ich tue es nie wieder.«

»Sofort hört der Terror auf.«

»Sofort. Ich schwöre es.«

»In Ordnung. Wenn du dich nicht an die Abmachung hältst, komme ich wieder und spieße dich auf. Darauf kannst du dich verlassen. Außerdem weiß ich, wo du wohnst. Ich finde dich überall.«

Die Gestalt warf die Mistgabel auf die Erde und machte sich davon …

Noch in derselben Nacht verschwanden sämtliche beleidigenden Einträge über Brigitte Dumas aus dem virtuellen sozialen Netzwerk.

DER BLUTROSENKAVALIER

FÜNFTER TAG

Die alte Bernadette ging, wie jeden Morgen, zum Friedhof von Saint-Vaast. Sie war einundneunzig Jahre alt und trug seit dem Tod ihrer kleinen Schwester Agnès vor beinahe einem Jahr immer schwarze Kleidung. Ein schwarzes Kleid, schwarze Strümpfe, schwarze Gesundheitsschuhe und eine schwarze Strickjacke. Ihr weißes Haar war zu einem strengen Knoten gesteckt. Die alte Frau hatte freundliche veilchenblaue Augen und war geistig hellwach.

Sobald der Morgen anbrach, besuchte sie das Grab von Agnès und berichtete ihr vom neuesten Dorfklatsch, von der Predigt des Pfarrers am letzten Sonntag und von ihren Alltagssorgen. Seit Wochen plagten sie Schmerzen in der linken Hüfte. Ihr Arzt empfahl eine Operation, doch davor hatte Bernadette Angst.

Agnès war zehn Jahre jünger gewesen, und als die Eltern der beiden Mädchen früh verstarben, hatte Bernadette ihre Schwester großgezogen. Deshalb war ihr Verhältnis immer sehr innig gewesen. Nun war Bernadette alleine. Alle Freunde und Bekannte in ihrem Alter waren verstorben. Sie war als Letzte ihrer Schulklasse noch am Leben.

Die alte Frau war sehr traurig über den Verlust ihrer Schwester, aber sie war eine lebensbejahende, zupackende, resolute Frau, die ihr Leben schon immer gemeistert hatte. Sie besuchte regelmäßig den Gottesdienst und die Seniorennachmittage im Pfarrhaus. Die Pflanzen in ihrem Gemüsegarten gediehen prächtig, ebenso wie ihre Stallhasen, die sie liebevoll pflegte und niemals selbst verspeiste.

Als sie den Hauptweg des Friedhofes entlangging, summte sie ein altes Seeräuberbrautlied.

»Und in den Karawanken wies ich ihn in seine Schranken.«

Die Morgenröte überzog den Himmel über dem Meer mit verwischten orangen, rosa und lila Streifen, dann erhob sich majestätisch die Sonne als glühender Feuerball. Vögel zwitscherten in den Linden und begrüßten den Tag.

Bernadettes Weg führte an einer Buchsbaumhecke vorbei. Dahinter befand sich ein frisch aufgeschüttetes Grab mit Blumensträußen und gebundenen Kränzen mit glänzenden Schleifen. Auf dem Holzkreuz stand der Name »Maryline Leblanc«. Sie war gestern beerdigt worden. Bernadette war auch auf der Beerdigung gewesen, obwohl sie die Tote nicht gekannt hatte. Sie besuchte alle Beerdigungen.

Bernadette dachte voller Mitgefühl an die arme ermordete Frau, als ein Mann aus dem Schatten einer Linde trat und sich der Grabstätte näherte. Erschrocken duckte sich Bernadette hinter einem steinernen Engel mit vergoldeten Flügeln. Die unbedachte Bewegung verursachte einen stechenden Schmerz in der Hüfte. Sie unterdrückte ein Stöhnen. Hieß es nicht, dass Mörder von den Gräbern ihrer Opfer magnetisch angezogen wurden? Sie war kein Feigling, aber jetzt zitterte sie vor Angst.

Der Mann stellte sich vor das Grab. Wie ein Mörder sah er nicht aus. Er war jung, mit einem hübschen Gesicht und blonden Locken, die auf seine schmalen Schultern fielen. Bekleidet war er mit einer schwarzen Jeans und einem grauen kurzärmligen Hemd. Die Füße steckten in Sportschuhen. Er nahm seine Umgebung gar nicht wahr, sondern starrte nur auf den Grabhügel. In der Hand hielt er eine purpurrote Rose. Unvermittelt kniete er sich nieder und schien mit der toten Frau zu sprechen. Tränen rannen über sein Gesicht. Er legte die Rose auf das Grab, dann erhob er sich und entfernte sich mit schnellen Schritten.

Bernadette atmete erleichtert auf. Er hatte sie nicht wahrgenommen. Sie lief zum Grab ihrer Schwester und erzählte ihr, was sie gesehen hatte. Agnès riet ihr, zur Polizei zu gehen und die Beobachtung zu melden.

Philippe Lagarde lief durch den kleinen Seekiefernwald den Pfad hinab zu der Bucht, die unterhalb seines Hauses lag. Er trug eine Badehose und hatte ein Handtuch unter den Arm geklemmt. Sein muskulöser Körper zeugte davon, dass er während seines aktiven Polizeidienstes fast täglich ein hartes Training absolviert hatte. Seit er sich im Ruhestand befand, fuhr er regelmäßig größere Touren mit dem Rennrad, am liebsten die Küste entlang. Doch dafür war jetzt keine Zeit. Die »Soko Maryline« würde sich in Kürze treffen. Doch für ein morgendliches Schwimmen im Meer hatte er noch Zeit.

Er erreichte die winzige Bucht. Wellen rollten heran, brachen sich und überspülten den kristallinen Sand. Sonnenstrahlen tanzten auf dem türkisfarbenen Wasser. Auf einem Felsen hatten sich Möwen niedergelassen und beobachteten ihn. Er tauchte die Zehen in das Meer, um die Temperatur zu prüfen. Das Wasser war ziemlich kalt. Er rannte los und hechtete kopfüber in eine Welle. Dann begann er mit kräftigen Bewegungen in das offene Meer hinaus zu kraulen und entfernte sich rasch vom Ufer. Es war ein herrliches Gefühl, schwerelos durch das Wasser zu gleiten. Seine verletzte linke Schulter verursachte zum Glück keine Schmerzen. Er drehte sich auf den Rücken, beobachtete die Wanderung der Wolken über sich und ließ sich treiben. Als er auf die Anhöhe mit den Häusern blickte, entdeckte er Angélique, die im Wintergarten ihrer Villa im ersten Stock stand. Er winkte ihr zu. Sie hatte Lockenwickler in die Haare gedreht und erwiderte seinen Gruß. Lagarde amüsierte sich über die Eitelkeit der alten Dame. Er sog Luft ein und tauchte einige Meter, bis er an ein Riff gelangte. Am Fuß der Felsen breitete sich ein Wald aus Fingertang aus. Die langen grünbraunen Blätter begannen die Beine von Lagarde zu umschlingen. Seine Finger tasteten sich durch Spalten, bis er einen glatten Gegenstand spürte. Behutsam zog er seinen Fund aus der Ritze und freute sich. Die große Muschel besaß noch beide Schalen, in deren Höhlungen rosa und cremefarbenes Perlmutt schimmerte. Auf einem Felssims entdeckte er eine außergewöhnlich große Taschenmessermuschel. Amélie würde begeistert sein. Sie war eine passionierte Muschelsammlerin. Philippe Lagarde hatte gemeinsam mit dem Mädchen ein Regal gezimmert, auf dem die schönsten Exemplare ausgestellt wurden.

In zügigem Tempo schwamm er zurück und rieb sich am Strand mit dem Handtuch trocken.

Zurück in seinem Haus trug er einen Becher Milchkaffee und ein Käsebrot auf die Terrasse und setzte sich an den Tisch. Die Badehose hing ordentlich über der Leine. Er breitete seine Notizen vor sich aus und konzentrierte sich darauf. Ab und zu nahm er einen Bissen von seinem Baguette. Nachdenklich überflog er seine Aufzeichnungen.

»Wo warst du an jenem Abend, Maryline Leblanc?«, murmelte er. »Wen hast du besucht? War es dein Mörder? Warum hat er dich getötet? War es Totschlag im Affekt? Hast du etwas gewusst, was du nicht wissen solltest?«

Die zentrale Frage war in der Tat, wo sie sich aufgehalten hatte. Hoffentlich hatten Alain und Pierre bei der Befragung der Nachbarn etwas herausgefunden.

Philippe Lagarde schlüpfte in eine Jeans und knöpfte das hellblaue Hemd zu. Mit seinem Renault Express fuhr er zur Gendarmerie von Barfleur.

Valérie und Roselin saßen bereits am Konferenztisch. Sie betrachteten die Fotos an der Tafel. Eine Fotografie war ergänzt worden. Die Sekretärin von Cleroc hatte weitere Bilder gemailt, die Maryline zeigten, nachdem sie aus dem Waldgrab herausgehoben worden war. Der Anblick der toten Frau inmitten von Kiefern war verstörend. Sie gehörte dort nicht hin.

»Bonjour, mes amis!«

»Bonjour, Philippe.«

»Was für ein schöner Tag! Und was für ein trauriger Anlass, sich zu treffen. Ich war heute Morgen eine Runde schwimmen. Das Wasser fühlte sich herrlich an.«

Roselin zog eine Grimasse. »Es war mit Sicherheit eiskalt.«

Lagarde musste grinsen. Sein Freund stapfte lieber als »pêcheur à pied« – Fischer zu Fuß – durch das Wattenmeer, dabei bekam er nicht einmal nasse Füße. Bei der Ausübung seiner Lieblingsbeschäftigung trug er meistens Gummistiefel.

»Gefühlte zwölf Grad, Roselin.«

Den Gendarm schauderte.

»Wie geht es Florence?«

»Sie hat sich in der Zwischenzeit ein wenig beruhigt«, berichtete Roselin. Er schien erleichtert, aber nicht glücklich.

»Sie hat sich in die Arbeit gestürzt, um sich abzulenken. Im Morgengrauen füttert sie die Hühner, dann begrüßt sie jedes Schwein im Stall persönlich und herzt die Ferkel.« Missmutig fügte er hinzu: »Mich sollte sie herzen und nicht diese übelriechenden Viecher.«

Valérie gelang es, keine Miene zu verziehen.

»Nach der Stallarbeit steht sie an ihrem Marktstand, und abends geht sie aufs Feld zu den Rüben.«

Lagarde klopfte ihm tröstend auf die Schulter. »Das wird schon wieder, Roselin. Lass ihr noch ein wenig Zeit. Lade sie doch am Sonntag zu einem Ausflug und zu einem feinen Essen ein.«

»Das habe ich bereits getan. Am Sonntag will sie den Schweinestall streichen, und ich soll ihr dabei helfen.«

Valérie konnte ein Kichern nicht mehr unterdrücken.

»Das kann ich mir sehr romantisch vorstellen, Roselin. So einen Flirt im Stroh, zu zweit unter Schweinen.«

Finster betrachtete der Chef der Gendarmerie seine Assistentin. »Finde ich nicht romantisch.«

Lagarde erkundigte sich nach Brigitte, um ihn auf andere Gedanken zu bringen, in der Hoffnung, dass es positive Nachrichten gab.

Der Gendarm strahlte. »Stellt euch vor, sie ist wie ausgewechselt. Nicht mehr blass, kummervoll und appetitlos. Sie sieht aus wie das blühende Leben, lacht und hat gute Laune.«

»Das ist ja großartig«, freute sich Valérie. »Vielleicht war es nur eine vorübergehende pubertäre Übellaunigkeit. Als ich in dem Alter war, drohte mein Vater nicht nur einmal, mich an die Wand zu nageln.«

Philippe Lagarde hatte eine andere Theorie, behielt sie jedoch für sich.

Roselin fuhr begeistert fort. »Die Arbeit auf dem Reiterhof macht ihr großen Spaß. Die praktischen Tätigkeiten gefallen ihr. Deshalb tendiert sie dazu, eine Ausbildung in einer Tierarztpraxis zu absolvieren. Ich bin erleichtert. Stellt euch vor, meine kleine Tochter ganz alleine an der Universität von Paris. Was da alles passieren kann! Ich hätte keine ruhige Minute mehr.«

»Roselin, deine Tochter wird erwachsen«, widersprach seine Assistentin. »Sie muss selbständig werden und sich im Leben zurechtfinden. Ein Studium in einer anderen Stadt ist ein großer Schritt in diese Richtung.«

»Nun, wir werden sehen«, brummte er.

»Wie lange willst du deine Gluckenflügel noch beschützend über sie breiten?«

»Das Kind ist ohne Mutter aufgewachsen, vergiss das nicht, Valérie.«

Es klopfte an der Tür. Pierre und Alain betraten das Zimmer. Sie wurden zunächst mit Kaffee und pain au chocolat versorgt.

Valérie konnte ihre Neugier nicht mehr bezähmen.

»Nun erzählt schon. Was habt ihr herausgefunden?«

Da Alain noch kauend das süße Gebäckstück genoss, ergriff Pierre das Wort. »Leider nicht viel. Wir haben noch gestern Abend mit einigen Anwohnern der Nebenstraße gesprochen. In drei Häusern hat niemand auf unser Klingeln reagiert. Diese Personen haben wir heute Morgen angetroffen.«

Alain berichtete weiter. »Keiner der Anwohner hat irgendetwas Ungewöhnliches bemerkt oder gesehen.«

Pierre unterbrach ihn. »Bis auf den Mann mit dem Hund.«

»Genau«, bestätigte Alain.

»Ein Mann führte an dem Abend, an dem Maryline verschwand, seinen Hund aus. Er konnte sich noch gut daran erinnern, weil eine Gruppe von Jugendlichen mit frisierten Mofas die Straße entlangraste. Sie verursachten einen Höllenlärm und johlten und schrien. Der Anwohner fühlte sich in seiner Abendruhe gestört. Als wieder Stille eingetreten war, meinte er, ein Geräusch zu hören. Es drang aus dem Erdbeerwald. Der Mann befand sich auf dem Gehweg zwischen dem Garagengrundstück und der roten Villa.«

»Was für ein Geräusch?«, wollte der Kommissar wissen.

»Es hörte sich an wie das Knacken eines Zweiges, wenn jemand darauf tritt«, schilderte Pierre den Eindruck des Hundebesitzers.

»Konnte er sich noch an die Uhrzeit erinnern?«

»Ja, es war gegen zweiundzwanzig Uhr. Er führt seinen Hund immer um diese Zeit spazieren.«

Lagarde machte sich eine Notiz. »Die Zeit könnte passen. Was hat der Mann daraufhin unternommen?«, fragte er weiter.

»Sein Hund hat die Ohren gespitzt und geknurrt. Dem Mann war die Situation unheimlich, und er zog seinen Hund weiter.«

»Das war alles?« Lagarde war enttäuscht.

»Ja, leider«, bestätigte Alain bedauernd.

»Und Maryline Leblanc hat auch niemanden von den Nachbarn besucht.«

»Nein, sie kannten sie gar nicht, als sie noch am Leben war.«

Valérie hatte eine Idee. »Es könnte doch sein, dass Maryline die Frau des Engländers in der roten Villa besucht hat. Sie haben sich vielleicht am Strand kennengelernt und sich angefreundet.«

Lagarde griff den Gedanken auf. »Die Frau des Engländers ist die einzige Person, die Alain und Pierre nicht befragen konnten, weil sie kürzlich abgereist ist. Sie ist wieder zurück in England, hat ihr Mann erzählt. Wir müssen dringend mit ihr sprechen.«

»Welche Informationen haben wir über das Ehepaar?«, fragte die Polizistin.

»Margaret und Reginald Adams aus Oxford.«

Valéries Finger begannen über die Computertastatur

zu fliegen. »Es gibt drei Ehepaare in Oxford, die so heißen«, meldete sie.

»Ein Mann ist siebenundzwanzig, einer zweiundachtzig und der letzte achtundvierzig Jahre alt.«

»Es ist der achtundvierzigjährige«, erklärte Lagarde.

»Er ist Professor für Geschichte und Philosophie an der Universität Oxford.«

Lagarde nickte. »Er hat etwas von Lehre und Forschung erwähnt.«

Die Polizistin wählte eine Nummer. Sie hörte zu und machte sich Notizen.

Nachdem sie den Hörer aufgelegt hatte, wandte sie sich verwundert an ihre Kollegen.

»Ich habe die Ansage auf dem Anrufbeantworter von Margaret und Reginald Adams abgehört. Eine weibliche Stimme teilt dem Anrufer mit, dass sie sich bis Ende August noch im Urlaub befinden. Sie geben zwei Handynummern an, unter denen sie erreichbar sind.«

»Das ist ja merkwürdig«, schaltete Roselin sich ein. »Wenn Margaret Adams wieder zu Hause ist, warum hat sie dann die Nachricht nicht gelöscht?«

»Das ist in der Tat sonderbar«, bekräftigte der Kommissar. »Ruf doch mal die Handynummern an«, forderte er Valérie auf. »Und aktiviere die Rufnummernunterdrückung. Ich will nicht, dass Reginald Adams herausfindet, dass die Polizei von Barfleur angerufen hat.«

Valérie wählte die erste Nummer. Der Anruf ging

buchstäblich ins Leere. Bei der zweiten Nummer meldete sich ein Mann mit seinem Namen. Reginald Adams.

»Oh, Entschuldigung«, flötete Valérie. »Ich habe mich verwählt. Einen schönen Tag noch.«

Sie sahen sich an.

»Margaret Adams Handy ist ausgeschaltet«, teilte die Polizistin den Kollegen mit. »Was machen wir jetzt?«

»Wir bitten die Polizei in Oxford um Amtshilfe«, erklärte Lagarde.

Valérie wählte erneut. Ihre Wangen glühten. Sie hatte das Gefühl, dass sie eine relevante Spur verfolgten. In perfektem Englisch erklärte sie ihrem Gesprächspartner ihr Anliegen. Als der englische Polizist hörte, dass sie in einem Mordfall ermittelten und dringend mit Margaret Adams sprechen mussten, zeigte er sich sehr kooperativ. Er verzichtete zunächst auf formelle Anfragen, die Tage gekostet hätten.

Valérie bedankte sich und legte auf. Triumphierend blickte sie in die Runde. Ihre grünen Augen blitzten.

»Sie schicken sofort einen Streifenwagen zum Haus der Adams und sehen sich dort um«, berichtete sie.

»Sobald er zurück ist, melden sie sich.«

Lagarde spürte wieder dieses Kribbeln unter der Haut. Irgendetwas stimmte hier ganz und gar nicht.

Das Team wurde in seinen Überlegungen unterbrochen, als es erneut an der Tür klopfte, aber niemand kam herein.

Lagarde stand auf und öffnete die Tür. Im Flur stand eine alte Frau. Sie war schwarz gekleidet und hatte weiße Haare. Veilchenblaue Augen blickten ihn abschätzend an.

»Bonjour, Madame«, begrüßte er sie freundlich.

»Kann ich etwas für Sie tun?«

Die Frau fasste sich ein Herz und verkündete: »Agnès hat gesagt, dass ich mich melden soll. Der freundliche Herr an der Pforte teilte mir mit, dass Sie zuständig sind.«

»Wenn das so ist, dann kommen Sie doch herein.«

Lagarde rückte einen Stuhl für die alte Frau zurecht. »Nehmen Sie doch bitte Platz.«

Die alte Dame setzte sich und musterte die anwesenden Personen.

Sie entschied sich dafür, mit dem Mann zu reden, der sie so freundlich in das Zimmer gebeten hatte. Er sah aus wie ein früherer Verehrer von ihr. Er war kräftig, hatte ein sympathisches kantiges Gesicht, dunkle Haare, einen Dreitagebart und dunkelblaue Augen, welche die Farbe des Meeres in großer Tiefe hatten.

»Ich heiße Philippe Lagarde und bin Kommissar. Darf ich nach Ihrem Namen fragen?«

Sie hatte vor Aufregung vergessen, sich vorzustellen. Wie unhöflich von ihr!

»Mein Name ist Bernadette Fleury. Ich komme aus Saint-Vaast.«

»Wie sind Sie denn hergekommen?«

»Mit dem Bus.«

»Darf ich Ihnen eine Tasse Kaffee anbieten. Oder ein Glas Wasser?«

Bernadette vertrug nur noch koffeinfreien Kaffee.

»Ein Glas Wasser wäre schön. Es ist sehr heiß heute.«

Lagarde schenkte ein Glas Wasser ein und stellte es neben der Frau auf den Tisch. Durstig trank sie einen großen Schluck.

»Vielen Dank. Sie sind sehr freundlich.«

Lagarde nahm den Gesprächsfaden wieder auf. Er wusste instinktiv, dass sie nur mit ihm reden würde.

»Agnès hat also gesagt, dass Sie sich melden sollen.«

»Ja, so war es. Zunächst habe ich die welken Blüten auf ihrem Grab entfernt und darüber nachgedacht. Schließlich habe ich die Entscheidung getroffen, ihrem Rat zu folgen, und bin in den Bus gestiegen.«

»Agnès ist tot?«

»Ja, schon seit fast einem Jahr.«

»Das tut mir sehr leid, sicherlich stand sie Ihnen sehr nahe.«

»O ja, sie ist meine kleine Schwester.«

»Und Sie besuchen Agnès oft und unterhalten sich mit ihr?«

»Ja, Herr Kommissar. Ich besuche sie jeden Tag.«

»Das finde ich sehr schön. Jeder Mensch braucht jemanden, mit dem er über alles reden kann, was ihn bewegt.«

Madame Fleury nickte. Das hatte der Pfarrer auch gesagt. Dieser freundliche Polizist mit dem charmanten Lächeln verstand sie und hielt sie nicht für eine verschrobene, verwirrte alte Frau.

Valérie verfolgte fasziniert den Dialog und empfand eine große Achtung vor Philippe. Es war anrührend, wie einfühlsam, geduldig und sanft er mit der alten Dame sprach.

»Agnès hat gesagt, dass Sie sich melden sollen. Aus welchem Grund sollen Sie sich melden? Was ist geschehen?«

»Ich habe etwas beobachtet, auf dem Friedhof.«

»Und Agnès hält Ihre Beobachtung für so wichtig, dass sie Ihnen geraten hat, zur Polizei zu gehen.«

»Ja.«

Roselin hielt es kaum noch auf seinem Stuhl. Wo nahm Philippe nur die Geduld her?

»Das war eine sehr gute Idee, Madame Fleury. Was haben Sie denn beobachtet?«

»Als ich den Weg zu dem Grab meiner Schwester entlang ging, bin ich an der letzten Ruhestätte der armen Maryline Leblanc vorbeigekommen, Gott hab sie selig.«

Jetzt hatte sie die volle Aufmerksamkeit aller anwesenden Personen.

»Ich weiß, dass sie ermordet wurde. Alle wissen das. Deshalb meinte Agnès, dass ich der Polizei von dem Mann erzählen muss.«

»Sie haben einen Mann gesehen?«, fragte Lagarde, nun zum ersten Mal ein wenig ungeduldig.

»Ja.«

»Am Grab von Maryline Leblanc?«

»Ja.«

»Hat er Sie auch gesehen?«

»Nein, ich glaube nicht. Ich habe mich hinter einer Statue mit goldenen Flügeln versteckt.«

»Das war sehr klug von Ihnen, Madame Fleury. Kannten Sie den Mann?«

»Nein.«

»Wie sah er denn aus?«

»Wie ein Engel. Zuerst dachte ich, Gott hätte ihn geschickt, um die arme tote Frau vor weiterem Unheil zu bewahren. Aber dann bemerkte ich seine Kleidung. Engel sind anders gekleidet.«

Roselin spürte, wie sein Blutdruck stieg. »Welche Kleidung trug der Mann?«

»Was die jungen Leute so tragen, heutzutage, Jeans, ein Freizeithemd und Turnschuhe.«

»Also definitiv kein Engel«, knurrte der Gendarm.

Der Kommissar warf ihm einen warnenden Blick zu. »Am Grab stand also ein junger Mann?«

»Genau so war es.«

»Können Sie sein Alter schätzen, Madame Fleury?«

»Er war ungefähr zwanzig bis fünfundzwanzig Jahre alt.«

»Können Sie sein Aussehen beschreiben?«

»Ja. Er hatte eine Statur wie der Enkelsohn unseres Pfarrers. Ich komme jetzt nicht auf seinen Namen.«

Valérie legte besänftigend ihre Hand auf den Unterarm ihres Chefs. »Und wie kann man diese Statur beschreiben?«

»Groß und schlank.«

»Können Sie uns etwas zu dem Gesicht und der Haarfarbe des jungen Mannes sagen?«

»Er hatte blonde Locken, die bis zu den Schultern fielen. Und ein hübsches Gesicht.«

»Was hat der junge Mann am Grab getan?«, fragte Lagarde sanft.

»Er kniete sich davor und begann zu weinen. Bevor er ging, legte er noch eine blutrote Rose auf das Grab.«

»Wissen Sie, wohin er gegangen ist?«

»Nein, er ist zwischen den Linden verschwunden.«

»Würden Sie den jungen Mann wiedererkennen, wenn Sie ihn sehen?«

»Ich glaube schon.«

»Würden Sie sich dann bei uns melden?«

»Natürlich, das mache ich.«

»Madame Fleury, ich bedanke mich für Ihre wichtige Meldung. Sie haben uns sehr weitergeholfen.«

»Das freut mich, Herr Kommissar. Ich bete für Sie, dass Sie den Mörder finden. So ein böser Mensch muss bestraft werden.«

»Tun Sie das, Madame Fleury. Das wird uns sicherlich bei der Arbeit helfen. Ein netter Polizist wird Sie jetzt nach Hause fahren. Einverstanden?«

»Ja, gerne. Da habe ich morgen beim Seniorennachmittag etwas zu erzählen. Meine Freundinnen werden staunen.«

»Alain, bist du so nett?« Lagarde wandte sich an den jungen Polizisten.

Alain sprang auf. »Selbstverständlich, Philippe. Kommen Sie bitte, Madame Fleury.«

Als sie den Raum verlassen hatten, konnte sich Valérie nicht mehr beherrschen.

»Das ist ja eine sensationelle Spur. Wir müssen herausfinden, wer dieser junge Mann ist. Welche Beziehung hatte er zu Maryline Leblanc?«

»Vielleicht hat sich die alte Dame die ganze Szenerie nur eingebildet«, bremste Roselin ihren Elan. »Sie hat den jungen Mann zunächst für einen Engel gehalten, der ihr erschienen ist. Mon Dieu! Menschen in diesem hohen Alter sind häufig verwirrt.«

Valérie war enttäuscht. Sie vermisste an ihrem Chef die unerschütterliche positive Einstellung und hoffte sehr, dass die Krise zwischen ihm und Madame Florence bald vorbei sein würde.

»Meinst du wirklich, Roselin? Sie hat doch ihre Beobachtung ganz deutlich beschrieben.« Hilfesuchend blickte sie zu Lagarde. »Was denkst du, Philippe?«

»Ich gebe dir recht, Valérie. Es ist eine ganz heiße Spur. Die alte Dame ist nicht verwirrt. Sie ist unserem

Gespräch konzentriert gefolgt. In ihrem Tempo, aber das ist nachvollziehbar, wenn man ihr hohes Alter berücksichtigt. Bernadette Fleury weiß genau, was sie gesehen hat.«

Die Polizistin strahlte. »Das könnte der Durchbruch werden. Wie finden wir den Mann?«

Der Kommissar hatte schon eine Idee.

Das Ermittlerteam hatte bei Gaston zu Mittag gegessen und versammelte sich anschließend wieder um den Konferenztisch. Pierre übernahm die wichtige Aufgabe, frischen Kaffee zu kochen. Anschließend kümmerte er sich mit seinem Kollegen Alain wieder um die Aufgaben der örtlichen Gendarmerie.

Das Telefon klingelte. An der Nummer auf dem Display erkannte Valérie, dass der Anruf aus England kam. Sie nahm ab und schaltete den Lautsprecher ein. Konzentriert hörten sie zu, was der englische Polizist zu berichten hatte.

Zwei Kollegen waren in einem Streifenwagen zum Haus der Adams gefahren. Das Gartentor war unverschlossen gewesen, und sie hatten an der Tür des Backsteinhauses geklingelt. Auch nach mehrmaligem Läuten und Klopfen hatte niemand geöffnet. Sie waren um das Haus gelaufen. Die Terrassentür war verschlossen gewesen, der Garten verlassen. Eine Nachbarin auf dem angrenzenden Grundstück, die ihre Rosen schnitt, war auf sie aufmerksam geworden. Erschrocken erkundigte sie sich, ob etwas mit den Adams passiert war. Die Polizisten konnten sie beruhigen und ihr erklären, dass alles in Ordnung war und sie nur mit Margaret Adams sprechen wollten. Daraufhin erzählte die Frau ihnen, dass Reginald und Margaret, übrigens ein ganz bezauberndes Ehepaar, ihren Urlaub in Frankreich verbrachten und vor Ende August nicht zurück erwartet wurden. Sie würde in der Zwischenzeit das Haus hüten. Als die Polizisten fragten, ob sie einen Blick in das Hausinnere werfen durften, holte die Nachbarin rasch die Schlüssel und ließ sie herein.

Auf dem Küchentisch lagen ordentlich gestapelt die Post, daneben Magazine und Werbung. Die Nachbarin goss täglich die Pflanzen und sprengte den Rasen hinter dem Haus. Ein blauer Papagei in einem Käfig wurde auch von ihr versorgt. Sie sprach mit ihm und spielte ihm klassische Musik vor, um ihn von seiner Sehnsucht nach Herrchen und Frauchen abzulenken. Am liebsten mochte er Vivaldi und geschälte Apfelstückchen.

»Margaret Adams ist nicht nach Hause zurückgekehrt«, beendete der englische Polizist seinen Bericht. »Die Nachbarin kann sich nicht vorstellen, dass sie alleine irgendwo hingefahren ist. Sie und Reginald haben ihre Ferien immer gemeinsam in Frankreich verbracht. Sie hat auch einen geplanten Hauskauf erwähnt. Das Ehepaar wollte eine Sommervilla am Meer kaufen. In einem wunderschönen Hafenstädtchen namens Saint-Vaast auf einer Halbinsel in der Normandie. Den Namen hat sie vergessen.«

Valérie bedankte sich für die Informationen und legte auf. Sie sahen sich an. Was hatte diese Auskunft zu bedeuten?

»Margaret Adams ist spurlos verschwunden«, stellte die Polizistin fest.

»Wie gehen wir mit dieser Information um?«, fragte Roselin. »Ist sie überhaupt wichtig für unsere Ermittlungen?«

»Das kann ich im Augenblick nicht sagen«, antwortete Lagarde. Er trank den Rest Kaffee und erhob sich. »Ich fahre zu Reginald Adams und rede mit ihm. Schließlich muss er wissen, dass seine Ehefrau nicht in Oxford eingetroffen ist.«

»Vielleicht weiß er es schon. Die beiden stehen doch sicher in Kontakt«, meinte Valérie.

»Wir werden sehen, was das Gespräch ergibt«, erwiderte Philippe Lagarde. »Und vergesst nicht, wir treffen uns im Morgengrauen an der Friedhofskapelle von Saint-Vaast.«

»Hoffentlich kommt der blonde Engel«, bemerkte Valérie aufgeregt.

Philippe Lagarde fuhr nach Saint-Vaast-la-Hougue, um mit dem Engländer zu sprechen. Er war neugierig, welche Erklärung der Mann für das Verschwinden seiner Frau haben würde.

Obwohl das Eingangstor offen stand, parkte er am Straßenrand. Wieder bewunderte er die blühenden Rosen, die an den Gitterstäben des Zaunes emporkletterten. Über einen gepflasterten Weg ging er auf das Haus zu und stieg die Marmortreppe hinauf. Er betätigte den schweren Türklopfer aus Messing, einen Hirschkopf mit einem mächtigen Geweih. Niemand öffnete. Er umrundete die Villa, weil er annahm, dass Reginald Adams sich im Garten aufhielt. Doch da war niemand. Am Rand des Schwimmbeckens blieb er stehen. Die Oberfläche des Wassers war spiegelglatt und schimmerte in einem kühlen hellen Blau. Einige Blätter trieben darauf. Er fragte sich, warum ihn dieser Pool so faszinierte, als ob eine magische Wirkung von ihm ausginge. Eine magische unheimliche Wirkung. Als würde dieser Ort von einer negativen Aura umhüllt. Und er fragte sich, ob Reginald Adams ihn überhaupt benutzte? Nichts deutete darauf hin. Die Liegen standen akkurat in der gleichen Anordnung wie bei seinem letzten Besuch. Es gab keine Badetücher, kein Glas auf dem Tisch, keine Sonnencreme, kein aufgeschlagenes Buch. Nichts.

Erneut klopfte er an der Tür. Reginald Adams öffnete. Freundlich lächelte er seinen Besuch an.

»Ah, der Polizist ist wieder da. Kommen Sie doch herein. Entschuldigen Sie meinen Aufzug.«

Er trug eine Arbeitshose, auf der sich Farbspritzer befanden, ebenso wie auf dem kurzärmligen T-Shirt, aus dem magere, bleiche Arme ragten.

»Ich war oben im ersten Stock. Heute streiche ich unser Schlafzimmer. Margaret hat sich einen cappuccinofarbenen Ton gewünscht. Ich habe die Farbe selbst angerührt. Man will ja schließlich, dass die Ehefrau zufrieden ist.« Er lachte. »Darf ich Sie in den Salon bitten?«

Der Kommissar folgte ihm einen breiten Korridor entlang, der mit weißen und schwarzen Steinplatten ausgelegt war. Die Türen der abgehenden Zimmer waren verschlossen. Durch einen weiten bogenförmigen Mauerdurchbruch gelangten sie in den Salon. Er lag nach Süden zum Meer hin, von dem man einen ultramarinblauen Streifen sehen konnte.

Lagarde sah sich um. Der große hohe Raum war geschmackvoll renoviert und eingerichtet worden. Die frei gelegten Holzbalken waren in dunkelbrauner Farbe eingelassen, die Flächen dazwischen waren weiß gestrichen. Eine Wand wurde von einem dezenten Lachston überzogen. Zwei cremefarbene Ledersofas standen sich auf dem Parkettboden gegenüber, zwischen ihnen befanden sich zwei quadratische niedrige Tische in der gleichen Farbe. In einer gläsernen Vase waren Rosen aus dem Garten arrangiert. Den Blickfang bildete ein mächtiger alter Kamin. Lagarde stellte sich vor, wie schön es sein musste, im Winter darin ein Feuer zu schüren, wenn der Wind vom Meer her über das Land fegte.

Der Engländer trat an ein antikes Schränkchen, das als Bar diente.

»Darf ich Ihnen einen Whisky anbieten?«

Lagarde nahm dankend an, obwohl er keinen Whisky mochte. Es war ihm wichtig, eine entspannte Atmosphäre zu schaffen. »Das Schränkchen gefällt mir«, sagte er im Plauderton.

»Ich habe es auf einem Flohmarkt in Carentan entdeckt. Es war ein Schnäppchen, in England hätte es das Fünffache gekostet. Und dieses Bild«, Reginald Adams deutete auf ein Ölgemälde in einem goldenen Rahmen über dem Kamin, »habe ich einer Straßenmalerin in Cherbourg abgekauft. Ich finde, sie hat großes Talent.«

Lagarde fand auch, dass die Malerin großes Talent besaß. Er kannte sie und wusste, dass sie Sylvie hieß. Er entdeckte ihre Signatur auf dem Kunstwerk, hätte sie allerdings auch an ihrem Stil erkannt. Letztes Jahr hatte er die charmante Malerin in Cherbourg kennengelernt.

Die Männer setzten sich gegenüber auf die Sofas.

»Haben Sie die verschwundene Frau gefunden?«, erkundigte sich Reginald Adams mit undurchdringlicher Miene. »Wie hieß sie doch gleich?«

»Sie heißt Maryline Leblanc. Wir haben sie leider immer noch nicht gefunden.«

»Das tut mir leid. Aber sie wird schon wieder auftauchen.«

»Kann es sein, dass Ihre Frau sie kennt?«

Der Engländer schüttelte sofort den Kopf. »Das glaube ich nicht. Margaret kennt hier niemanden näher.« Er nahm seine Brille ab und rieb sich die Nasenwurzel. »Was kann ich für Sie tun, Monsieur Lagarde?«

»Nun, wir haben das Fahrrad von Maryline Leblanc hier in der Straße gefunden. Das hatte ich Ihnen bei unserer ersten Begegnung berichtet. Daraufhin haben wir sämtliche Nachbarn befragt. Niemand hat etwas gesehen. Sie hat auch niemanden besucht. Deshalb kam ich auf die Idee, dass sie vielleicht Ihre Frau besucht haben könnte. Aus diesem Grund wollte ich mit Madame Adams sprechen. Da Sie mir erzählt hatten, dass sie nach Hause gefahren ist, habe ich dort angerufen. Der Anrufbeantworter erteilt die Auskunft, dass sie beide sich im Urlaub befinden. Ich habe die englische Polizei daraufhin um Amtshilfe gebeten. Ihre Frau Margaret ist nie zu Hause angekommen. Haben Sie eine Erklärung dafür?«

Er beobachtete Reginald Adams genau. Hatte ihn diese Information erschreckt? Das war schwer zu sagen. Lagarde meinte, Beunruhigung wahrgenommen zu haben.

Der Engländer trank einen Schluck Whisky, vielleicht um Zeit zu gewinnen.

»Sie ist nicht zu Hause?«, fragte er tonlos.

»Nein.«

»Das verstehe ich nicht.«

»Ich dachte, Sie könnten mir das erklären.«

»Ich habe Ihnen bei Ihrem letzten Besuch erzählt, dass meine Frau abgereist ist. Sie war verärgert über die Renovierungsarbeiten. Wir haben uns gestritten.

Sie könnte an irgendeinen anderen Ort gefahren sein, um richtig Urlaub zu machen. Sie liebt die Isle of White. Vielleicht ist sie dahin gefahren und hat sich in einer gemütlichen Pension eingemietet.«

»Haben Sie keinen Kontakt zu ihr?«

»Nein, sie hat sich nicht gemeldet und ich mich auch nicht. Wenn sie wütend ist, lässt man sie am besten in Ruhe. Das habe ich den vielen Ehejahren gelernt.«

»Sie wissen also nicht, wo Ihre Frau sich aufhält?«

»Nein, ich habe keine Ahnung.«

»Sind Sie denn gar nicht beunruhigt?«

»Überhaupt nicht. Meine Frau kann schließlich fahren, wohin sie will, und machen, was sie will. Sie ist mir keinerlei Rechenschaft schuldig. Und sie kann sehr gut auf sich selbst aufpassen, das kann ich Ihnen versichern.«

Lagarde war über das sorglose Gebaren des Mannes sehr verwundert. Wenn Odette verschwunden wäre, würde er alle Hebel in Bewegung setzen, um sie zu finden.

»Mit welchem Wagentyp ist Ihre Frau unterwegs?«

»Mit einem bronzefarbenen Range Rover V-8-Turbodiesel.«

Sie fährt einen Luxusgeländewagen, dachte Lagarde.

»Und Sie haben hier kein Auto?«

»Vielleicht werde ich mir einen Wagen mieten. Aber mir macht es Spaß, mich im Urlaub im Einklang mit der Natur zu bewegen. Ich unternehme lange Fahrradtouren. Ab und zu fahre ich mit meinem Boot hinaus. Jeden Morgen laufe ich zum Bäcker und kaufe frisches Baguette. Ich liebe mein einfaches ruhiges Leben hier.«

»Ich danke Ihnen für das offene Gespräch, Monsieur Adams. Ich gehe davon aus, dass ich Sie in Zukunft nicht mehr stören muss.«

»Sie stören mich nicht, Monsieur le Commissaire. Sie können jederzeit wieder vorbeikommen und mit mir auf der Terrasse ein Glas Wein trinken. Dann plaudern wir ein wenig über Gott und die Welt.«

»Danke für die Einladung. Ich wünsche Ihnen weiterhin einen schönen Urlaub. Au revoir, Monsieur Adams.«

Philippe Lagarde fuhr auf der Küstenstraße zurück. Als er Barfleur erreicht hatte, parkte er vor einer Metzgerei. Auf einem Grill neben der Eingangstür brutzelten herrlich duftende Hähnchen. Er trat ein und kaufte ein großes Steak für das Abendessen. Der Metzger, den er gut kannte, schnitt das Fleisch persönlich für ihn.

Anschließend schlenderte er zum Markt. Unter einer Platane entdeckte er Madame Florence, die an ihrem Stand Gemüse an ein deutsches Touristenpaar verkaufte. Sie versuchte, ihnen zu erklären, wie man Artischocken zubereitete. Lagarde, der gut Deutsch sprach, kam ihr zu Hilfe. Als das Paar, begeistert über die Aussicht auf ein besonderes Abendessen, gegangen war, begrüßten sie sich mit zwei Küsschen auf die Wangen.

»Wie geht es dir, Florence?«

»Es geht schon wieder, Philippe. Ich brauche nur ein wenig Zeit, um diesen Schock zu verdauen.«

»Ich kenne einen herausragenden Psychologen, der dir sicher helfen kann. Wenn du willst, arrangiere ich einen Termin für dich.«

Sie schwieg.

Einen Moment lang dachte er erschrocken, er wäre ihr zu nahe getreten. Doch dann brach sie in schallendes Gelächter aus. Das war die alte Florence, wie er sie kannte.

»Ich bin eine einfache Bäuerin, Philippe. Was soll ich denn bei einem Seelenklempner? Nein, das ist nichts für mich. Ich komme schon klar. Roselin und Brigitte kümmern sich rührend um mich. Aber es ist lieb, dass du mir helfen willst.«

Philippe Lagarde war sehr erleichtert, dass sie nicht verärgert war.

»Weißt du was, Florence, ihr kommt in den nächsten Tagen zu mir, und ich koche für euch.«

»Das ist eine gute Idee.« Sie schaute ihn fragend an. »Wie geht die Aufklärung des Falles voran, Philippe?«

Er beschloss, ihr die Wahrheit zu sagen.

»Heute bin ich nicht zufrieden, Florence. Wir haben viele Spuren, aber keine Beweise und keine Zeugen.«

»Du knackst die Nuss, Philippe. Du knackst sie immer. Mach einfach mal eine Pause und beschäftige dich mit schönen Dingen. Dann geht es wieder weiter.«

»Ein guter Rat, Florence. Ich fahre jetzt mit meinem Boot hinaus und schnuppere Seeluft. Danach esse ich ein dickes Steak auf der Terrasse und beobachte die Glühwürmchen.«

»Hast du schon Gemüse zu deinem Fleisch?«

»Nein, noch nicht. Ich dachte, ich kaufe es bei dir.«

Die Bäuerin ließ den Blick über ihr reichhaltiges Angebot schweifen.

»Frische grüne Bohnen sind genau das Richtige. Ich packe dir welche ein und dazu junge Kartoffeln. Dann kannst du dir Bratkartoffeln oder ein Gratin zubereiten.«

Als er zahlen wollte, winkte sie resolut ab und steckte noch eine Tüte voll mit Herzkirschen in die Einkaufstasche.

»Herzlichen Dank. Salut, Florence.«

»Gern geschehen. Salut, Philippe.«

Lagarde ruderte durch das Hafenbecken zu seinem Boot und legte ab. Als er die Mole verlassen hatte und das salzige Meer roch, spürte er, wie die Anspannung von ihm abfiel. Er steuerte das Schiff mit einer Hand, die andere steckte in der Hosentasche. Kleine harmlose Wellen strebten der Küste zu. Er nahm Kurs Richtung Norden, genoss die letzten Sonnenstrahlen und pfiff fröhlich vor sich hin.

Die Dämmerung brach herein und verwandelte das Wasser in blauschwarze Tinte. Er beschloss, noch bis zu der Bucht zu fahren, die er mit Odette bei ihrem Ausflug aufgesucht hatte, und dann umzukehren. Der Motor schnurrte ruhig, Seeschwalben kreischten über seinem Kopf, Wellen klatschten an den Schiffsrumpf.

Lagarde hatte die Nordküste der Halbinsel Cotentin erreicht und steuerte die Bucht an. Geisterhaft ragten die Klippen in den Sternenhimmel. Schon zeichnete sich das schwarze Schloss auf den Felsen ab. Verlassen und düster thronte es über dem Ozean. Ob Vivianne auch an diesem Abend mit dem Kerzenleuchter durch das Gemäuer irrte und verzweifelt nach ihrem geliebten Patrice rief? Amüsiert malte er sich die Szene aus der Legende aus, doch plötzlich stutzte er. Drang nicht tatsächlich ein Lichtschein aus dem alten Gebäude? Das konnte doch nicht sein. Als er sich den Felsen näherte, flackerte erneut Licht auf. Es war kein stetiges Leuchten, wie von einer Lampe, es war unruhig und bewegte sich. Es sah unheimlich aus, wie aus den schwarzen Fensterhöhlungen goldenes Licht drang.

Fasziniert beobachtete der Kommissar das Schauspiel, das sich ihm bot. Er musste Odette unbedingt erzählen, dass Vivianne wieder durch ihr Schloss geisterte.

Er stellte den Motor ab und ließ das Boot für kurze Zeit treiben, da er wissen wollte, ob Geräusche aus dem Haus zu vernehmen waren. Konzentriert lauschte er.

Die Wellen schäumten um das Gestein und gurgelten durch Grotten. Der Wind nahm an Stärke zu und toste um die kleine Felseninsel, der Schrei eines Vogels hallte durch die Nacht, sonst war nichts zu hören.

DER ENGEL AUF DER WOLKE

SECHSTER TAG

Im Morgengrauen betrat Philippe Lagarde den alten Friedhof von Saint-Vaast. Es nieselte leicht, und Nebel kroch über die Gräber. Er wählte einen schmalen, mit Unterholz überwucherten Weg entlang verwitterter Grabsteine. In der Dämmerung wirkten die mit Moos bedeckten steinernen Kreuze wie schwarze Gesellen, die nichts Gutes im Sinn hatten. Das einzige Geräusch kam vom Regen, der von den Lindenblättern tropfte. Seine Schritte auf dem weichen Erdboden waren nicht zu hören.

Die Kapelle lag einsam in der Dämmerung. Die vom Dunst verhüllte Turmglocke schlug fünf Uhr. Als er auf die Tür des Kirchleins zustrebte, sah er sich rasch um, dann trat er ein. Das Scharnier quietschte leise. Als sich seine Augen an das Dämmerlicht gewöhnt hatten, nahm er zwei Gestalten neben dem Taufbecken wahr.

»Ihr seid ja schon da«, flüsterte er.

»Wir dachten, wir kommen lieber ein bisschen früher«, antwortete Valérie mit gedämpfter Stimme.

»Bonjour, Philippe.« Roselin rieb sich die Hände. »Ganz schön frisch heute Morgen. In meinem warmen Bett wäre es jetzt viel gemütlicher.«

»Dort wird dir aber kein blonder Engel erscheinen«, erwiderte Valérie.

Die drei Ermittler trugen dunkle Kleidung und Turnschuhe mit weichen Sohlen. Der Gendarm trug zudem eine schwarze Strickmütze. Die Polizistin hatte ein nachtblaues Tuch um die fuchsrote Mähne gebunden. Lagarde war kein Freund von Kopfbedeckungen, seine schwarzen Haare glänzten feucht.

Leise schlichen sie aus der Kapelle und liefen geduckt hinter Buchsbaumhecken und Hortensienbüschen zu einem einst prächtigen Mausoleum. Efeuranken klammerten sich an Mauerritzen und umschlangen goldfarbene Engelchen, die die Grabstätte schmückten. Im überdachten Eingangsbereich der Gruft suchten sie Schutz. Säulen stützten das Firmament, dessen Farben verblasst waren. An den grün bemoosten Seitenwänden waren die Namen der Toten, ihre Geburts- und Sterbedaten sowie betende Hände in Stein gemeißelt und kaum noch zu erkennen. Äste einer Linde, die quer über den Eingang wuchsen, gaben den Polizisten Deckung.

Vor ihnen, etwa fünfzehn Meter entfernt, lag das Grab von Maryline Leblanc. Die Blumengebinde und Kränze waren verwelkt, das Holzkreuz mit ihrem Namen stand traurig im Regen. Eine Krähe saß darauf. Der Regen fiel nun dichter.

Valérie flüsterte aufgeregt: »Da kommt jemand.«

Ein schwarzer Schirm bewegte sich den Hauptweg entlang. Als er näher kam, erkannten sie Bernadette

Fleury, die auf dem Weg zum Grab ihrer Schwester Agnès war. Sie war an diesem Morgen besonders früh unterwegs, weil sie ihr unbedingt von dem Besuch bei der Polizei und dem charmanten Kommissar berichten wollte. Die alte Frau bemerkte sie nicht.

Sie mussten nicht lange auf den nächsten Besucher warten. Ein Mann verließ den Hauptweg und ging auf das Grab zu. Eine Baskenmütze saß schräg auf seinem Kopf. Er war ganz in Schwarz gekleidet. Schwarzer Rollkragenpullover, schwarze Lederjacke, schwarze Jeans und schwarze Springerstiefel. Reglos stand er vor der Grabstätte. Seine blonden Haare waren über dem Ohr kurz rasiert. Vielleicht war er beim Friseur gewesen, oder Bernadette Fleury hatte ihn ungenau beschrieben.

»Worauf warten wir noch?«, fragte Valérie. »Wir kreisen ihn ein und stellen ihn zur Rede.« Sie wollte schon losgehen, doch Lagarde hielt sie am Ärmel fest.

»Das ist nicht der blonde Engel.«

»Woher willst du das wissen?«

»Weil ich ihn kenne.«

»Du kennst ihn?«

»Ja, das ist Michel Rigou.«

»Vielleicht ist er der blonde Engel.«

»Das glaube ich nicht. Madame Fleury hat einen jüngeren Mann beschrieben.«

Roselin mischte sich ein. »Du hast recht, Philippe. Es ist Rigou.« Er konnte sich nur zu gut an die Auseinandersetzung zwischen ihm und seiner Frau Fabienne erinnern. »Und was machen wir jetzt?«

»Wir hoffen, dass er bald verschwindet, damit er den blonden Engel nicht verscheucht.«

Tatsächlich wandte sich Michel Rigou ab, nachdem er ein Kreuz geschlagen hatte, und verschwand auf dem Hauptweg hinter einem Bronzeengel, der von Grünspan überzogen war.

»Sollten wir nicht noch einmal mit Rigou sprechen?«, schlug Roselin vor. »Ich werde das Gefühl nicht los, dass er etwas weiß, das er uns bisher verschwiegen hat.«

Lagarde nickte. »Du könntest durchaus recht haben, Roselin. Heute Abend besuchen wir ihn und reden noch einmal mit ihm.«

Aufgeregt packte die Polizistin Lagardes Arm. »Jetzt kommt er.«

Ein Mann, der mit einem grauen Regenmantel bekleidet war, näherte sich dem Grab. Er trug einen schwarzen Hut. Blonde Locken reichten ihm bis zur Schulter. In der Hand hielt eine blutrote Rose. Er blieb vor dem Grab stehen und starrte auf das Kreuz. Die Krähe flatterte davon. Durch sein Fernglas konnte Lagarde erkennen, dass der Mann weinte. Tränen rannen über das hübsche junge Gesicht. Er bewegte die Lippen, als würde er mit der toten Frau sprechen.

»Der blonde Engel ist tatsächlich gekommen«, hauchte die Polizistin. Er sah exakt so aus, wie Bernadette Fleury ihn beschrieben hatte.

Der Mann kniete nieder und legte die Blume auf das Grab. Der Kommissar fotografierte ihn mit einem Teleobjektiv.

Der Mann erhob sich und faltete die Hände zum Gebet. Traurig stand er im Regen.

Lagarde gab den Befehl. »Los, wir schnappen uns den Kerl.«

Rasch verließen sie ihr Versteck und wollten sich von drei Seiten dem Grab nähern. Eine Nebelwand schob sich plötzlich zwischen die Polizisten und die betende Gestalt. Durch graue Schleier steuerten sie auf den Erdhügel zu, der nur noch schemenhaft auszumachen war.

Als der Nebel stieg und einem riesigen Spinnennetz gleich zwischen den Ästen der Bäume hing, versammelte sich das Team vor dem Grab. Der Mann war mit dem Dunstgespinst verschwunden. Sie konnten ihn nirgends entdecken.

Philippe Lagarde fluchte. »Verdammt, ich habe zu lange gewartet. Jetzt ist er weg.«

»Wollen wir den Friedhof durchsuchen?«, schlug Valérie vor.

Er schüttelte den Kopf. »Das hat keinen Sinn. Der Friedhof ist groß und unübersichtlich.«

»Außerdem ist der blonde Engel sicherlich zum nächsten Tor hinausspaziert«, vermutete Roselin. »Warum sollte er sich hier verstecken? Ich glaube nicht, dass er uns bemerkt hat. Er ist einfach gegangen.«

»Du hast recht, Roselin«, sagte der Kommissar. »Der Rosenkavalier ist über alle Berge.«

Valérie hörte an seiner Stimme, wie er mit sich selbst haderte, und versuchte ihn zu trösten. »Mit dieser Nebelwand konnte niemand rechnen.«

Lagarde fiel ihr barsch ins Wort. »Man muss immer mit allem rechnen.«

»Wir finden ihn anhand der Fotos, oder …«, Valérie grinste ihren Chef an, »… wir kommen morgen wieder.«

»Mon Dieu«, stöhnte er. »Mir bleibt auch nichts erspart.«

Der rumänische Schrotthändler Petru-Razvan Iliescu steuerte den bronzefarbenen Range Rover V-8-Turbodiesel über eine Schotterpiste. Bald würde er sein Heimatdorf in den Südkarpaten erreichen. Braune kahle Hügelketten zogen an ihm vorbei und erstreckten sich bis zum Horizont. Vor ihm, abgelegen auf einem bizarr geformten Felsmassiv, erhob sich das imposante Schloss Bran mit seinen wuchtigen Türmen und düsteren Giebeln. Hier, im Herzen Transsilvaniens, sollte einer alten Sage nach Graf Dracula sein blutrünstiges Unwesen getrieben haben.

Petru verscheuchte schnell die grässlichen Vorstellungen, die die Einheimischen hier immer noch beängstigten. Schließlich hatte er ein sensationelles Geschäft gemacht und konnte nun die Zukunft mit

Melbijana planen. Sie war seine Verlobte und trug ein Kind von ihm unter ihrem Herzen. Petru griff nach dem Flachmann auf dem Beifahrersitz und nahm einen großen Schluck. Der einheimische Schnaps war zwar viel besser, aber dieser französische Apfelschnaps war auch nicht zu verachten. Er leckte sich die Lippen und trank die Flasche aus.

Auf der Suche nach einträglichen Geschäften hatte er in Frankreich, in einem Fischerstädtchen am Meer, dessen Namen er sich nicht merken konnte, bei einem Bautrupp angeheuert. Die zusammengewürfelte Mannschaft hatte in der Villa eines reichen Engländers Renovierungsarbeiten durchgeführt und ein Schwimmbecken gebaut. Er konnte nicht verstehen, warum man einen Pool brauchte, wenn man direkt am Meer wohnte. Aber die reichen Leute hatten eben verrückte Vorstellungen. Als die Arbeiten fertig waren, wollte Petru zurück zu Melbijana. Gewohnheitsmäßig hatte er bei dem Engländer nachgefragt, ob er ihm seinen Wagen verkaufen würde. Er wollte ihm dafür fünftausend Euro geben. Niemals hätte er damit gerechnet, dass der Besitzer des bronzefarbenen Range Rovers V-8-Turbodiesel auf dieses Angebot eingehen würde. Das Auto war fast neu und kostete ohne Extras neunzigtausend Euro. Petru kannte sich aus. In Rumänien würde er dafür bestimmt vierzigtausend Euro erzielen. Entweder war dieser weltfremde Professor ein Vollidiot, der den Wert seines Wagens völlig falsch einschätzte, oder er hatte sich gegenüber Petru einfach erkenntlich zeigen wollen.

Mit so viel Geld in der Tasche konnte er nun seiner Melbijana einen Heiratsantrag machen. Das ganze Dorf würde drei Tage lang ein rauschendes Fest feiern. Anschließend plante er eine Hochzeitsreise ans Schwarze Meer. Sie würden in einem guten Hotel wohnen und sich verwöhnen lassen. Melbijana träumte schon lange von einer Reise ans Meer.

Grinsend dachte Petru daran, wie einfach es gewesen war, die Grenze in sein Heimatland zu passieren. Zwei Fünfzig-Euro-Scheine, eingeklemmt in den Reisepass, hatten dabei geholfen.

Aus einer Staubwolke tauchte ein Pferdefuhrwerk auf, das ihm entgegenkam. Zwei grauweiße ausgemergelte Pferde zogen es. Auf dem Anhänger türmte sich Bauschutt. Zwei Bauern und ein Mädchen saßen auf dem Kutschbock. Als Petru an ihnen vorbei gefahren war, starrten sie dem Wagen verblüfft hinterher. Der Fahrer saß auf der rechten Seite, und trotzdem fuhr das schicke goldene Auto wie von Geisterhand gesteuert.

Kurz vor seinem Heimatdorf geriet der Schrotthändler in eine Verkehrskontrolle. Zwei Polizisten standen am Straßenrand und stoppten ihn.

Petru ließ die Scheibe herunter.

»Was wollt ihr von mir? Ich bin nicht zu schnell gefahren.«

»Du bist zu schnell gefahren. Das wird dich eine Stange Geld kosten.«

Petru fluchte stumm. Diese nutzlosen Wegelagerer hatten ihm noch gefehlt. Es war ein alter Trick, Bußgeld für eine Geschwindigkeitsüberschreitung einzufordern, die nie stattgefunden hatte.

»Du fährst einen Wagen mit einem englischen Nummernschild.«

»Ich habe ihn in Frankreich gekauft und werde ihn ummelden lassen.«

»So, so.«

Der ältere der beiden Polizisten lächelte ihn ungläubig an.

»Du hast den Wagen also gekauft. Dann möchte ich den Kaufvertrag und den Fahrzeugbrief sehen.«

»Wir haben einen mündlichen Kaufvertrag geschlossen, das ist schließlich nicht verboten. Und der Fahrzeugbrief wird mir per Einschreiben vom vorherigen Eigentümer zugeschickt.«

»Du hast das Auto gestohlen.«

»Aber nein, ich sage die Wahrheit, ich habe es rechtmäßig gekauft.«

»Wir müssen die englischen Behörden informieren. Wenn du die Wahrheit sagst, kann dir ja nichts passieren.«

»Seit wann seit ihr so korrekt?«

»Wir sind jetzt in der EU, da muss alles seine Ordnung haben, und wir wollen als Mitglied einen guten

Eindruck machen. Der rumänische Polizeiapparat wird sich Europas als würdig erweisen. Er handelt kompetent und effektiv. Bestechung wird abgeschafft und in Zukunft hart bestraft.«

Die Belehrung klang wie auswendig gelernt.

Petru schüttelte den Kopf. Das durfte ja nicht wahr sein. »Und wie geht es jetzt weiter?«, fragte er.

Der jüngere Polizist klärte ihn auf. »Nach unserer Meldung wird die englische Polizei überprüfen, ob der Wagen als gestohlen gemeldet ist. Bis die Sache geklärt ist, beschlagnahmen wir das Auto. Wenn der Eigentümer deine Behauptung bestätigt, bekommst du es wieder und kannst es ummelden. Mit gefälschten Nummernschildern fährt hier niemand mehr unbehelligt durch die Gegend. Wie gesagt, alles läuft absolut korrekt.«

Der ältere Polizist meinte zuvorkommend: »Wir fahren dich sogar nach Hause.«

Der jüngere Kollege lächelte süffisant. »Doch vorher bekommen wir noch achthundertfünfzig Lei von dir, wegen der Geschwindigkeitsüberschreitung.«

Petru fluchte. Das waren ungefähr zweihundert Euro.

Philippe Lagarde war nach ihrem verpatzten Einsatz auf dem Friedhof zurück zu seinem Haus gefahren. Roselin und Valérie mussten sich um ihre Aufgaben in der Gendarmerie kümmern. Am Nachmittag wollten sie sich erneut treffen, um ihr weiteres Vorgehen zu besprechen.

Er trat an die Küchenspüle und trank ein Glas Wasser. Dann setzte er sich an seinen Schreibtisch und überspielte die Fotos von der Kamera auf seinen Laptop. Er druckte die Bilder aus und legte sie der Reihe nach vor sich. Die Belichtungsqualität war einwandfrei, ebenso die Schärfe. Einige herangezoomte Aufnahmen zeigten deutlich das Gesicht des blonden Engels. Es war perfekt. Der junge Mann hätte als Model arbeiten können. Ein Foto, auf dem die Krempe des Hutes das Konterfei verdeckte, sortierte Lagarde aus. Er betrachtete konzentriert die feinen Gesichtszüge und hatte plötzlich das Gefühl, dass sie ihm bekannt vorkamen. Wo hatte er diesen gutaussehenden jungen Mann schon einmal gesehen? Er zermarterte sich den Kopf und kam nicht darauf.

Verärgert stapelte er die Fotos und schob sie in eine Mappe. Er würde sie mit zu der Besprechung nehmen. Wieder dachte er an das Missgeschick auf dem Friedhof. Es war seine Schuld gewesen. Er hatte einen Fehler gemacht. Und er wusste auch warum. Er war von der Szene auf dem Friedhof fasziniert gewesen. Der Anblick des schönen, aber tief traurigen jungen Mannes, der im Nebel mit seiner Rose vor dem Grab gekniet und untröstlich auf das Kreuz mit dem Bild der lebenslustigen, ebenso schönen Maryline Leblanc gestarrt hatte, hatte ihn für einige Sekunden in den Bann gezogen. Wertvolle Sekunden hatte er dadurch verstreichen lassen. Wäre ihm solch eine Nachlässigkeit bei einem seiner früheren Einsätze in der Terrorismusbekämpfung passiert, hätten die Folgen verheerend sein können.

Nun, es war nicht mehr zu ändern. Doch Valérie glaubte fest daran, dass sie den blonden Engel bald finden würden. Lagarde schätzte ihre zuversichtliche Einstellung und plante, ihr zur Nachmittagsbesprechung eine Schachtel Vanilleéclairs mitzubringen, die sie genauso liebte wie er. Er hätte sie nicht so brüsk anfahren dürfen und musste sich entschuldigen.

Lagarde ging auf die Terrasse und atmete die kühle frische Luft ein. Der Nieselregen hatte aufgehört. Die Bewölkung lockerte sich auf, und ab und zu lugte ein Stück blauer Himmel hervor.

Der Kommissar entschied sich, eine ausgiebige Tour mit seinem Rennrad zu unternehmen. Er schlüpfte in seine Sportkleidung und steckte Geldbeutel und Handy in die Bauchtasche. Eine Flasche Wasser wurde in eine Halterung am Fahrradrahmen gesteckt. Dann stieg er auf sein Fahrrad. Sein Ziel war Cap Levi an der Nordküste. Er folgte der Küstenstaße. An einem Aussichtsplatz machte er halt und trank von seinem Wasser. Wie so oft begeisterte ihn die Schönheit der Landschaft und des Ozeans. Die Halbinsel Cotentin ragte als felsiger Finger ins Meer. Wilde Felsen und einsame Strände säumten die Küste. Lagarde stand zwischen Wind und Wetter trotzenden Seekiefern und sah auf eine Bucht, die sich in einem weiten Bogen zu seinen Füßen erstreckte. Grüne Hügel endeten an rauen Klippen, zwischen denen einsame Sandbuchten lockten.

Als er die eindrucksvolle Mole von Cap Levi erreicht hatte, beschloss Lagarde, am Hafen einen Milchkaffee zu trinken. Von seinem Tisch aus erkannte er den alten Fischer, der auf einer Bank saß und die See beobachtete. Er hatte bei schwierigen Ermittlungen dessen Bekanntschaft gemacht und wertvolle Informationen von ihm erhalten. Philippe Lagarde beschloss, dem Alten einen guten Tag zu wünschen.

Der Fischer rauchte eine Pfeife und musterte den Mann, der auf ihn zukam.

»Bonjour, Monsieur«, grüßte er. »Sind Sie wieder auf der Suche nach einer verschwundenen Person?«

»Sie erkennen mich wieder?«

»Selbstverständlich erkenne ich Sie wieder.«

»Nein, ich suche keine verschwundene Person. Diesmal suche ich einen Mörder.«

Der Fischer nickte wissend. »Die ermordete Frau im Kiefernwald.«

»Genau.«

»Ein entsetzliches Verbrechen.«

»Ja.«

»Sie werden den Mörder finden. Den deutschen Jungen haben Sie auch gefunden. Geht es ihm gut?«

»O ja, er studiert in Berlin und wohnt mit seiner Freundin zusammen. Sie heißt Malin. Manchmal schickt er eine Postkarte. In den Weihnachtsferien will er mit Malin zu Besuch kommen.«

»Das freut mich zu hören. Manchmal geht eine Geschichte auch gut aus. Und was ist mit der jungen Frau, die Auguste und Didier aus dem Meer gefischt haben?«

»Das ist eine sonderbare Geschichte. Freunde von mir haben sie bei sich aufgenommen und sich rührend um sie gekümmert. Eines Tages war sie verschwunden. Wir haben nie wieder etwas von ihr gehört.«

Wieder nickte der alte Mann. »Sie hat sich davongemacht. Manchmal sind die Hilfen, die wir Menschen anbieten, nicht die richtigen.«

»Da haben Sie recht.« Der Kommissar hatte einen Einfall.

»Ich möchte Sie gerne etwas fragen.«

»Nur zu.«

»Ich habe gestern Abend von meinem Boot aus Licht im schwarzen Schloss gesehen.«

»Ja, seit einigen Tagen sieht man manchmal in der Dunkelheit einen Lichtschein aus den Fenstern dringen.«

»Wissen Sie, was da vor sich geht?«

»Nein, ich habe keine Ahnung.«

»Haben Sie vielleicht etwas beobachtet?«

»Vielleicht.«

Die beiden Männer grinsten sich an. Das Spiel kannte Lagarde. Er nahm einen Zwanzig-Euro-Schein aus seiner Geldbörse und drückte ihn dem Fischer in die Hand.

»Ich spendiere eine Runde Calvados in der Hafenkneipe«, erklärte er.

»Merci, Monsieur.«

Der Kommissar sah ihn fragend an.

»Ich habe zweimal ein englisches Boot gesehen, das die Bucht mit dem schwarzen Schloss ansteuerte.«

Der Kommissar trennte sich von einem weiteren Zwanzig-Euro-Schein.

»Es handelte sich um ein Motorboot, das Modell heißt Sealine 310 Ambassador, ein beliebtes englisches Fabrikat, hohe Motorleistung und nicht ganz billig.«

Grübelnd trat Philippe Lagarde wieder in die Pedale. Wie sollte er diese Information einordnen? Er war sich darüber noch völlig im Unklaren. Zunächst musste er den Rückweg antreten, wenn er das Treffen der »Soko Maryline« nicht verpassen wollte. Er entschloss sich, in einem Bogen über die Landstraße nach Saint-Vaast und dann an der Küste entlang nach Barfleur zurückzufahren.

Bei Réville sah er am Strand ein paar Kinder, die voller Begeisterung mit einer Frau eine riesige Sandburg bauten. Sie verfügte über Türme, Zinnen und einen Wassergraben, der eine Verbindung zum Meer hatte. Die Brücke bestand aus einem Holzbrettchen. Etwas abseits davon saßen zwei Kinder am Ufer. Die Brandung umspülte die kleinen nackten Füße. Eine Frau in einem knappen schilfgrünen Bikini und einem Strohhut auf dem Kopf saß auf einem Felsen und beobachtete ihre Schützlinge mit Argusaugen. Als das Mädchen dem rothaarigen Jungen ihr Gesicht zuwandte, erkannte Lagarde Amélie. Sie war mit ihrer Kindergartengruppe unterwegs. Die beiden Kinder waren in ein Gespräch vertieft und nahmen ihre Umwelt nicht wahr. Unvermittelt legten sie sich auf den Rücken und betrachteten die Wolken.

»Meine Maman sitzt da oben auf einer Wolke und passt auf mich auf«, erklärte Philibert seiner kleinen Freundin.

»Wirklich? Woher weißt du das?«

»Mein Papa hat es mir erzählt.«

»Dein Papa ist doch im Gefängnis.«

»Ich habe ihn besucht. Zusammen mit meiner Oma. Im Gefängnis gibt es ein Spielzimmer. Dort haben wir aus Legosteinen einen Leuchtturm gebaut und uns unterhalten.«

»Das ist ja toll. Wenn meine Maman einmal ins Gefängnis muss, kann ich sie auch besuchen.«

»Ja, ganz bestimmt, Amélie.«

»Und deine Maman sitzt auf einer Wolke und beschützt dich?«

»Ja, mich und meinen Papa. Egal, wo wir hingehen.«

»Das ist schön, Philibert. Immer wenn du in die Wolken schaust, weißt du, dass deine Maman bei dir ist.«

Amélie überlegte. »Aber an manchen Tagen sind keine Wolken am Himmel, wo ist sie dann?«

»Die Wolken sind dann weiter oben, so dass wir sie nicht sehen können. Aber sie sind trotzdem da.«

»Ach so.«

»Aber weißt du, was ich nicht verstehe, Amélie? Mein Papa und ich sind ja nicht immer zusammen. Wie kann sie auf uns beide aufpassen, wenn ich im Kindergarten bin und er ist im Gefängnis?«

Ein langes Schweigen folgte.

Dann meinte Amélie: »Ich glaube, Engel können überall gleichzeitig sein.«

Philibert strahlte. Diese Erklärung gefiel ihm.

Eine Erzieherin rief nach den beiden Kindern. Sie hatte ein Lagerfeuer entzündet, und die Kleinen durften Würstchen an Stecken brutzeln.

Amélie nahm Philibert an der Hand, und sie rannten über den Sand zu ihrer Gruppe.

Als Lagarde beobachtete, wie fröhlich und fürsorglich sie war, spürte er in seinem Herzen eine große Zuneigung für das kleine Mädchen. Und dann fiel der Groschen. Der Zusammenhang war hergestellt. Jetzt wusste er, woher er den blonden jungen Mann kannte. Es war im Kindergarten gewesen, als er Amélie abholen wollte. Ein Erzieher hatte Legosteine in eine Kiste geräumt. Er war der blonde Engel.

Lagarde gab sich nicht zu erkennen, weil er Amélie nicht stören wollte, und fuhr zum Kindergarten. Er fand die Leiterin der Einrichtung in ihrem Büro. Sie war eine ältere korpulente Dame und trug ein altrosafarbenes Twinset und eine Perlenkette. Ihre Augen strahlten Warmherzigkeit aus.

Philippe Lagarde stellte sich vor und zeigte seinen Dienstausweis.

»Sie beschäftigen einen Erzieher, einen jungen blonden Mann. Ich möchte mit ihm sprechen. Ist er hier?«

Die Frau erschrak. »Hat er etwas angestellt?«

»Nein, es ist alles in Ordnung. Ich will ihm nur ein paar Fragen stellen. Vielleicht kann er uns bei einem Fall weiterhelfen.«

Die Leiterin wirkte erleichtert. »Da bin ich aber froh. Victor ist ein wunderbarer Betreuer. Die Kinder lieben ihn. Eine männliche Bezugsperson in einem Kindergarten ist Gold wert, das können sie mir glauben. Bei Männern steht der Spaßfaktor oftmals im Vordergrund, pädagogische Prinzipien kommen erst an zweiter Stelle. So ist ihr Umgang mit den Kindern unbekümmerter.« Sie lächelte. »Entschuldigung, Herr Kommissar. Sie stellen eine Frage, und ich halte einen pädagogischen Vortrag. Victor ist kein Erzieher, sondern ein Praktikant. Im Herbst hat er einen Schulplatz auf der Erzieherakademie.«

»Kann ich ihn sprechen?«

»Leider nein. Er hat sich heute wegen einer schlimmen Erkältung krankgemeldet. Der arme Junge hat in den letzten Tagen ganz blass und erschöpft ausgesehen. Richtig mitgenommen.«

»Können Sie mir seinen Namen und seine Adresse geben?«

»Selbstverständlich, Herr Kommissar.«

Die Frau zog eine Akte aus einem Schrank, als ihr Telefon klingelte. Stirnrunzelnd betrachtete sie die Nummer auf dem Display.

»Wissen Sie was? Ich muss ein dringendes Telefonat führen. Schreiben Sie sich die Daten einfach heraus.« Sie drückte ihm die Mappe in die Hand und lauschte angespannt in den Hörer.

Lagarde machte sich Notizen. Der Praktikant hieß Victor de Senneville und wohnte in Valognes. Als die Leiterin nervös in einem Aktenberg wühlte, blätterte er die Mappe rasch durch. Er sah auf den ersten Blick, dass die Beglaubigung auf dem Zeugnis der Mittleren Reife gefälscht war, und zwar ziemlich dilettantisch.

Er legte die Mappe auf den Schreibtisch, winkte der Pädagogin freundlich zu und radelte nach Hause, um zu duschen und die Kleidung zu wechseln.

Pünktlich traf er in der Gendarmerie ein und verkündete seinem überraschten Ermittlerteam: »Wir fahren nach Valognes.«

Valérie saß am Steuer eines Dienstwagens der Gendarmerie von Barfleur, auf ihrem Schoß lag eine Schachtel mit Vanilleéclairs. Sie steuerte das Auto mit einer

Hand, mit der anderen griff sie nach dem dritten Gebäckstück. Philippe Lagarde saß neben ihr und freute sich, dass ihr die Liebesknochen so gut schmeckten. Roselin war auf dem Rücksitz eingenickt, er schnarchte leise. Madame Florence wurde von Alpträumen verfolgt und konnte keine Nacht mehr durchschlafen. Der Gendarm tröstete sie und wiegte sie in seinen Armen, bis sie wieder einnickte. Morgens fühlte er sich wie gerädert. Kaffee half auch nichts mehr. Lagarde ließ ihn schlafen. Aus dem Radio drang leise ein wunderschönes trauriges Liebeslied von Gérard Lenorman, die Ballade »Michèle«.

Sie waren der Landstraße nach Quettehou gefolgt, die weiter nach Valognes führte. Schattige dunkelgrüne Buchenhaine wechselten sich mit Ackerflächen, Wiesen und der typischen Heckenlandschaft ab. Wälder waren eine große Seltenheit im Landesinneren, im Clos du Cotentin.

Valognes war unweit der Ruinen einer früheren Siedlung gegründet worden, die zurzeit der Gallier »Alauna« geheißen hatte. Reste von Thermen und eines Theaters zeugten davon, dass Valognes zur Römerzeit ein wichtiges Zentrum gewesen war. Im 17. und 18. Jahrhundert war eine Konzentration von Adel und Großbürgertum zu verzeichnen, die stattliche Herrenhäuser erbauen ließen. So kam der Hauptort des Clos du Cotentin zu dem Beinamen »kleines normannisches Versailles«. Die Stadt wurde im Juni 1944 bombardiert. Durch den Wiederaufbau, für den die alten Steine von Valognes verwendet wurden, gelang eine bauliche Harmonie, die den Charme des Städtchens ausmachte.

Die Polizisten passierten das schönste Bürgerhaus, das Hôtel de Beaumont, das mit seiner breiten Ehrentreppe und der reich geschmückten Fassade von der Eleganz des damaligen Aristokratenlebens zeugte. Gegenüber, im Stadtpalais Maison du Grand Quartier, war das Musée régional du Cidre et du Calvados untergebracht. Dort wurde die Geschichte des normannischen Apfelmostes und des bernsteinfarbenen Cidrebrandes präsentiert.

Sie verließen die Rue du Petit Versailles und bogen in eine schmale gepflasterte Gasse ein. Dort, in einem alten vierstöckigen Backsteinhaus, wohnte Victor de Senneville. Ein Blick auf die Klingelschilder verriet ihnen, dass die Wohnung des jungen Mannes im Dachgeschoss lag. Schmale graue Erker ragten aus der abgeschrägten Ziegelsteinfläche. Die Haustür stand offen.

»Wie gehen wir vor?«, fragte Valérie.

»Unspektakulär«, antwortete der Kommissar. »Wir klingeln an seiner Wohnungstür, bitten um Einlass und reden mit ihm.«

»Hoffentlich ist er zu Hause«, meinte Roselin.

Sie stiegen die vier steilen Treppen hoch. Oben angekommen, rang Roselin nach Luft. Neben der blau lackierten Eingangstür waren in einem kleinen Regal drei Paar Schuhe ordentlich aufgereiht. Daneben stand eine verknotete Mülltüte. Lagarde klingelte. Niemand öffnete. Er drückte erneut auf den Messingknopf. Sie hörten Schritte hinter der Tür, dann wurde sie geöffnet. Vor ihnen stand ein blasser, verschlafen aussehender junger Mann, der sie verwirrt anblinzelte. Die blonden Locken waren zerzaust, die Augen gerötet. Er trug eine schwarze Jogginghose, Turnschuhe und ein weites schwarzes T-Shirt. Lagarde kam nicht dazu, den Anlass ihres Besuches zu erklären. Als der Mann die Uniformen von Valérie und Roselin wahrnahm, machte er auf dem Absatz kehrt, rannte den kurzen Korridor entlang und verschwand in einem Zimmer. Er schlug die Tür zu und drehte den Schlüssel um. Der Kommissar reagierte sofort. Er folgte Victor de Senneville und rüttelte an der Tür.

Mit der Faust klopfte er dagegen und rief: »Öffnen Sie bitte die Tür! Wir wollen nur mit Ihnen reden. Es geht um Maryline Leblanc.«

Er bekam keine Antwort. Aus dem Zimmer drang laute Musik. Der junge Mann würde sich doch nichts antun? Kurz entschlossen trat Lagarde kräftig gegen die Tür. Sie sprang auf und knallte gegen die Wand. Sie sahen sich um. Offensichtlich befanden sie sich im Schlafzimmer. Vor dem geöffneten Fenster stand ein französisches Bett mit zerknüllten Laken. Der schwarze Satinbezug schimmerte im schwächer werdenden Licht. Auf dem Holzboden lagen verstreut Kleidungsstücke. Aus der Schublade einer Kommode hing eine Socke. Die Stereoanlage war aufgedreht. Heavy-Metal-Sound dröhnte durch den Raum. Auf einer schwarzen würfelförmigen Truhe standen eine Flasche Rotwein und ein halbvolles Weinglas aus geschliffenem Kristall. Das Zimmer war verlassen.

»Er ist durch das Fenster geflohen«, stellte der Kommissar fest. Er stieg auf das Bett und spähte hinaus. »Eine Feuerleiter führt auf ein flaches Gebäude im Hinterhof. Gerade ist er hinter einem Kamin verschwunden. Ich verfolge ihn. Ihr nehmt die Treppe und kontrolliert die Nebenstraßen. Wir versuchen, ihm den Weg abzuschneiden.«

Lagarde stieg aus dem Fenster und rutschte über das schräge Dach auf die Leiter zu. Er bremste, indem er sich mit den Füßen gegen das Schneegitter stemmte. Hoffentlich würde es dem Druck standhalten.

Er beugte sich vor und griff mit der linken Hand nach der ersten Leitersprosse. In diesem Moment riss das Gitter aus der Verankerung. Er pendelte etwa zehn Meter über dem Hinterhof. Valérie, die ihn vom Fenster aus beobachtete, stieß einen Schrei aus und machte Anstalten, ihm zu Hilfe zu kommen. Roselin stand wie versteinert neben ihr. Seit einem entsetzlichen Vorfall im Leuchtturm von Gatteville litt er an Höhenangst. Er konnte nicht auf das Dach steigen. Es war unmöglich.

Lagarde rief: »Ich habe alles im Griff, Valérie. Jetzt lauft schon los, sonst ist er über alle Berge.«

Er gelang ihm, mit der rechten Hand eine Strebe zu umklammern. Seine Füße fanden auf dem vierten Tritt Halt, und er kletterte, so schnell er konnte, hinab. Drei Meter über dem Flachdach des Anbaus endete die Leiter. Er sprang und ließ sich abrollen. Den brennenden Schmerz in seiner linken Schulter versuchte er zu ignorieren. Schnell kam er auf die Füße und rannte auf den Kamin zu. Victor de Senneville war nirgends zu sehen. Der Flachbau endete an einer hohen Brandmauer. Wo war er nur hingelaufen? Am Rand des Daches machte die Mauer einen Knick. Ein hoher Schornstein befand sich an der Seite, fest verbunden mit der Fassade. Eine Räuberleiter mit rechteckigen Metalltritten führte in schwindelerregende Höhen. Lagarde konnte erkennen, wie eine schwarze Gestalt einen riskanten Sprung von der Leiter auf einen Sims wagte, sich auf ein weiteres Flachdach schwang und aus seinem Blickfeld verschwand. Er stieg die Metallsprossen hinauf und nahm den gleichen Weg wie der blonde Engel. Er balancierte auf dem Gesims, griff nach dem Rand einer Mauer und zog sich hoch. Ein Fuß fand Halt auf einem Steinvorsprung. Er stemmte sich auf den Rand und schwang ein Bein darüber.

Als er endlich auf dem sicheren Dach stand, keuchte er. Auf der ebenen Abdeckung dieses Gebäudes erhoben sich zahlreiche Kamine und schmale Aufbauten, an denen Satellitenschüsseln montiert waren. Er entdeckte eine Stahltür, an der er rüttelte. Sie war abgesperrt. Hatte Victor de Senneville diesen Fluchtweg gewählt, die unüberwindbare Sicherheitstür von innen versperrt und ihn ausgetrickst? Lagarde lief bis zum Rand der Dachterrasse. Von dort führte eine Steintreppe im Zickzack an der Wand entlang auf ein großes Gelände, auf dem sich Gewächshäuser befanden. Die Glasscheiben waren teilweise zerbrochen. Es schien sich um eine verlassene Gärtnerei zu handeln. Victor war verschwunden. Lagarde hastete die Treppe hinunter. Die Dämmerung setzte ein. Wie sollte er auf diesem unübersichtlichen Gelände den Flüchtigen finden? Wenn er nicht ohnehin durch die Stahltür verschwunden war.

Angestrengt blickte Lagarde durch das schwächer werdende Licht. Da, in einem der Gewächshäuser, hatte sich etwas bewegt. Im Schutz der Bäume rannte er darauf zu und betrat das gläserne Haus. Es roch nach Fäulnis und Moder. Lange schmale Tische zogen sich durch den Raum. Vertrocknete Pflanzen in schwarzen Plastiktöpfen standen in akkuraten Reihen. Lagarde ging in die Hocke und spähte durch zahllose Tischbeine. Nichts. Nur zerbrochene Kisten, Säcke mit Gartenerde und verrostete Werkzeuge. Der Fäulnisgeruch verstärkte sich. Der Kommissar musste gegen eine aufsteigende Übelkeit ankämpfen. Vielleicht lag hier irgendwo ein verendetes Tier. Angestrengt lauschte er. Der Wind drang durch die zerbrochenen Scheiben und verursachte ein leises schauerliches Heulen. Sonst war nichts zu hören. Doch plötzlich erfüllte ein ohrenbetäubendes Scheppern den Raum. Der Kommissar rannte in die Richtung, in der er das Geräusch vermutete. Nur das restliche Tageslicht bewahrte ihn davor, über Rechen und Spaten zu stolpern, die auf dem Steinboden durcheinander lagen. Jemand hatte sie auf seiner Flucht umgestoßen. Mit einem Satz überwand er die Hindernisse und stürmte aus dem Glashaus. Victor rannte um die Ecke des nächsten Gebäudes.

Lagarde sprintete los. Der Abstand zwischen den Männern verringerte sich schnell. Als er eine Armlänge von Victor entfernt war, sprang er ihn an und riss ihn mit sich auf die Erde. Blitzschnell drehte er ihn auf den Bauch, packte dessen Handgelenke und riss ihm die Arme nach hinten. Victor schrie auf.

»Wir haben jetzt zwei Möglichkeiten, Victor«, erklärte der Kommissar. »Entweder gehen wir jetzt zusammen in deine Wohnung zurück und reden, oder ich lege dir Handschellen an und bringe dich auf die Polizeistation. Was ist dir lieber?«

Die Antwort kam sofort. »Können wir in meine Wohnung gehen und reden? Ich habe nichts getan. Und lassen Sie meine Arme los! Sie tun mir weh.«

»In Ordnung. Gehen wir!«

Lagarde zog den blonden Jungen auf die Füße.

Sie liefen um den Block und gingen die Stiegen zu Victors Wohnung hinauf. Victor versuchte nicht wieder zu fliehen oder Lagarde anzugreifen. Er hätte auch keine Chance gehabt.

Valérie und Roselin, die aus der anderen Richtung gekommen waren, begleiteten sie. Die Polizistin hätte den Kommissar am liebsten umarmt, so erleichtert war sie, ihn unversehrt vor sich zu sehen.

Sie setzten sich um den Küchentisch. Eine Tiffanylampe, die auf dem Fensterbrett stand, tauchte das Zimmer in sanftes orangefarbenes Licht.

»Spendierst du uns einen Kaffee, Victor?«, fragte Lagarde. Er wollte, dass die Anspannung des jungen Mannes nachließ.

»Ja, natürlich. Ich habe aber nur löslichen Kaffee und leider keine Milch.«

»Das ist wunderbar, vielen Dank.«

Victor erhob sich, füllte einen Wasserkocher und schaltete ihn ein. Aus einem Hängeschrank nahm er vier Tassen. Sie waren blau glasiert. Blau wie das Meer, hatte Maryline gesagt, als sie ihm damals ihr Geschenk überreicht hatte. Auch die Kristallgläser waren von ihr und die schöne Lampe mit den bleigerahmten gelben, orangen und roten Scherben. Schöne Gegenstände sollten ihn umgeben. Victor musste schlucken, so viele Dinge erinnerten ihn an Maryline.

Er servierte den Kaffee und setzte sich. Dankbar trank Lagarde einen Schluck. Valérie musterte den jungen Mann. Er sah gehetzt aus und wirkte sehr nervös. Erde hing in seinen Haaren, und eine braune Spur zog sich über die Wange. Die Fingerknöchel der rechten Hand waren aufgeschürft und bluteten leicht.

Der Kommissar begann mit der Befragung.

»Warum bist du geflüchtet, Victor? Ich darf doch Victor sagen?«

»Ja, bitte.«

»Also warum? Du wusstest doch gar nicht, was wir von dir wollen.«

»Sie kommen wegen des Mordes an Maryline. Das ist doch offensichtlich.«

»Ja, das ist richtig. Hast du etwas zu verbergen?«

»Nein, natürlich nicht.«

»Und warum bist du abgehauen?«, bohrte Valérie nach.

»Ich habe mich erschrocken, als ich die Polizeiuniformen sah. Es war ein Reflex. Ich dachte, Sie wollen mich einsperren. Ich dachte, Sie halten mich für den Mörder.«

»Hast du etwas mit Marylines Tod zu tun?«, wollte Roselin wissen.

»Nein, natürlich nicht, ich habe sie doch geliebt. Irgendein perverses Schwein hat sie getötet. Ich könnte ihn umbringen.« Er schluchzte auf.

»Immer langsam, junger Mann«, versuchte Lagarde ihn zu beruhigen. »Du sagst, dass du Maryline geliebt hast. War sie deine Geliebte?«

Victor nickte. Die blauen Augen waren voller Tränen.

»Wie lange schon?«

»Seit einigen Monaten. Sie war meine große Liebe.«

»Aber sie war doch viel älter als du, und sie war verheiratet«, merkte die Polizistin an.

»So viel älter war sie nicht«, korrigierte sie Victor. »Und dass sie verheiratet war, hat mich nicht gestört. Es war wunderschön mit ihr.«

»Wo hast du sie denn kennengelernt?«, erkundigte sich Roselin.

»Im Kindergarten, wo ich Praktikum mache.«

»Und wie seid ihr euch nähergekommen?«

»Ich habe sie kennengelernt, weil sie ihren Sohn Philibert fast täglich vom Kindergarten abholte. Bei einem Lampionfest für die Kinder und ihre Eltern sind wir ins Gespräch gekommen und haben uns gut unterhalten. Ihr Mann war nicht dabei. Als alle um das Lagerfeuer saßen, haben wir uns in den Garten zurückgezogen und uns geküsst. Am Tag darauf hat sie mich hier in meiner Wohnung besucht.«

»Wann hast du sie zum letzten Mal gesehen, Victor?«, fragte Lagarde.

»Mittwoch vor einer Woche. Sie kam immer mittwochs zu mir. Dieser Tag war für mich der Höhepunkt der Woche. Die absolute Krönung.«

»Ist an diesem Mittwoch etwas Außergewöhnliches passiert?«

»Das kann man wohl sagen.«

Victor kamen wieder die Tränen. Dann presste er hervor: »Sie hat Schluss gemacht, einfach so, ohne jeden Grund. Ich habe das nicht verstanden.«

»Wie ist der Abend genau abgelaufen?«, wollte Lagarde wissen.

»Ich habe wochenlang gespart und sie in das teuerste und beste Restaurant von Valognes eingeladen. Danach sind wir zu mir und haben uns geliebt. Anschließend wollte Maryline, dass wir uns an den Küchentisch setzen und reden.« Er deutete traurig auf den Platz, auf dem Roselin nun saß. »Wir haben ein Glas Wein zusammen getrunken. Sie hat mir mitgeteilt, dass sie mich verlässt. Ganz sachlich. Mit ernstem Gesicht. Es war entsetzlich. Ich war total schockiert.«

»Und sie hat keinen Grund genannt?« Lagarde war sich bereits sicher.

»Nein. Sie stand auf, küsste mich zum Abschied zärtlich und ging, ging einfach weg.« Immer noch fassungslos schüttelte er den Kopf. »Ich habe immer gehofft, dass sie sich scheiden lässt und wir unsere Liebe leben können. Philibert und ich verstehen uns prima.«

Valérie verspürte einen Anflug von Mitleid mit dem blonden Engel.

Lagarde sah ihn ernst an. »Du hast mit dem Mord nichts zu tun?«

»Nein, ich schwöre es.«

»Warst du nicht schrecklich wütend, dass dich Maryline Leblanc einfach so sitzenließ?«

»Ich war nicht wütend. Ich war voller Trauer. Wie soll ich ohne sie weiterleben?« Victors Blick wanderte zu der Lampe, als könnte sie ihm eine Antwort geben. »Ich habe sogar mit Selbstmord gedroht, aber es hat nichts genützt.«

Michel Rigou betrat die Terrasse seines Mobilheimes. Er holte sich aus dem Küchenschrank eine Flasche Rotwein und ein Glas, dann setzte er sich draußen auf die Bank. Er zündete sich eine Zigarette an und starrte auf den Klippenrand, der in der Dunkelheit nur noch schemenhaft zu erkennen war. Das erste Glas Wein leerte er in einem Zug.

Endlich hatte er es getan. Endlich hatte er den Mut gefasst. Er hätte es schon vor langer Zeit tun sollen. Vielleicht hätten sich die Dinge dann anders entwickelt. In eine positive Richtung.

Eine Frage formte sich in seinem Kopf. Er wollte sie verdrängen. Mit aller Macht. Es gelang ihm jedoch nicht.

Würde sich sein Dasein jetzt verändern? Würde es lebenswerter werden?

Er schenkte sich nach. Die Antwort wollte er gar nicht wissen.

Zur selben Zeit stellte Philippe Lagarde auf dem verlassenen Platz für Wohnmobile seinen Renault Express ab. Die netten deutschen Camper waren weitergereist. Er wollte noch einmal einige Punkte mit Michel Rigou besprechen. Außerdem machte er sich Sorgen um Fabienne Rigou. Das war auch ein Grund, weshalb er hergekommen war. Er wollte wissen, wie es ihr geht.

Lagarde beschloss, zunächst außerhalb des Grundstückes bis zu den Klippen zu laufen. Er wollte sich eine Gesprächsstrategie zurechtlegen, um mehr Informationen von Rigou zu erhalten. Roselin hatte ihn nicht begleiten können. Madame Florence hatte ihn zum Abendessen eingeladen, und er wusste, dass sie seine Gesellschaft dringend brauchte.

Der Kommissar hatte den Rand der Klippen erreicht. Links vom Grundstück flachten sie ab und endeten an einem Strandabschnitt. Im Mondlicht konnte er einen Pfad ausmachen, der durch die Felsen dorthin führte. Die Wellen rauschten und rollten über den Sand, den sie bald vollständig bedecken würden. Die Hochflut setzte ein. Lagarde lief weiter nach rechts und befand sich nun auf dem Grund von Rigou. Auf dem Terrassentisch flackerte eine Kerze. Der schwarze Schatten von Rigou wirkte auf der Wand hinter ihm riesig und bedrohlich. Gleich würde Lagarde zu ihm hinaufgehen. Doch etwas hielt ihn zurück. Eine diffuse Unruhe erfasste ihn. Er fühlte eine Bedrohung, die er sich nicht erklären konnte. Wie von einem Magneten angezogen lief er durch den Strandhafer zum Rand der Klippe und schaute in die Tiefe. Die See war unruhig und donnerte gegen das Felsgestein. Plötzlich hielt Lagarde inne. An einer zerklüfteten Klippe hing ein Gegenstand, der dort nicht hingehörte. Er strengte seine

Augen an, um zu erkennen, worum es sich handelte. Ein kalter Schauer durchfuhr ihn, als ihm klarwurde, was er entdeckt hatte. Es war ein Rollstuhl. Der Rollstuhl von Fabienne Rigou?

Als graue Wolken für einen kurzen Moment den Mond freigaben, konnte er ein Bündel erkennen, das im Wasser unweit der Klippen trieb. Es wurde von der Strömung langsam, aber stetig auf das offene Meer hinausgezogen.

Lagarde rannte los, gleichzeitig setzte er einen Notruf ab. Er folgte dem Weg, so schnell er konnte, und achtete darauf, nicht über Steine und Wurzeln zu stolpern. Am schmalen Strandabschnitt, den das Meer noch nicht verschlungen hatte, streifte er Schuhe und Jacke ab, sprintete durch das flache Wasser, sprang kopfüber hinein und kraulte um das Leben von Fabienne Rigou. Sie musste noch leben. Kraftvoll zog er die Arme durch das Wasser. Er hätte auch seine Hose ausziehen sollen, der Stoff umklammerte seine Schenkel. Lagarde machte kurze Züge, um sein Tempo zu erhöhen. Nach seiner Schätzung musste er sich ganz in der Nähe des Bündels befinden. Er paddelte mit Armen und Beinen und sah sich um. Höher werdende Wellen versperrten ihm die Sicht. Als er von einer Woge getragen wurde, konnte er sich von ihrem Kamm aus kurz einen Überblick verschaffen. Zwei Meter vor ihm trieb reglos ein Mensch. Noch drei Züge, dann packte er die Frau und drehte sie um. Er blickte in das wächserne Gesicht von Fabienne

Rigou und konnte nicht sagen, ob sie noch am Leben war. Ihre Augen waren geschlossen, aus einem Mundwinkel rann Wasser. Er musste sie an das Ufer bringen und versuchen, sie wiederzubeleben. Sein linker Arm umschloss die Frau, seine Hand stützte ihr Kinn und hielt ihren Kopf über Wasser. Auf dem Rücken liegend, führte er mit dem rechten Arm Kraulbewegungen aus.

Lagarde schwamm schräg auf den Strandabschnitt zu. Nur dort konnte er versuchen, Fabienne Leben einzuhauchen. Der Weg zu den Klippen war zwar deutlich kürzer, aber dort konnte er sie nirgends ablegen. Außerdem bestand die Gefahr, dass die tosende Brandung sie beide gegen die Felsen schleudern würde. Es kostete ihn enorme Kraft, gegen die Strömung auf das Land zuzusteuern. Heimtückische Strudel zerrten an ihm, und Lagarde hatte das Gefühl, dass das Meer, immer wenn er zwei Meter zurücklegte, ihn wieder einen Meter hinauszog. Er konnte nicht riskieren, dass die Frau noch mehr Wasser schluckte. Ein Blick über die Schulter verriet ihm, dass der Strand nur noch wenige Meter entfernt war. Seinen linken Arm konnte er nicht mehr spüren, das Wasser war eiskalt.

Endlich spürte Lagarde Boden unter den Füßen. Erschöpft stellte er sich auf, nahm Fabienne in seine tauben Arme und watete auf das Ufer zu. Ein Schiff näherte sich, wahrscheinlich die Küstenwache, die zur Hilfe eilte. Die Sirenen von Rettungswagen heulten durch die Nacht und wurden dann durch den Lärm von Rotoren überdeckt. Ein Hubschrauber schwebte wie ein großer schwarzer Vogel über dem Klippenrand. Suchscheinwerfer warfen ihre Lichtstrahlen auf die See und die Felsen und wanderten dann am Ufer entlang. Die Rettungskräfte hatten blitzschnell auf seinen Notruf reagiert.

Umhüllt von einem gleißenden Lichtkegel legte der Kommissar Fabienne auf den Sand und begann sofort mit der Wiederbelebung. Er pumpte Luft in ihre Lungen und presste die Hände rhythmisch und laut zählend auf ihr Herz. Doch sie rührte sich nicht. Unbeirrt machte er weiter.

»Wachen Sie auf, Fabienne«, flehte er sie an. »Bitte machen Sie die Augen auf.«

Wieder beatmete er sie.

Er spürte Verzweiflung in sich aufsteigen. Wenn sie nicht mehr aufwachte, war es seine Schuld. Er hätte sich um sie kümmern müssen. Stattdessen hatte er sie hilflos bei ihrem wahnsinnigen Mann zurückgelassen.

»Kommen Sie zu mir, Fabienne, ich bitte Sie.«

Er pumpte weiter.

Ein Schwall Wasser schoss aus ihrem Mund. Gleich darauf ein weiterer. Fabienne öffnete die Augen und sah ihn desorientiert an.

Lagarde atmete auf. Sie lebte noch. Er redete beruhigend auf sie ein.

»Alles ist gut, Fabienne. Sie sind in Sicherheit. Der Notarzt ist unterwegs und wird sich um Sie kümmern.«

Der Arzt und einige Rettungssanitäter hasteten den Pfad entlang. Die Strahler der Suchscheinwerfer erleichterten ihnen den Abstieg. Der Arzt schob Lagarde wortlos beiseite. Er setzte eine Spritze und legte eine Sauerstoffmaske auf Fabiennes Gesicht. Sie hatte die Augen wieder geschlossen. Dann überprüfte der Arzt ihren Puls und Herzschlag. Er agierte ruhig und konzentriert.

Voller Angst starrte der Kommissar auf die Szene und fragte: »Wird Sie überleben?«

Der Notarzt lächelte ihn aufmunternd an. »Sie haben ihr das Leben gerettet. Hätten Sie sie nicht sofort wiederbelebt, wäre sie jetzt tot. Gut gemacht. Wir betten sie auf eine Trage und bringen sie ins Krankenhaus.«

Erleichterung durchströmte Lagarde. Er folgte den Sanitätern, die Fabienne auf einer Trage behutsam und gekonnt zu ihrem Krankenwagen beförderten. Der Hubschrauber drehte ab. Das durchdringende Geräusch der Rotoren ebbte ab. Das Boot der Küstenwache steuerte eine Mole an und ankerte.

Lagarde stand alleine auf den Klippen und sah dem Krankenwagen hinterher. Die alarmierte Polizei war unterwegs. Lagarde glaubte nicht an einen Unfall oder an einen Selbstmordversuch von Fabienne. Er würde Rigou zur Rede stellen und ihn mit seinem Verdacht konfrontieren. Auf die Kollegen von der Polizei wollte er nicht warten, die Geduld brachte er nun nicht auf.

Lagarde hatte ärztliche Hilfe abgelehnt, es ging ihm gut. Er war unversehrt, abgesehen davon, dass er fror. Er zog seinen nassen Pullover aus und schlüpfte in Jacke und Schuhe. So ging es schon besser.

Als er an Michel Rigou dachte, wurde ihm heiß vor Zorn. Entschlossen lief er über die Wiese auf das Mobilheim zu, über dem die runde Scheibe des Mondes hing. Nur das Zirpen der Grillen war zu vernehmen. Rigou saß immer noch auf der Bank, vor ihm die flackernde Kerze, und war von dem Spektakel offensichtlich unberührt. Er machte einen apathischen Eindruck. Als Lagarde die Terrasse betrat, nickte er ihm desinteressiert zu. Er sagte kein Wort und trank von seinem Wein.

Außer sich vor Wut schlug Lagarde ihm das Glas aus der Hand. Dann packte er Rigou am Kragen und zog ihn hinter dem Tisch hervor.

»Warum?«, brüllte er. »Warum haben Sie das gemacht? Ihre Frau wäre beinahe ertrunken.«

Rigou sagte nichts. Trotzig sah er Lagarde ins Gesicht.

»Warum? Sagen Sie es mir!« Bebend vor Zorn schüttelte der Kommissar ihn.

Endlich machte Rigou den Mund auf. »Sie hat genervt.«

»Sie hat genervt? Das ist Ihre Erklärung? Sie verabreichen Ihrer kranken Frau Beruhigungsmittel und stoßen sie über die Klippen, weil Sie von ihr genervt waren?« Lagarde war fassungslos. »Dafür bringe ich Sie ins Gefängnis«, schrie er. »Das war ein Mordversuch.«

Jetzt endlich kam Leben in Rigou. »Das ist mir völlig gleichgültig«, schrie er zurück. »Ohne Maryline hat mein Leben keinen Sinn mehr.«

Zornig funkelten sich die beiden Männer an.

»Lassen Sie mich los! Wenn Sie nicht überall herumschnüffeln würden, wäre sie jetzt tot.«

Lagarde verlor die Beherrschung und holte zum Fausthieb aus. Eine Hand packte energisch seinen Arm und hielt ihn zurück.

»Tu das nicht, Philippe«, versuchte Roselin ihn zu beschwichtigen. »Hinterher tut es dir leid. Er wird seine Strafe bekommen.«

Der Kommissar ließ den Arm mit der geballten Faust sinken.

»Du hast recht, Roselin. Ich danke dir.«

Vier Polizisten waren nötig, um den tobenden, um sich schlagenden Michel Rigou über die Wiese zum Polizeiwagen zu zerren.

»Sieben Leben hat die dumme Kuh«, kreischte er. »Sieben Leben, wie eine Katze.«

Der Gendarm ließ Lagarde, der vor Abscheu zitterte, nicht los, bis das Auto hinter einer Hecke verschwunden war.

»Komm, mein Freund, wir gehen einen trinken«, sagte er.

VEUVE CLICQUOT

SIEBTER TAG

Die »Soko Maryline« traf sich morgens um acht Uhr in der Gendarmerie von Barfleur. Belebender Kaffeeduft zog durch die Räume. Als Philippe Lagarde das Besprechungszimmer betrat, schichtete Valérie gerade frische Croissants auf einen Teller. Roselin saß bereits am Tisch und gähnte. Gestern Abend war es spät geworden.

»Bonjour, meine Freunde«, begrüßte der Kommissar die beiden Polizisten.

Roselin zwinkerte ihm aufmunternd zu. »Bonjour, mein Freund. Hast du gut geschlafen?«

»Na ja, es war ein ereignisreicher Abend, der mich bis in meine Träume verfolgt hat.«

»Das kann ich mir vorstellen. Mir ging es ähnlich.«

Valérie strahlte den Kommissar an. »Bonjour, Philippe. Ich schenke dir Kaffee ein. Heiß und stark, da bleibt der Löffel drin stecken. Er wird dir guttun.«

»Merci, Valérie. Ich kann jetzt tatsächlich eine Tasse vertragen.«

»Du hast Fabienne Rigou das Leben gerettet. Ich bin so stolz auf dich.«

Lagarde wehrte ab. »Jeder hätte das getan.«

»Jeder andere wäre wahrscheinlich ertrunken. Bei dem Seegang gestern Abend. Mein lieber Klabautermann!« Sie war schwer beeindruckt. »Erzähl! Was ist genau passiert?«

Lagarde fasste die Ereignisse zusammen.

»Rigou hat seiner Frau offenbar Beruhigungs- und Schlaftabletten in größerer Menge eingeflößt. Als sie schlief, hat er sie in ihren Rollstuhl gesetzt und sie über den Klippenrand geschleudert. Dabei hat er nicht bemerkt, dass sich der Rollstuhl an einer Felsnase verfing. Er ging davon aus, dass Fabienne in der Hochflut ertrinken und im Atlantik verschwinden würde. Hätte ich den Rollstuhl nicht zufällig entdeckt, wäre sie jetzt tot.«

»Und Rigou würde behaupten, dass er nicht wüsste, wo sich seine Frau aufhält«, ergänzte Roselin.

»Beinahe wäre er damit durchgekommen. Oftmals gibt das Meer seine Beute nicht mehr frei.«

»Was für ein perfider Plan!« Valérie war entsetzt. »Befindet er sich jetzt im Untersuchungsgefängnis?«

»Ja, seit gestern Nacht«, antwortete Philippe Lagarde. »Er hat die Tat gestanden. Paradoxerweise sitzt er in der Zelle neben Jean-Yves Leblanc.«

Allen kam in diesem Moment der gleiche Gedanke.

Der Gendarm formulierte ihn. »Michel Rigou handelte eiskalt und berechnend. Er wollte seine Frau umbringen. Doch ist er auch der Mörder von Maryline Leblanc? Ich traue ihm die Tat jedenfalls zu.«

Lagarde fuhr sich mit den Händen über sein Gesicht. »Ich weiß es nicht, Roselin. Ich weiß es einfach nicht. Gestern Abend hat er zu mir gesagt, dass sein Leben ohne sie keinen Sinn mehr habe. Bringt man jemanden um, ohne den es sich nicht mehr zu leben lohnt?«

Valérie dachte laut: »Es kann ja durchaus möglich sein, dass er seine Schwägerin geliebt hat. Aber bei seiner kriminellen Energie könnte er sie im Affekt erschlagen haben, aus Wut, weil sie ihn verlassen wollte.«

»Ja, vielleicht, Valérie. Aber wir haben nach wie vor keine Beweise. Wir müssen weitersuchen, bis wir welche finden. Roselin und ich werden ihn im Gefängnis besuchen.« Hungrig biss er in ein Hörnchen. »Was ist mit Victor de Senneville?«, fragte er seine Kollegen. »Welchen Eindruck habt ihr von ihm?«

Valérie hatte bereits ein Foto von Victor de Senneville an das Whiteboard geheftet. Auf dem Bild kam seine makellose Schönheit voll zur Geltung. Er sah wirklich aus wie ein Engel. Da hing er nun in einer Reihe neben Michel und Fabienne Rigou sowie Jean-Yves Leblanc. Ein wenig abseits klebte das Bild von Maryline Leblanc, gehüllt in ihr grünes Batiktuch, mit wehenden Haaren und einem bezaubernden Lächeln. Valérie hatte das Gefühl, dass die Tote endlich die Lösung des Rätsels einforderte. Bei dem Gedanken erschauderte sie.

Es gab keine Fotografie von Reginald Adams. Es war völlig unklar, ob er überhaupt in ihren Fall involviert war. Sie wussten nur, dass seine Frau Margaret spurlos verschwunden war, genauso wie der bronzefarbene Range Rover.

Die Polizistin beantwortete die Frage des Kommissars. »Er hat einen harmlosen, untröstlichen Eindruck gemacht. Ich kann ihn mir als Mörder nur sehr schwer vorstellen.«

»Warum ist er dann geflohen?«, fragte Roselin.

»Er hat es doch erklärt«, entgegnete sie.

»Du lässt dich von seinem guten Aussehen beeinflussen«, behauptete er.

»Das ist gar nicht wahr.« Valérie schaute Roselin wütend an.

»Keine Vorwürfe! Ich bitte euch«, mahnte Lagarde. »Jedes Teammitglied kann in alle Richtungen denken. Wir dürfen uns nicht selbst einschränken.«

»In Ordnung«, murmelten beide.

»Als ich im Kindergarten die Personalakte von Victor de Senneville einsah«, berichtete der Kommissar, »fiel mir auf, dass die Beglaubigung seines Abschlusszeugnisses gefälscht war.«

Roselin und seine Assistentin sahen ihn erstaunt an.

»Sieh mal an«, meinte Valérie. »Unser Engel betreibt Urkundenfälschung. Der hat es offensichtlich doch faustdick hinter den Ohren.«

»Nun, man kann die Schwere eines Mordes nicht mit einer Urkundenfälschung vergleichen«, rückte Lagarde die Tatsachen zurecht. »Aber dennoch würde ich dich bitten, Valérie, dass du der Sache nachgehst.«

»Natürlich, Philippe.« Sie machte sich eine Notiz.

»Die entscheidende Frage ist doch«, fuhr Lagarde fort, »warum Maryline Leblanc ihre Liebhaber verließ. Innerhalb einer Woche. Welchen Grund hatte sie für dieses Vorgehen? Es muss einen Grund geben, und dieser Grund ist der Schlüssel für die Mordtat. Da bin ich absolut sicher.«

Ernst sahen sie sich an.

»Sie hat beschlossen, ihrem Ehemann treu zu sein«, überlegte Roselin. »Sie wollte einen Neustart mit ihm wagen, vielleicht dem Kind zuliebe.«

»Das halte ich für unwahrscheinlich, das war nicht ihr Plan«, entgegnete Lagarde, der die Rolle des Advocatus Diaboli übernahm. »Jean-Yves ist im Laufe der Jahre sicherlich nicht interessanter geworden.«

»Sie hatte einen neuen Liebhaber«, spekulierte die Polizistin, die sich immer mehr für dieses Spiel begeisterte.

»Dann hätte sie eben drei Geliebte gehabt«, antwortete Lagarde. »Es hätte doch keine Rolle mehr gespielt.« Er beugte sich vor und sagte eindringlich: »Maryline Leblanc war eigentlich nicht auf der Suche nach einem neuen Liebhaber, sondern nach einem neuen Leben. Vielleicht glaubte sie, es gefunden zu haben. Vielleicht hatte sie einen Mann kennengelernt, mit dem sie ihre Träume verwirklichen konnte.«

»Und jetzt ist sie tot«, erwiderte Valérie. »Irgendetwas ist total schiefgelaufen.« Sie überlegte. »Wie müsste er dann sein, der neue Geliebte?«

»Wohlhabend und einflussreich«, sagte Roselin. »Sehr verliebt und bereit, ein neues Leben mit ihr zu beginnen. Falls er verheiratet ist, müsste er auch bereit sein, sich scheiden zu lassen.«

»Exakt«, bestätigte Lagarde. »So müsste er sein.«

Das Klingeln des Telefons riss das Ermittlerteam aus seinen Überlegungen. Die Polizistin erkannte die Nummer und schaltete den Lautsprecher ein.

Der englische Polizist meldete sich. »Ich habe Neuigkeiten«, begann er. »Sie haben sich doch vor einigen Tagen nach einer Margaret Adams erkundigt. Bei unseren Nachforschungen hat sich herausgestellt, dass sie verschwunden ist, ebenso wie ihr Wagen, ein bronzefarbener Range Rover V-8-Turbodiesel.«

»Das ist richtig«, bekräftigte Valérie.

»Der Wagen ist in Rumänien aufgetaucht.«

Verblüfft sahen sie sich an.

»In Rumänien?«

»Ja, wir haben eine Meldung von der rumänischen Polizei bekommen. Fragen Sie mich nicht, was in die gefahren ist. So etwas gab es noch nie. Vor drei Jahren haben wir ein Rechtshilfeersuchen an die dortigen Behörden gestellt und bis zum heutigen Tag keine Antwort erhalten.« Er lachte. »Das ist wirklich sonderbar. Ein Schrotthändler – Petru-Razvan Iliescu heißt er –

hat den Wagen gefahren und schwört, ihn rechtmäßig gekauft zu haben. Von einem Engländer namens Reginald Adams. Für fünftausend Euro. Es existiert kein Kaufvertrag, und der Schrotthändler ist auch nicht im Besitz des Fahrzeugbriefes. Mister Adams wollte ihm das Dokument per Einschreiben schicken.« Er machte eine Pause, dann sagte er: »Was ist denn das für eine Geschichte? Ich glaube dem Typen kein Wort. Er wollte das Fahrzeug ummelden, dass ich nicht lache! Gestohlen hat er es. Also, Kollegen, wir verfolgen die Angelegenheit. Tatsache ist, dass es sich bei dem rechtmäßigen Eigentümer des Fahrzeuges um Reginald Adams aus Oxford handelt, dessen Frau verschwunden ist.«

Valérie hatte es die Sprache verschlagen.

Lagarde nahm ihr den Hörer aus der Hand und stellte sich kurz vor.

»Vielen Dank für die Informationen, Kollege. Sie sind sehr wichtig für uns.«

»Keine Ursache, gern geschehen. Und viel Erfolg bei Ihren Ermittlungen. Wenn es etwas Neues gibt, melde ich mich.«

»Ein Anliegen habe ich noch.«

»Gerne. Was können wir tun?«

»Versuchen Sie, die rumänische Polizei zu überreden, den Wagen zu untersuchen, nach Blutspuren beispielweise.«

»Wird gemacht, Kollege.«

Sie beendeten das Gespräch.

»Blut – was für Blut?«, fragte Roselin.

»Blut von Margaret Adams, Roselin. Der Range Rover ist aufgetaucht, aber von der Frau fehlt jede Spur. Ich mache mir große Sorgen um sie.«

»Mon Dieu! Du meinst, dieser Rumäne hat sie ermordet?«

»Es wäre durchaus möglich. Ich fahre sofort zu Reginald Adams und informiere ihn, dass sein Wagen in Rumänien aufgetaucht ist. Mal sehen, was er zu der Darstellung von Petru-Razvan Iliescu sagt.«

Diesmal fuhr Philippe Lagarde durch das geöffnete Tor und parkte direkt vor der roten Villa. Anscheinend hatte der Engländer den Wagen gehört. Reginald Adams erschien an der Tür und begrüßte den Kommissar mit einem freundlichen Lächeln.

»Bonjour, Monsieur le Commissaire, so schnell sieht man sich wieder. Ich glaube, für ein Glas Wein auf der Terrasse ist es noch zu früh. Wie wäre es mit einer Tasse Tee?«

»Sehr gerne, Monsieur Adams.«

Lagarde folgte dem Engländer in die Küche. Sie war rustikal eingerichtet. Vor einer fliederfarbenen Wand stand ein wuchtiger antiker Geschirrschrank. Links und rechts davon waren kleine gerahmte Bilder aufgehängt. Die aquarellierten Tuschezeichnungen zeigten in pastellfarbenen Tönen Sehenswürdigkeiten der Halbinsel

Cotentin wie die Benediktinerabtei von Lessay und den Leuchtturm an der Pointe de Barfleur. Gegenüber befand sich ein altmodischer Spülstein mit zwei tiefen Becken. Mitten im Raum stand ein runder Esstisch aus Eichenholz. Unterschiedliche originelle Stühle, wahrscheinlich vom Flohmarkt, mit bunten Kissen bildeten einen Kreis. Der Fußboden war schwarzweiß gefliest und wurde von einer Bordüre gesäumt, die das Muster im Kleinformat aufgriff. Auf dem Tisch standen ein Teller mit Spiegeleiern und Speck und ein Korb mit Brot. In einer Schale befand sich ein Gericht, das wie Haferflockenbrei aussah. Lagarde fragte sich, wie man solch eine klebrige graue Masse zum Frühstück essen konnte.

»Ich störe Sie beim Frühstück, das tut mir leid.«

»Ich bin schon fertig, keine Sorge.«

Der Engländer folgte dem Blick des Kommissars. »Ich habe heute Morgen keinen großen Appetit.«

Er holte eine Tasse aus dem Schrank und schenkte für seinen Gast und sich schwarzen Tee ein.

»Earl Grey«, erklärte er. »Kennen Sie die Sorte?«

»Ja, ich brühe mir manchmal einen Teebeutel auf.«

»Dann werden Sie den Unterschied gleich schmecken. Die losen Teeblätter einer Spezialmischung werden mit kochendem Wasser aufgegossen. Der Tee muss exakt viereinhalb Minuten ziehen, dann ist er wunderbar aromatisch und anregend. Margaret kauft ihn immer bei einem Händler in London.«

Das war das Stichwort.

»Monsieur Adams, ich bringe schlechte Nachrichten.«

»Wie? Was ist denn passiert?«

Entspannt, fast gelangweilt trank der Engländer von seinem Tee.

»Ihr Wagen ist aufgetaucht. In Rumänien. Von Ihrer Frau fehlt leider jede Spur.«

Die Hand des Mannes begann unkontrolliert zu zittern. Die Teetasse rutschte ihm durch die Finger, knallte auf die Fliesen und zerbarst.

Fassungslos sah er erst auf die zerbrochene Tasse und die braune Pfütze, die der Tee bildete, dann starrte er Lagarde an.

»Was sagen Sie da? Das kann doch nicht sein.«

»Ein Rumäne namens Petru-Razvan Iliescu behauptet, Sie hätten ihm das Auto für fünftausend Euro verkauft und wollten ihm den Fahrzeugbrief, der sich in England in Ihrem Haus befindet, per Einschreiben schicken.«

»Das ist doch völliger Blödsinn. Wissen Sie, was dieser Wagen gekostet hat? Neunzigtausend Euro. Warum sollte ich ihn für fünftausend Euro verkaufen? Das ergibt doch keinen Sinn.«

»Er sagt, er habe beim Bau des Pools geholfen und bei den Renovierungsarbeiten im Haus.«

Reginald Adams fuhr sich hektisch durch die grauen Haare.

»Das ist schon möglich. Es kamen immer wieder andere Hilfsarbeiter. Ich habe nicht auf sie geachtet. Mein Ansprechpartner war der Bauunternehmer.« Sein Gesicht verlor jede Farbe. »Aber die Sache mit dem Wagen spielt keine Rolle. Wo ist meine Frau? Was hat er mit ihr gemacht?«

»Das wissen wir noch nicht, Monsieur Adams.«

In heller Panik begann der Mann zu schreien.

»Margaret wurde bestimmt von diesem Rumänen beobachtet, als sie abreiste. Er ist ihr gefolgt und hat sie ausgeraubt. Womöglich wurde sie von ihm vergewaltigt und anschließend getötet. Dann hat er sie irgendwo verscharrt oder ins Meer geworfen. Mit dem Wagen ist er dann nach Rumänien abgehauen.«

Lagarde versuchte, ihn zu beruhigen. »Das sind reine Spekulationen, Monsieur Adams. Vielleicht hat sich die Sache so zugetragen, vielleicht aber auch nicht. Ihre Frau kann noch am Leben sein. Jemanden zu ermorden hat eine ganz andere Dimension, als ein Auto zu stehlen, und wir …«

Reginald Adams unterbrach ihn aufgebracht. »Auch für einen kriminellen Rumänen? Sie gehen von mitteleuropäischen ethischen Maßstäben aus. Das ist Unsinn! Wenn Sie Recht hätten, warum meldet sich meine Frau nicht bei mir?« Er schlug mit der Faust auf den Tisch. »Der Kerl hat sie umgebracht. Dieser Gedanke ist unerträglich. Das ist ein Alptraum, ein einziger Alptraum.«

Er legte den Kopf auf seine Arme und begann zu schluchzen.

Lagarde versicherte dem Engländer, dass die Polizei alles in ihrer Macht Stehende unternehmen würde, um Margaret Adams zu finden, dann ließ er den verzweifelt ins Leere starrenden Mann allein zurück. Lediglich seine Visitenkarte legte Lagarde ihm noch auf den Tisch. Auf die abschließende Frage, ob Reginald Adams die ermordete Maryline Leblanc nicht doch gekannt habe, blieb ihm der Engländer eine Antwort schuldig.

War Margaret Adams wirklich einem Raubmord zum Opfer gefallen? Sie konnte überall sein, tot oder lebendig. Wenn sie noch am Leben war, warum hatte sie sich nicht gemeldet? Es wäre doch normal gewesen, ihren Mann anzurufen, ihm mitzuteilen, dass alles in Ordnung war, und ihn über ihren Aufenthaltsort zu informieren. Es sah nicht gut aus. Und der Mörder von Maryline Leblanc lief möglicherweise immer noch frei herum. Trotzdem spürte Lagarde, dass er sich der Aufklärung des Verbrechens näherte, obwohl ihn die vielen losen Enden irritierten.

Während der Fahrt klingelte sein Handy. Es war Odette.

»Was machst du gerade, mein Liebster?«, fragte sie.

»Ich versuche einen Mord aufzuklären und eine verschwundene Frau zu finden.«

»Eine Pause könnte dir dabei gewiss nicht schaden. Kannst du zu mir kommen? Ich brauche Hilfe.«

»Hat dich dein Chefkoch verlassen? Ich sage dir immer, du musst einfühlsamer mit ihm umgehen.«

Odette lachte. »Nein, er hat mich nicht verlassen. Er steht in der Küche und pfeift fröhlich vor sich hin.«

»Wobei brauchst du dann Hilfe?«

»Heute Abend kommen Gäste, die einen Geburtstag feiern wollen. Sie haben Zimmer gebucht. Das Geburtstagskind ist eine bekannte belgische Schauspielerin. Sie soll mit ihrem Freund das grüne Zimmer beziehen. Ich finde, es passt am besten zu ihr. Vorhin habe ich festgestellt, dass eine Wand dringend einen Anstrich braucht. Außerdem möchte ich die Vorhangstange auswechseln.«

Lagarde runzelte die Stirn. Das passte jetzt gar nicht.

»Odette, hör mir zu. Ich bin wirklich sehr beschäftig. Die Fälle entwickeln eine unglaubliche Dynamik. Es ist zu befürchten, dass eine zweite Frau ermordet wurde.«

Am anderen Ende der Leitung herrschte Stille. Lagarde schalt sich selbst. Jetzt war sie verärgert, wenn nicht gar wütend. Er hätte ihrem Anliegen nachkommen sollen. Sie war sehr tüchtig und geschickt und bat ihn selten um Hilfe. Er wartete auf den unvermeidlichen Wutausbruch. Stattdessen säuselte eine verführerische Stimme in sein Ohr.

»Ich pflege Wände immer nackt zu streichen. Manchmal gibt es auch Champagner.«

Er musste grinsen. »Diese Aussicht klingt verlockend. In einer halben Stunde bin ich bei dir.«

Der Wandanstrich im grünen Zimmer mit der geruchlosen Naturfarbe war perfekt gelungen und würde innerhalb einer Stunde getrocknet sein. Die neue Vorhangstange war montiert. Zur Erfrischung hatten sie während ihrer handwerklichen Tätigkeiten ein Glas eiskalten Champagner der Marke Veuve Clicquot getrunken. Beim Streichen hatte ihn Odette mit der Lebensgeschichte der Witwe Barbe-Nicole Clicquot-Ponsardin unterhalten.

Barbe-Nicole Ponsardin heiratete François Clicquot, der eine Champagnerkellerei von seinem Vater übernommen hatte. Ihr gesundheitlich angeschlagener Ehemann verstarb, als sie siebenundzwanzig Jahre alt war, und sie übernahm die Leitung des Champagnerhauses.

Die Grande Dame de Champagne wurde eine überaus erfolgreiche und mächtige Geschäftsfrau mit enormem Durchsetzungsvermögen. Sie steigerte den Umsatz des Unternehmens aufgrund innovativer Vermarktungsstrategien auf das Siebenfache.

Die Witwe Clicquot erwarb Weinberge in Spitzenlagen, um die hervorragende Qualität des Champagners sicherzustellen. Schon zu ihrer Zeit wurde das auffällige gelbe Etikett erschaffen. Sie erfand das Rütteln, »Le Remuage«, das Verfahren, um abgelagerte Hefe aus den Flaschen zu entfernen und aus der trüben Flüssigkeit ein klares perlendes Getränk zu machen.

Madame Clicquot-Ponsardin ließ auch das Schloss Boursault, fünfundzwanzig Kilometer südwestlich von Reims bauen, in das sie sich im Alter zurückzog. Ihr Grab befand sich auf dem Cimetière du Nord in Reims.

»Am liebsten hat sie Buchhaltung über ihre Einnahmen geführt. Stricken diente ihrer Entspannung. Große Gesellschaften waren ihr ein Gräuel, sie war etwas eigenbrötlerisch. Und sie soll gerne Champagner getrunken haben«, schloss Odette.

»So wie wir auch«, erwiderte Lagarde. »Was für eine eindrucksvolle Geschichte.«

Odette und er hatten sich unter der prasselnden Dusche geliebt. Nun rieb er mit einem Schwamm, zärtliche Bewegungen ausführend, Farbkleckse von ihren Armen. Der Lavendelduft des Schaumes hüllte sie ein.

Als sein Handy klingelte, küsste er sie, stieg aus der Dusche und zog das Telefon aus der Hemdtasche. Valérie rief an. Sie hatte es bereits mehrmals versucht, doch Lagarde hatte das Klingeln nicht gehört. Er war anderweitig beschäftigt gewesen.

Mit aufgeregter Stimme berichtete sie, dass die rumänische Polizei Blut im Kofferraum des Range Rovers gefunden hatte. Es gab ein Labor in einer nahegelegenen Kreisstadt, dort würde man es untersuchen lassen. Vor morgen früh sei mit einem Ergebnis jedoch nicht zu rechnen.

»Der Rumäne hat Margaret Adams ermordet, nicht wahr, Philippe?«, fragte sie mit bedrückter Stimme.

»Warten wir die Untersuchung der Spuren ab, Valérie.«

In seinem Kopf begann sich ein Bild abzuzeichnen, das in eine andere Richtung führte. Es gelang ihm jedoch nicht, es festzuhalten, rasch hatte es sich verflüchtigt.

»Dann ist noch etwas passiert, Philippe.«

»Was denn?«

»Ich bin nach Dienstschluss noch einmal in die Gendarmerie zurückgekehrt. Ich hatte einige wichtige Unterlagen vergessen. In der kurzen Zwischenzeit hat jemand einen Brief in einem Umschlag an die Eingangstür geklebt.«

»Hast du ihn gelesen?«

»Ja, Philippe.«

»Und was steht in dem Brief?«

Valérie las vor. »Ihr habt in der Werkstatt nicht gründlich gesucht. Ich habe alles beobachtet. Ein besorgter Nachbar.«

»Ist das der ganze Text?«

»Ja, mehr steht da nicht. Was hat das zu bedeuten, Philippe?«

»Ich weiß es nicht. Der anonyme Schreiber meint sicher die Werkstatt von Leblanc, wo wir den blutverschmierten Hammer gefunden haben.«

»Ja, das habe ich auch gedacht.«

»Ich werde mir die Werkstatt heute Abend noch einmal anschauen. Wobei ich mir nicht vorstellen kann, dass die Spurensicherung einen Hinweis übersehen hat. Die Kollegen arbeiten immer sehr gründlich.«

»Soll ich mitkommen, Philippe?«

»Nein, das ist nicht nötig. Schau du deine Unterlagen durch. Vielleicht haben wir etwas übersehen.«

»Ist gut, Philippe. Bis morgen früh.«

»Bis morgen früh. Und pass auf dich auf.«

Die Dämmerung hatte bereits eingesetzt, als der Kommissar das Haus der Familie Leblanc erreichte. Er parkte einige Meter davon entfernt und schlenderte darauf zu. In einigen Nachbarhäusern brannte Licht. Im Garten hinter dem Bungalow auf der gegenüberliegenden Straßenseite schien eine Grillparty stattzufinden. Fröhliches Gelächter war zu hören, der Duft von gebratenem Fleisch erfüllte die Abendluft. Eine Feuerwerksrakete schoss in die Luft, und grüne, blaue und weiße Lichter formten sich am Himmel zu einem leuchtenden Schirm. Auf der Straße war niemand zu sehen. Lagarde betrachtete das Haus, das dunkel und verlassen vor ihm lag. Der Mörder hatte eine Familie zerstört. Die Frau war tot, der Mann befand sich in Untersuchungshaft, und der unglückliche kleine Junge wurde von seiner Großmutter betreut.

Schnell schlüpfte er durch die offen stehende Gartenpforte. Die Haustür war verschlossen und immer noch versiegelt, obwohl die Spurensicherung ihre Arbeit längst abgeschlossen hatte. Nichts hatte darauf hingedeutet, dass Maryline Leblanc in ihrem Haus erschlagen worden war.

Lagarde lief durch den Garten. Die beklemmende Atmosphäre war auch hier wahrzunehmen. Verdorrte Rosen hingen traurig an einem Holzspalier. Ein roter Spielanzug war an der Wäscheleine vergessen worden. Im Sandkasten warteten ein umgekippter Eimer und eine Kinderschaufel auf ihren kleinen Besitzer.

Die silberne Sichel des Mondes, eingebettet in einen Hof von weißgrauen Wolken, tauchte hinter einer Baumgruppe auf. Weitere Wolken zogen gemächlich über den blauschwarzen Himmel. Ein Kauz stieß einen Lockruf aus. Vor Lagarde lag die Werkstatt von Jean-Yves Leblanc. Eine Fensterscheibe war zerbrochen. Die Tür war versperrt, aber nicht mehr versiegelt. Hatte die Spurensicherung das Siegel abgeschabt, oder war es eine unbefugte Person gewesen? Vielleicht der anonyme Verfasser des Briefes?

Aus der Hosentasche holte der Kommissar einen mehrteiligen, für die meisten Schlösser passenden Dietrich und öffnete die Tür, ohne Spuren zu hinterlassen, dann stand er in der dunklen Garage. Der Strahl seiner Taschenlampe beleuchtete Teile von zerlegten Traktoren, verstreutes Werkzeug, Ölkanister, Lappen und ausgetretene Zigarettenkippen. Die Kästen auf den Regalen waren von den Kriminaltechnikern genau untersucht worden. Er hatte nicht vor, sie noch einmal zu durchwühlen. Das hielt er für Zeitverschwendung. Wenn es ein Versteck gab, musste es aus nachvollziehbaren Gründen vernachlässigt worden sein. Die Decke der Werkstatt bestand aus grauem Beton und bot keine Anhaltspunkte für ein Versteck. Lagarde betrachtete den Boden. Er war ebenfalls betoniert. Nur unter den Regalen war er mit Holzdielen bedeckt. Die Bretter waren an den Enden mit einem flachen Sockel aus Holz verschraubt. Sorgfältig ließ er den Lichtstrahl über die Dielen gleiten. Die Schrauben in einem Brett schienen lockerer zu sitzen als in den anderen Brettern. Dort waren sie fest angezogen und steckten in einer Höhlung. Er griff nach einem Schraubenzieher und löste die Schrauben aus dem Holz. Erstaunlich leicht ließen sie sich entfernen. Lagarde hob die Diele an und konnte im Hohlraum darunter einen Gegenstand erkennen. Er sah aus wie ein größeres Stoffstück. Er zog es heraus und betrachtete seinen Fund genauer. Es handelte sich um ein zusammengerolltes aprikosenfarbenes Herrenhemd. Man musste kein Fachmann sein, um zu erkennen, dass sich der Stoff mit Blut vollgesogen hatte. Mit viel Blut. Inzwischen war es getrocknet.

Ein Schuss peitschte durch die Stille. Lagarde spürte den Luftzug der Kugel an seinem Hals und warf sich auf den Betonboden. Blitzschnell kroch er zu einem Stapel aufgeschichteter Traktorreifen und suchte hinter der Gummiwand Deckung. Es war nichts mehr zu hören. Kein weiterer Schuss erfolgte. Der Schütze hatte vermutlich durch das kaputte Fenster geschossen.

»Nicht schießen!«, rief Lagarde.

»Ich bin von der Polizei.«

Niemand antwortete.

Mit gezogener Waffe stürzte er auf die Tür zu, riss sie auf und sah sich um. Der Platz vor der Garage war verlassen. Er rannte um die Werkstatt. Ein Mann mit einem Gewehr in der Hand humpelte durch den Garten und verschwand zwischen Thujabüschen, die die Grenze zum Nachbargrundstück bildeten. Lagarde nahm die Verfolgung auf, holte den Mann ein und packte ihn hart an der Schulter. Gleichzeitig schlug er ihm das Gewehr aus der Hand.

Aufgebracht fuhr er ihn an: »Sie haben auf mich geschossen. Sind Sie verrückt? Was soll das?«

Jetzt erkannte er den alten Mann wieder. Er hatte seinen Hund bei der roten Villa ausgeführt und sich mit Amélie und ihm unterhalten.

»Ich habe nicht gewusst, dass Sie von der Polizei sind. Ich dachte, Sie wären ein Einbrecher. Das Haus steht schließlich leer. Heute Nachmittag ist schon mal ein Mann durch den Garten geschlichen.«

»Und da haben Sie gedacht, Sie können Räuber und Gendarm spielen. Haben Sie den Mann erkannt?«

»Nein, ich hatte meine Brille nicht auf. Nachdem ich sie gefunden hatte, war er verschwunden.«

»Können Sie ihn beschreiben?«

»Ich habe ihn nur undeutlich wahrgenommen. Sie wissen schon, die alten Augen wollen nicht mehr so recht. Aber ich glaube, er war ziemlich groß und dünn.«

Das traf ungefähr auf die Hälfte der Männer von Saint-Vaast zu.

»Haben Sie den Brief geschrieben?«

»Welchen Brief?«

Der Kommissar winkte ab. »Ist schon gut. Und wenn Sie wieder etwas Verdächtiges beobachten sollten, rufen Sie die Polizei. Sie hätten mich mit Ihrer Kugel beinahe erwischt.«

Er nahm dem verrückten Alten das Gewehr ab und ließ ihn laufen.

DAS SCHWARZE SCHLOSS

ACHTER TAG

Am nächsten Morgen wurde der Kommissar schon im Eingangsbereich von Valérie erwartet, die ihn aufgeregt begrüßte.

»Bonjour, Philippe. Es gibt Neuigkeiten von der rumänischen Polizei.«

Die Mitglieder der »Soko Maryline« setzten sich an den Besprechungstisch. In der Mitte stand ein glasierter Nusskuchen auf einem goldgeränderten Teller. Valéries Mutter hatte ihn für das Team zur allgemeinen Stärkung gebacken. Jeder bekam ein dickes Stück davon und eine Tasse Kaffee.

»Stellt euch vor«, begann die Polizistin. »Heute in aller Frühe hat der hilfsbereite englische Kollege angerufen und mich über die Ermittlungsergebnisse der rumänischen Polizei informiert. Das Labor hat festgestellt, dass es sich bei den rotbraunen Flecken im Kofferraum des Range Rovers um Tierblut handelt. Jeder Irrtum ist ausgeschlossen. Sie vermuteten, dass es das Blut eines Huhnes ist. Der Schrotthändler Petru-Razvan Iliescu bestätigte diese Annahme sofort. Er habe ein Huhn überfahren, aus Versehen natürlich, es war quasi ein tragischer Unfall, und das tote Tier dann im Kofferraum verstaut. Er wollte es mit seiner Verlobten Melbijana zum Abendessen grillen.«

Roselin rieb sich ungläubig die hohe Stirn.

»Der Schrotthändler betonte, dass es wichtig ist, eine Prise Salz auf das Fleisch zu streuen, um unglückbringende Dämonen fernzuhalten.« Valerie konnte ein Grinsen nicht mehr unterdrücken.

»Wollen die sich über uns lustig machen?«, knurrte Roselin.

»Es geht noch weiter. In Bezug auf das Verschwinden von Margaret Adams beteuert Petru-Razvan Iliescu seine Unschuld. Er ist ihr einige Male auf der Baustelle in Saint-Vaast begegnet. Nachdem der Pool fertiggestellt und er mit abschließenden Gartenarbeiten beschäftigt war, hat er sie allerdings nicht mehr gesehen. Er sagte aus, dass sie völlig genervt war, weil die Ruhe in ihrem Feriendomizil ständig von Baulärm gestört wurde und sie überall auf Handwerker traf. Meistens ist sie an den Strand oder in ein Café geflüchtet.« Die Polizistin blickte in die Runde. »Der Rumäne konnte dieses Verhalten überhaupt nicht verstehen. Wo gehobelt wird, fallen Späne, meinte er.«

»Trotz des Tierblutes im Kofferraum kann der Schrotthändler Margaret Adams getötet haben«, erklärte Roselin. »Er kann sie irgendwo in den Karpaten vergraben haben, dort, wo sich Bär und Wolf gute Nacht sagen. Dann wird sie niemals gefunden.«

Philippe Lagarde widersprach. »Ich kann mir nicht

vorstellen, dass der Rumäne eine Leiche durch halb Europa gefahren hat. Die Gefahr, dass sie an einer Grenze entdeckt werden würde, war doch viel zu groß.«

Roselin nickte. »Du hast recht. So dumm wäre kein Mensch.«

Der Kommissar wandte sich an Valérie. »Hat die Untersuchung des anonymen Briefes und des Hemdes etwas ergeben?«

»Der Brief wurde mit einem Computer geschrieben, es befinden sich keine Fingerabdrücke darauf. Der Verfasser muss Handschuhe getragen haben.«

»Das war zu vermuten«, entgegnete Lagarde.

Valérie berichtete weiter. »Das Blut auf dem Hemd stammt von Maryline Leblanc.«

Lagarde hatte es am frühen Morgen in das Labor der Kriminalpolizei von Cherbourg gebracht und um eine rasche Analyse gebeten. Vor einigen Minuten hatte sich ein Laborassistent gemeldet, um das Ergebnis der Blutuntersuchung durchzugeben.

Bereits am Abend zuvor hatte Lagarde Valérie telefonisch mitgeteilt, dass er das blutverschmierte Hemd in der Werkstatt gefunden hatte und dabei fast angeschossen worden war. Er hatte die Polizistin gebeten, Odette gegenüber den Vorfall nicht zu erwähnen. Sie waren sich beide einig gewesen, dass die Kollegen von der Spurensicherung das Hemd niemals übersehen hätten. Doch wer hatte das belastende Beweisstück im Nachhinein dort platziert?

»Und wenn es doch Jean-Yves war? Warum hat er das Hemd nicht gleich verbrannt?«, fragte die Polizistin.

»Und den Hammer im Meer versenkt?«, fragte Roselin.

Große Sorge bereitete ihm der Gedanken, dass sein alter Freund aus Kindertagen doch der Täter sein könnte.

Valérie nagte an der Unterlippe. »Weil Jean-Yves Leblanc die belastenden Beweise nicht versteckt hat. Der Mörder wollte den Verdacht auf ihn lenken. Von ihm kam auch der Brief. Er fühlt sich in die Enge getrieben, durch irgendetwas wurde er aufgeschreckt, und er hat seinen letzten Trumpf ausgespielt.«

»Das ist eine logische Schlussfolgerung«, lobte Lagarde die Polizistin. »Die Erklärung scheint mir einleuchtend.«

Erfreut lächelte sie ihn an.

»Dazu würde auch passen, dass der alte Mann eine Person im Garten von Leblanc gesehen hat«, fügte er hinzu.

»Wer könnte sich in die Enge getrieben fühlen?«, überlegte Valérie. »Wer hatte einen Grund, gestern Nachmittag aktiv zu werden? Aufgrund welcher Information?«

Sie und Lagarde wechselten einen Blick.

Die Polizistin spekulierte weiter. »Wer könnte der neue Liebhaber von Maryline Leblanc sein? An der

Seite von welchem Mann hatte sie sich ein neues Leben erhofft?«

Sie blätterte hektisch ihre Unterlagen durch, lief zur Pinnwand und befestigte in der Reihe der verdächtigen Personen ein Foto von Reginald Adams. Auf der Aufnahme trug er einen dunklen Anzug mit dem Wappen seiner Universität sowie eine Krawatte und entsprach ganz dem Bild eines einflussreichen Professors.

Nach dem Anruf von Lagarde gestern am späten Abend hatte sich Valérie nicht mehr auf ihre Lektüre »Madame Bovary« von Gustave Flaubert konzentrieren können. Sie hatte im Internet die persönlichen und beruflichen Hintergründen der Personen, die in den Mordfall involviert waren, recherchiert. Dabei war sie auf diese Fotografie gestoßen.

»Er könnte es sein«, verkündete sie.

»Seine Frau ist höchstwahrscheinlich von einem Autodieb ausgeraubt und getötet worden«, wandte Roselin ein. »Außerdem gibt es keine Hinweise darauf, dass er Maryline Leblanc kannte.«

Valérie war nicht mehr zu bremsen. »Und was ist mit der Sandalette in der Bucht vor seinem Anwesen? Was ist mit dem Fahrrad in der Straße bei seinem Haus? Hinzu kommt, dass die rote Villa in einem Erdbeerwald steht.«

»Das könnten Zufälle sein. Ich sehe keinen offensichtlichen Zusammenhang. Warum sollte der Engländer Maryline Leblanc getötet haben?«

Hilfesuchend sah Valérie zu Lagarde.

Er hielt ihre Theorie durchaus für möglich.

»Vielleicht gibt es keinen Zusammenhang, vielleicht aber doch. Und wir können ihn im Moment noch nicht sehen. Aber Spekulationen reichen uns nicht, wir brauchen Zeugen, Beweise und letztendlich ein Geständnis.«

Sie verbrachten den Vormittag damit, Unterlagen erneut zu sichten, mögliche Tathergänge zu rekonstruieren, die Motive der verdächtigen Personen zum wiederholten Mal zu besprechen und intensiv zu diskutieren.

Für Roselin war Victor de Senneville der Hauptverdächtige, weil er vor der Polizei die Flucht ergriffen hatte. Dieses Verhalten wertete er als Geständnis. Sie beschlossen, den jungen Mann auf der Polizeistation erneut zu befragen.

Gegen Mittag stöhnte Valérie: »Mir brummt der Kopf. Können wir bitte eine Pause machen?« Sie rieb sich die Schläfen.

»Ich habe mächtigen Hunger«, verkündete Roselin, der bei geistiger Arbeit Unmengen an Kalorien verbrauchte.

Der Kommissar bedauerte sofort seine Rücksichtslosigkeit. Er hatte die Zeit vergessen.

»Entschuldigt bitte. Legen wir eine Pause ein. Wir machen einen Rundgang und versorgen unser Hirn mit Sauerstoff. Anschließend essen wir im ›Im Wind der

Inseln‹. Ich übernehme selbstverständlich die Rechnung.«

Sie gingen am Kai entlang zum Bistro. Fischer warteten auf die Flut, kontrollierten ihre Netze und hielten dabei einen Plausch. Obwohl der Himmel wolkenverhangen war und eine kühle Brise wehte, wählten sie einen Platz vor dem Restaurant unter der alten Platane. Sie brauchten frische Luft.

Gaston brachte die Speisekarte. »Ich empfehle das Lamm von den Salzwiesen, das Fleisch ist butterweich und sehr pikant.«

Nachdem er ihre Bestellung aufgenommen hatte, kam er mit einem Tablett an ihren Tisch.

»Ich spendiere den Aperitif. Es ist ein Pommeau, der garantiert vierzehn Monate in einem Eichenfass gelagert wurde.«

Der Wirt setzte sich zu seinen Gästen, und sie stießen an. Der süße Apfellikör mit der angenehmen Säure, der gut zu Vorspeisen wie Gänseleberpastete oder warmen Austern passte, schmeckte vortrefflich.

Entspannt plauderten sie über Alltäglichkeiten und naschten Honigmelonenschnitze.

Philippe Lagarde betrachtete die Menschen, die geschäftig an der Hafenmole entlangliefen oder gemütlich über die Promenade schlenderten und den Quai Henri Chardon überquerten. Plötzlich entdeckte er Reginald Adams. Der Engländer ging auf der anderen Straßenseite in Richtung des Zentrums von Barfleur. Er trug einen Strohhut und Bermudashorts. Weiße, dünne, behaarte Beine ragten unvorteilhaft aus den Shorts. Ein kleiner Rucksack hing an seiner Schulter. Sein Blick war ernst, er schien seine Umgebung jedoch nicht wahrzunehmen.

Lagarde wandte sich an den Wirt. »Schau mal, Gaston. Das ist der Engländer, von dem ich dir erzählt habe. Der Mann, der die schöne rote Villa gekauft hat und sich für diese eigenwillige farbenfrohe Poolumrandung entschieden hat.«

Der Wirt folgte seinem Blick ohne großes Interesse. »Den Mann kenne ich. Ich habe ihn schon einmal gesehen«, erklärte er. »Was Frauen angeht, hat er einen besseren Geschmack als für seine Kleidung.«

Die Aufmerksamkeit der »Soko Maryline« richtete sich vollständig auf ihn.

»Du hast ihn mit einer Frau gesehen?«, fragte Lagarde.

»Ja, mit einer sehr attraktiven Frau.«

Der Kommissar hatte im Rahmen ihrer Ermittlungen ein Foto von Margaret Adams zu Gesicht bekommen und hätte ihr das Attribut »attraktiv« nicht zugeschrieben.

»War die Frau in seinem Alter?«, hakte er nach.

»Nein«, erwiderte Gaston. »Sie war viel jünger, eine schöne Frau mit langen blonden Haaren.«

»Bist du sicher, dass es dieser Mann war?«

»Absolut. Er stieg aus einem bronzefarbenen Range Rover, den ich mir leider nicht leisten kann. Ein Prachtwagen. Dabei habe ich sein Gesicht gesehen. Ich habe mich noch gefragt, was eine hübsche Blondine mit einem hageren älteren Herrn am Nacktbadestrand zu suchen hat und was die beiden …«

Valérie unterbrach ihn. »Du warst am Nacktbadestrand?«

Gaston errötete. »Ja, in Saint-Germain-sur-Ay. Ihr wisst schon. Südlich des Hauptstrandes ist eine Nacktbadezone ausgewiesen. Am Rand der großen Trichtermündung. Es handelt sich um einen verlassenen Strandabschnitt, geschützt von hohen Dünen und Buschwerk.«

»Was hast du dort gemacht?«

»Nadine und ich wollten dort ein einsames Plätzchen suchen und uns einen schönen Nachmittag machen.«

»Würdest du die Frau auf einem Bild wiedererkennen?«

»Ich fürchte, nein. Mich hat mehr der Geländewagen interessiert.«

»Und Nadine?«, fragte Roselin. Er war aufgeregt. Das war das Bindeglied, nach dem sie gesucht hatten.

Gaston überlegte. »Nadine kann sie wahrscheinlich identifizieren. Sie hat die Frau genau betrachtet. Sie trug ein Kleid, das meine Freundin in einer Boutique in Cherbourg entdeckt hatte. Es war ihr zu teuer. Also fuhren wir gemeinsam hin, ich wollte es ihr schenken. Aber es war nicht mehr da. Es war ein weißes Leinenkleid mit einem besonderen Pariser Schnitt und Holzknöpfen.«

»Wie können wir Nadine erreichen?«, wollte Lagarde wissen.

»Sie ist in Carentan auf einer Fortbildung und kommt erst heute Abend zu mir. Ihr Handy hat sie bestimmt ausgeschaltet. Lasst mir das Foto zukommen. Ich zeige es ihr und bitte sie, sich bei euch zu melden.«

Philippe Lagarde war nach Hause gefahren und wartete voller Ungeduld auf den Anruf von Nadine. War Reginald Adams tatsächlich mit Maryline Leblanc am Nacktbadestrand gewesen? An diesen Ort zog es Liebespaare, die nicht unbedingt gesehen werden wollten. Saint-Germain lag an der Westküste der Halbinsel Cotentin. Die Gefahr, dort jemanden zu treffen, der einen kannte, war nicht besonders groß. Vielleicht hatten sie sich dort sicher gefühlt.

Um sich abzulenken, grub er ein Beet um und pflanzte Hortensien mit üppigen blauen und erikafarbenen Blütenbällen, die er am Tag zuvor in einer Gärtnerei gekauft hatte. Sein Handy blieb stumm.

Er hackte Holz für den Kamin und stapelte die Scheite im Schuppen. Dann fegte er den Boden und füllte das Kleinholz in Eimer.

Als er sich um achtzehn Uhr auf die Terrasse setzte und einen Milchkaffee trank, klingelte sein schnurloses Telefon. Nadine war am Apparat.

»Bonsoir, Nadine. Danke für deinen Anruf. Wie geht es dir?«

»Bonsoir, Philippe. Du hast sicher schon auf meinen Anruf gewartet. Ich bin gerade erst bei Gaston eingetroffen. Er hat mir sofort das Foto gezeigt.«

Der Kommissar spürte wieder dieses Kribbeln unter der Haut.

»Und was meinst du, Nadine? Ist die Frau am Strand dieselbe wie auf dem Foto?«

»Ich bin mir ganz sicher. Es handelt sich um dieselbe Frau. Es ist Maryline Leblanc, nicht wahr? Ich habe von dem Mord gehört.«

»Ja, Nadine. Es ist Maryline Leblanc. Ich danke dir für die Bestätigung. Du hast uns sehr geholfen.«

Wie vom Donner gerührt saß Lagarde da und starrte auf den graugrünen Atlantik. Also doch! Sie hatten sich gekannt. Reginald Adams war offenkundig ein Lügner. Was hatte diese Verbindung zu bedeuten? Hatte der Engländer seine Frau Margaret mit Maryline betrogen? Waren sie ein Liebespaar gewesen? Warum musste die junge Frau sterben? Und wo war Margaret?

Er sprang auf und hastete mit grimmiger Miene zu seinem Auto. Diese Fragen würde Reginald Adams nun beantworten müssen. Eher würde Lagarde keine Ruhe geben.

Er fand die rote Villa verlassen vor. Auf sein Klingeln öffnete niemand. Die Tür war verschlossen. Er ging um das Haus zur Terrassentür, die ebenfalls versperrt war. Die spitzen Giebel ragten abweisend in den Himmel, dessen Blau allmählich verblasste. Die Sonne war am Horizont verschwunden, und die Schatten wurden länger. Kite-Surfer manövrierten ihre Segel gegen den Wind und glitten elegant auf das Ufer zu. Bald würde die Nacht hereinbrechen.

Lagarde stand am Pool und betrachtete das klare Wasser, das sich in der lauen Abendbrise kräuselte. Es warf sein Spiegelbild zurück. Lang und verzerrt. Wo steckte der Engländer? Er wollte ihn zur Rede stellen. Sofort. Wieder überkam ihn ein sonderbares, unheilverkündendes Gefühl. Wieder wurde er in den unheimlichen Bann gezogen, der von dem Pool ausging. Als ob er ein Geheimnis barg. Die Aussage des rumänischen Schrotthändlers Petru-Razvan Iliescu kam ihm in den Sinn. Was hatte er genau gesagt? Er hatte Margaret Adams nicht mehr gesehen, nachdem der Pool fertiggestellt worden war. Der Pool, den Reginald Adams offensichtlich nie benutzte und an dem er sich auch nie aufhielt.

Ein schrecklicher Gedanke formte sich in seinem Kopf. Wäre es möglich? Plötzlich war Lagarde sich sicher, doch konnte er sich auf seine Intuition verlassen?

Er griff zum Handy, rief den Polizeipräsidenten Frank Lanoux an und schilderte seinen Verdacht und was er vorhatte.

»Sind Sie sicher, Lagarde?«, fragte der Polizeipräsident entsetzt.

»Nein, ich bin mir nicht sicher. Nicht zu hundert Prozent. Ein kleiner Risikofaktor ist im Spiel. Aber ich mache es trotzdem.«

»Also gut, Lagarde. Ich vertraue Ihnen. Wenn Sie sich täuschen, kriegen wir eine Menge Ärger, aber ich stehe zu Ihnen.«

»Danke, Monsieur Lanoux.«

Der Kommissar wählte erneut eine Nummer und erteilte entschlossen Anweisungen.

Er hatte eine Idee, wo Reginald Adams sich aufhalten könnte. Wenn sein Verdacht der Wahrheit entsprach, brauchte der Engländer ein Refugium, eine Rückzugsmöglichkeit, die er in der roten Villa nicht mehr fand.

Lagarde setzte sich ins Auto und fuhr einige hundert Meter bis zu dem kleinen Hafen. Die Flut war zurückgekommen, Boote schaukelten im Wasser. Der Naturhafen war durch eine Kaimauer vom Meer abgegrenzt und verfügte auf der rechten Seite über einen schmalen Sandstrand. Dahinter drängten sich bunt gestrichene Holzschuppen aneinander, in denen Anglerzubehör, Werkzeug, Bootsersatzteile, Liegen und Sonnenschirme aufbewahrt wurden. Die Zweige knorriger Pinien wiegten sich im Wind.

Am Strand spielten Kinder Boule. Ein kleiner Junge mit einer umgedrehten Baseballkappe auf dem Kopf setzte seine Kugeln geschickt in die Nähe der Zielkugel, des Schweinchens.

»Bonsoir«, grüßte Lagarde freundlich. »Darf ich euch mal was fragen?«

»Na klar«, entgegnete der kleine Junge. »Was wollen Sie denn wissen?«

»Liegt hier manchmal ein Boot? Eine teure Yacht eines englischen Fabrikats?«

»Sie meinen die Sealine 310 Ambassador, Monsieur?«

Lagarde grinste. Der Kleine kannte sich aus. »Ja, genau das Boot meine ich.«

»Wow, ein tolles Boot, die Motorleistung beträgt zweimal 205 PS, es ist ein Benziner. Die maximale Geschwindigkeit liegt bei 33 Stundenkilometern. So ein Schiff kaufe ich mir, wenn ich groß bin.«

»Habt ihr gesehen, wann das Boot den Hafen verlassen hat?«

»Vor ungefähr einer Stunde, Monsieur. Das Boot ist in nördlicher Richtung abgedreht. Ein großer dünner Mann mit einer Brille, wie Harry Potter sie trägt, hat es gesteuert.«

»Bei deiner Beobachtungsgabe solltest du Polizist werden«, amüsierte sich der Kommissar.

»Das habe ich vor, Monsieur.«

Lagarde schenkte den aufgeweckten Jungs zehn Euro für Eiscreme. Jubelnd stürmten sie über den Strand zu der kleinen, sonnengelb gestrichenen Imbissbude. Lächelnd sah der Kommissar ihnen nach. Dann fuhr er zum Hafen von Barfleur, wo sein Boot lag.

Philippe Lagarde hatte beschlossen, zunächst unter vier Augen mit Reginald Adams zu sprechen. Er machte sein Fischerboot startklar und verließ den Hafen, als sich die Dämmerung bereits über Barfleur gesenkt hatte. Die Positionslichter des Schiffes warfen rote, grüne und weiße Kreise auf das dunkle ruhige Meer. Nahe an der Küste steuerte er in Richtung Norden. Er war tief in Gedanken versunken. Würde er den Engländer dort antreffen, wo er ihn vermutete? Wenn er sich irrte, hatte er keine Ahnung, wo er ihn suchen sollte. Er konnte dann nur hoffen, dass Adams irgendwann zu seiner Villa zurückkehren würde. Möglicherweise hatte er sich auch aus dem Staub gemacht.

Lagarde hatte die Nordküste der Halbinsel Cotentin erreicht. Es waren nur wenige Schiffe unterwegs, und er kam gut voran. Als er sich der Bucht unterhalb der Klippen näherte, schaltete er die Scheinwerfer aus. Er wollte sein Eintreffen nicht vorher ankündigen.

Die hohen zerklüfteten Felsformationen schimmerten schwärzlich im Sternenlicht. Das schwarze Schloss erhob sich vor ihm, und aus den Fensterhöhlungen drang scharlachrotes Licht.

Lagarde stellte den Motor ab und ließ sein Boot lautlos in die Bucht gleiten. Einige Meter vor dem Strand ankerte er. Die Ambassador lag ebenfalls in der Lagune und schaukelte sanft auf den Wellen. Sie schien verlassen.

Der Kommissar sprang vom Deck in das seichte Wasser und watete an Land. Er folgte dem Weg in einem Bogen über die aufgeschütteten Steine und dem jahrhundertealten Muschelkalk, bis er den Eingang des schwarzen Schlosses erreichte. Er bestand aus einem großen Torbogen aus Naturgestein. Die mächtigen Holzflügel standen offen. Lagarde trat ein und sah sich um. Er befand sich in einer hohen steinernen Halle. In deren Mauern gab es mehrere Durchgänge. Als eine Fledermaus knapp über seinen Kopf hinweg segelte, erschrak er. Er wählte die Türöffnung, aus der ein Lichtschein drang. Nachdem er einige Stufen nach unten gegangen war, tat sich ein weiterer großer Raum auf. In der Mitte befand sich in dem festgetretenen Boden eine Kuhle, in der ein offenes Feuer prasselte. Gelbe und rote Flammen loderten in die Höhe und verursachten ein gespenstisches Schattenspiel an der Granitsteinwand. Auf einem Felsblock vor der Feuerstelle saß reglos Reginald Adams und starrte in die Flammen. Er nahm seinen Besucher wahr, zeigte jedoch keine Regung.

Mit monotoner Stimme sagte der Engländer: »Sie haben mein Refugium gefunden, Monsieur le Commissaire. Damit habe ich gerechnet, ich habe Sie niemals unterschätzt.«

»Was machen Sie hier?«, erkundigte sich Lagarde, obwohl er es wusste.

»Das alte Schloss ist ein stiller, abgelegener Ort. Das gefällt mir. Ich brauche Ruhe und muss nachdenken.«

»Worüber müssen Sie nachdenken? Über den Tod von Maryline Leblanc? Sie haben sie ermordet.«

»Sie reden Unsinn, Lagarde. Ich habe Ihnen bereits gesagt, dass ich die Frau überhaupt nicht kannte.«

Die Nachricht von ihrem Tod schien ihn nicht zu überraschen.

»Sie kannten Maryline Leblanc. Und Sie haben sie getötet.«

»Das müssen Sie beweisen.«

»Warum musste sie sterben?«

»Hören Sie doch auf! Sie stören meine meditative Stimmung und meine Einsamkeit.«

Ein autoritärer, fast aggressiver Unterton lag nun in seiner Stimme.

»Also gut, Monsieur Adams«, entgegnete der Kommissar. »So kommen wir nicht weiter. Ich möchte Sie bitten, mit mir zu Ihrer Villa zurückzufahren. Ich möchte Ihnen etwas zeigen.«

Der Engländer reagierte mit leichter Nervosität. Fahrig stocherte er mit einem Stock in der Glut. »Und wenn ich mich weigere?«

»Dann erscheint in Kürze ein Polizeiaufgebot. Man wird Sie zwingen, meiner Aufforderung Folge zu leisten. Es ist besser, wenn Sie freiwillig mitkommen.«

Reginald Adams erhob sich. »Ich weiß nicht, wohin das führen soll. Ich komme mit, aber ich werde mich über Sie beschweren. Ich verfüge über einige bedeutsame Verbindungen.«

»Das können Sie gerne tun, Monsieur Adams. Wenn ich mich nicht irre, haben Sie jedes Recht dazu. Kommen Sie jetzt bitte mit. Wir fahren mit meinem Boot.«

Der Engländer akzeptierte diese Entscheidung kommentarlos. Als er sich näherte, konnte Lagarde erkennen, dass Adams' Augen hinter der Brille unruhig blinzelten. Das Gesicht unter dem Bartansatz war blass.

Lagarde ließ ihn vorangehen. Sie liefen über den felsigen Pfad und wateten zu seinem Boot. Der Engländer setzte sich unaufgefordert auf die Holzbank an Deck. Der Kommissar ließ ihn gewähren und verzichtete auf Sicherheitsmaßnahmen. Reginald Adams würde ihn nicht angreifen. Dafür war sein Verhalten zu kontrolliert. Außerdem würde er wissen, dass er gegen Lagarde keine Chance hatte.

Lagarde holte den Anker ein, startete den Motor und drehte das Boot. Es wurde eine ruhige Fahrt ohne besondere Vorkommnisse. Immer wenn Lagarde sich umsah, verharrte der Engländer in unveränderter Haltung auf der Bank und rührte sich nicht. Sein Blick war auf das Meer gerichtet. Die beiden Männer sprachen kein Wort miteinander.

Sie legten an einem Steg in dem kleinen Hafen nahe

der roten Villa an. Es war kein Mensch zu sehen. Wellen plätscherten gegen die Holzpfosten.

Als sie sich der Villa näherten, blickte der Engländer irritiert auf die aufgestellten Lampen, die mit gleißendem Licht sein Grundstück ausleuchteten.

Im Garten des Anwesens herrschte höchste Geschäftigkeit. Das Wasser war aus dem Pool abgelassen worden, und ein Bagger riss Betonteile aus der Verschalung und dem Beckenboden.

Als Reginald Adams begriff, dass sein Pool aufgerissen wurde, begannen seine Hände zu zittern und sein Gesicht wurde kreidebleich. Fassungslos starrte er auf die Szenerie, die sich ihm bot. Das Treiben des dröhnenden Baggers im weißen Licht der Strahler wirkte surreal wie in einem Science-Fiction-Film.

Der Kommissar stellte fest, dass Sand und Erde, die in dem Loch vor ihm zu sehen waren, keine Auffälligkeiten aufwiesen. Hatte er sich getäuscht? Er war sich so sicher gewesen.

Seine Aufmerksamkeit richtete sich dann auf einen Kran, der auf Walzrädern an den Rand der gähnenden Aushöhlung fuhr und innehielt. Die Schaufelarme packten das letzte verbleibende Stück der Betonverschalung, die in der Erde verankert war. Mit einem Ruck löste sich die Platte und schwebte über dem Becken. Blanke Erde kam zum Vorschein, sonst nichts. Kein Grab, keine Leiche, nur Sand.

Nachdem die Bauarbeiter ihren Auftrag erledigt

hatten, stellten sie die Maschinen ab. Stille senkte sich über den nächtlichen Garten.

Lagarde konnte nicht glauben, dass die Suche nach Margaret Adams erfolglos verlaufen war. Sie lag nicht unter dem Pool, soviel stand fest, außer, sie war tiefer im Erdreich vergraben worden. Er erteilte den Technikern der Spurensicherung die Anweisung, den Boden des Pools in Parzellen aufzuteilen und systematisch und vorsichtig zu graben. Er selbst glaubte nicht mehr daran, dass die Engländerin unter der Poolverschalung verborgen worden war, wollte jedoch keinesfalls, dass die Suche zum Stillstand kam. Er brauchte zudem einen Leichensuchhund. Sonst müssten sie den ganzen Garten umgraben, und die Leiche konnte ebenso gut im Haus versteckt worden sein. Er telefonierte mit der Polizei in Cherbourg, die versprach, so schnell wie möglich einen Hundeführer, der in der Nähe wohnte, zu schicken.

Schon nach einer halben Stunde näherte sich ein Auto. Der Polizist und Hundeführer Cecil war mit seiner belgischen Schäferhündin Manon eingetroffen. Lagarde erklärte dem jungen Beamten die Situation, woraufhin der sich mit seinem Hund sofort auf die Suche nach Margaret Adams machte. Sie begannen auf dem Boden des Pools, wo der Hund nach kurzer Zeit anschlug.

»Hier hat eine Leiche gelegen«, informierte Cecil den Kommissar. »Aber jetzt ist sie nicht mehr da.« Manon bekam zur Belohnung einen kleinen knochenförmigen Hundekuchen.

Valérie und Roselin, die inzwischen auch eingetroffen waren, wechselten einen Blick mit Lagarde. Die Polizistin lächelte ihn an und hielt den Daumen hoch. Also doch. Eine tote Person sollte unter dem Pool verschwinden und war dann an einen anderen Ort gebracht worden. Lagarde dachte über den Grund für diese Aktion nach und darüber, wo die Tote jetzt sein könnte.

Die »Soko Maryline« beriet sich mit Cecil. Valérie verschwand im Haus und kam kurze Zeit später mit einer Bluse zurück, die sie im Wäschekorb gefunden hatte. Manon schnupperte ausgiebig und setzte sich in Bewegung. Sie lief die Treppe zu der Bucht hinab, schob die Nase zwischen Felsspalten, dann ging es zurück in den Garten. Der Hund trabte durch das Portal in das Haus.

Cecil erteilte dem Hund Befehle und folgte ihm in den Keller. Vor einem Weinregal bellte das Tier kurz auf und zog daraufhin seinen Führer in den Garten zurück. Zielstrebig, die Nase auf die Erde gerichtet, lief Manon am Pool vorbei zu der Stelle, wo die bunten Fliesen endeten und sich ein Blumenbeet vor den Ziersteinen befand. Dahinter begann die Steilküste. Die Schäferhündin setzte sich neben einen Stein und schlug an.

Cecil deutete auf die Stelle. »Hier müsst ihr graben. Manon hat die Leiche gefunden.«

Die Hündin wurde gelobt und bekam ein weiteres Leckerchen.

Reginald Adams, der bisher reglos und schweigend am Beckenrand stand, wurde unruhig. Valérie beobachtete ihn unauffällig. Er hatte sich auf einen Liegestuhl gesetzt, sein linkes Bein bewegte sich unkontrolliert.

Lagarde betrachtete den Steinhaufen. Bei seinem ersten Besuch bei dem Engländer waren die Felsbrocken auf andere Weise angeordnet gewesen. Jetzt bildeten sie einen Hügel. Davor blühten lachsfarbene Rosen. Auf einmal begriff er. Reginald Adams hatte ein Grab für seine Frau geschaffen.

Polizisten entfernten die Felsbrocken und zogen die Steine der untersten Schicht aus der Erde. Ein etwas größerer Klotz saß fest im Boden. Zwei Polizisten waren notwendig, um ihn herauszuziehen. Mit einem schmatzenden Geräusch gab der Lehmboden ihn frei.

Im nächsten Moment schnellte ein Arm aus der gelockerten Erde und verharrte in waagrechter Position über den Rosen. Es war ein weißer zarter Frauenarm mit schmalen langgliedrigen Fingern. Im gnadenlosen Licht der Scheinwerfer glänzten die Nägel rosafarben. Der Anblick war entsetzlich. Entsetztes Schweigen lag über dem Garten. Reginald Adams, der neben dem Kommissar stand, entfuhr ein gequältes Stöhnen.

BOOTSFAHRT AUF DER SEINE

NEUNTER TAG

Philippe Lagarde und Roselin klopften an und betraten das Krankenzimmer, in dem Hauptkommissar Ludovic Cleroc lag. Es war ein Zweibettzimmer. In dem Bett vor der Fensterfront schnarchte ein Mann so sehr, dass die Wände bebten. Cleroc saß an zwei Kissen gelehnt im Bett. Das eingegipste Bein war hoch gelagert. Eine hübsche junge Krankenschwester, mit der er gut gelaunt schäkerte, kontrollierte seinen Blutdruck.

»Wie bei einem Neugeborenen«, verkündete sie zufrieden und verließ mit einem freundlichen Gruß den Raum. Der Hauptkommissar trug Boxershorts und ein weites T-Shirt mit dem Emblem des Rugby Clubs von Cherbourg-Hague. Ein gelbes und ein blaues Dreieck bildeten ein rechteckiges Format mit der Aufschrift RCCH. Der letzte Buchstabe war höher als die restlichen Zeichen. Die Pflegerin hatte sein Haar gekämmt und zu einem Zopf gebunden. Die Tageszeitung Ouest-France lag auf seinem Schoß. Von den dramatischen Ereignissen der vergangenen Nacht stand noch nichts in dem Blatt, aber der Buschfunk hatte gut funktioniert. Cleroc wusste bereits über die Geschehnisse Bescheid und konnte es kaum erwarten, die Hintergründe und Details zu erfahren.

Er freute sich sichtlich über seinen Besuch.

»Bonjour, Philippe, bonjour, Monsieur Dumas, wie schön, dass ihr mir einen Krankenbesuch abstattet. Ich platze vor Neugierde. Aber erst einmal herzlichen Glückwusch zur Lösung des Falles. Niemand hätte es besser machen können.«

»Bonjour, Ludovic«, erwiderte Lagarde. »Danke für die Anerkennung. Der Fall war eine harte Nuss. Es war bis zum Schluss unklar, ob der Mord an Maryline Leblanc und das Verschwinden von Margaret Adams in einem Zusammenhang stehen.«

Cleroc nickte. »Das war wirklich eine verzwickte Geschichte.«

Roselins Suche nach einer Vase für die Blumen war erfolgreich gewesen. Er stellte das Gefäß mit den blauen Lupinen auf den Beistelltisch. Daneben legte er eine glänzende Schachtel mit roter Schleife. Sie enthielt verschiedenen Früchtetartes. Lagarde hatte sich erinnert, dass der Hauptkommissar ein Kuchenfan war.

»Ihr habt Obsttörtchen mitgebracht«, freute sich Cleroc.

»Das ist eine wunderbare Idee. Für meinen Geschmack ist das Essen hier, wie soll ich sagen, etwas eintönig und gewürzarm.«

Roselin zog sich einen Stuhl heran und setzte sich.

»Wie geht es Ihnen, Monsieur le Commissaire?«, fragte er fürsorglich.

»Mir geht es schon viel besser«, antwortete Cleroc. »Der Bruch verheilt gut, und ich habe keine Schmerzen mehr. Übermorgen werde ich entlassen. Suzanne wird sich um mich kümmern.«

»Das freut mich zu hören.«

Roselin war erleichtert, dass Cleroc das Schlimmste überstanden hatte und bald wieder gesund sein würde.

Der Hauptkommissar genoss eine Erdbeertarte und bat die Kollegen: »Nun erzählt doch endlich, was genau passiert ist. Ich weiß nur von Frank Lanoux, dass die Leiche von Margaret Adams unter einem Steinhügel in Garten vergraben war und dass der Engländer den Mord an Maryline Leblanc gestanden hat.«

Lagarde berichtete, was geschehen war. Reginald Adams war beim Anblick des starren Armes seiner Frau zusammengebrochen und hatte ein Geständnis abgelegt. Lagarde und der englische Professor hatten sich im Salon gegenübergesetzt. Aufmerksam hatte ihm der Kommissar zugehört, als Reginald Adams schilderte, wie aus einer Urlaubsliebelei ein Fiasko geworden war. Valérie hatte alles genau notiert.

Adams hatte Maryline Leblanc letztes Jahr im Sommerurlaub am Fischstand auf dem Marktplatz kennengelernt. Sie kamen ins Gespräch, weil sie beide das letzte Kilo der rosa Crevetten kaufen wollten. Reginald Adams, ganz der englische Gentleman, gewährte ihr den Vortritt. Sofort wurde er in den Bann der charmanten schönen Frau gezogen, die eine unwiderstehliche Anziehungskraft auf ihn ausstrahlte. Daraufhin trafen sie sich einige Male in einem Café. Schnell wurden sie intim, und die Liaison setzte sich den Sommer über fort. Wenn Margaret sich nicht in der Villa aufhielt, war Maryline über den Pfad im Erdbeerwald zur hinteren Gartenpforte ins Haus gekommen, damit sie niemand sah.

Eines Abends hatte Reginald Adams Maryline in ein angesehenes Restaurant am Meer ausgeführt. Margaret war zu Besuch bei einer Freundin in Carentan und plante, dort zu übernachten. Das Liebespaar konnte sich sicher fühlen.

Doch überraschenderweise kehrte Margaret noch am selben Abend zurück. Ihre Freundin hatte eine schwere Grippe bekommen und den gemeinsamen Theaterabend abgesagt. Auf der Rückfahrt erblickte sie zufällig aus dem Auto heraus das sich küssende Paar hinter den großen Panoramafenstern des Restaurants. Schockiert und tief verletzt nahm sie sich sofort ein Hotelzimmer in der Stadt. Am nächsten Abend stellte Margaret ihren Mann zur Rede. Es kam zu einem heftigen Streit. Sie drohte damit, ihn finanziell zu ruinieren, seinen guten Ruf zu zerstören und alles zu tun, um ihn zu vernichten. Er war ein hochangesehenes Mitglied im Kirchenvorstand ihrer Gemeinde und als renommierter Professor für seine ethischen Grundsätze bekannt. Reginald

Adams fürchtete um seine wissenschaftliche Karriere und öffentliche Reputation. Wenn sie ihre Androhungen umsetzen würde – und davon war er überzeugt –, wäre alles verloren, was er sich über Jahre mühsam aufgebaut hatte.

Nach einem minutenlangen heftigen Streit kam es zwischen den Ehepartnern zu einem Handgemenge. Margaret schlug auf ihren Mann ein und versuchte, sein Gesicht mit den Fingernägeln zu zerkratzen. Sie tobte wie von Sinnen. Um sich vor den Hieben, die auf ihn einprasselten, zu schützen, stieß er sie robust von sich. Margaret verlor dabei das Gleichgewicht und prallte mit dem Hinterkopf gegen den gemauerten Kaminsims. Sie war auf der Stelle tot.

Plötzlich stand Maryline Leblanc im Zimmer. Sie war durch die geöffnete Terrassentür hereingekommen. Reginald Adams konnte nicht mehr klar denken, seine Gedanken waren völlig konfus und panisch. Maryline machte in diesem Moment den Vorschlag, die Leiche im Erdreich des rundum eingeschalten Pools zu vergraben. Gemeinsam trugen sie die tote Frau in den Pool und verscharrten sie dort. Am nächsten Tag sollte die Verschalung mit Beton aufgefüllt werden. Margaret würde damit auf immer verschwunden sein. Anschließend säuberten Maryline und er die Unfallstelle, um alle Spuren des Unglücks zu beseitigen. Danach schenkte Maryline beiden ein Glas Wein ein. Sie besaß eindeutig die besseren Nerven.

Als sie sich am Tisch gegenübersaßen, wurde Reginald bewusst, dass sie trotz des tragischen Vorfalls in euphorischer Stimmung war. Mit glänzenden Augen erläuterte sie ihm ihre weiteren Pläne, genauer gesagt, ihre gemeinsame Zukunft. Sie hatte sich schon alles zurechtgelegt. Reginald sollte behaupten, Margaret sei abgereist. Wenn eine angemessene Zeit verstrichen war, würde er sie für tot erklären lassen und Maryline in England heiraten. Sie selbst wollte in der kommenden Woche die Scheidung einreichen, um frei für ihn zu sein. Natürlich müssten sie sich in den nächsten Monaten vorsichtig verhalten, aber sie könnten sich ja an einem anderen Ort treffen. Maryline wollte die Gattin eines angesehenen Professors in Oxford werden.

Als Reginald Adams von diesen Plänen hörte, war er völlig entsetzt. Er hatte nie die Absicht gehabt, seine Frau für Maryline zu verlassen. Für ihn war Maryline nur ein Liebesabenteuer in den Ferien gewesen. Eine aufregende Abwechslung, abseits von seinem stressigen Berufsalltag, seinen ehrenamtlichen Pflichten und seiner eintönig gewordenen Ehe. Eine Art Sahnehäubchen, sonst nichts. Adams war immer davon ausgegangen, dass Maryline ihre Liaison genauso sah. Eine Heirat mit ihr kam für ihn überhaupt nicht in Frage.

Durch den Vorfall erregt, widersprach er ihr und machte seinen Standpunkt deutlich. Daraufhin drohte sie ihm mit der Polizei. Niemand würde ihm glauben, dass der Tod von Margaret ein Unfall gewesen war.

Notfalls würde sie selbst bezeugen, dass er seine Frau erschlagen hatte.

Reginald Adams musst sich eingestehen, dass die Situation immer mehr aus dem Ruder zu laufen schien. Um die Katastrophe noch einmal abzuwenden, versuchte er einzulenken. Zum Schein ging er auf ihre Ideen ein und bat Maryline, am nächsten Abend wiederzukommen. Er wollte Zeit gewinnen und über alles nachdenken. Jetzt sei er zu erschöpft, um eine Entscheidung zu treffen. Seine Geliebte ging darauf ein und zog sich zurück.

Nachdem Maryline gegangen war, konnte er keine Ruhe finden. Der Gedanke, dass Margarets sterbliche Überreste zubetoniert werden sollten, schien ihm unerträglich. Er war es ihr schuldig, dass sie ein richtiges Grab bekam. Eine tiefe Liebe und Vertrautheit hatten sie verbunden, seine tote Frau war immer sein bester Kamerad gewesen. Gegenseitiger Respekt folgte der anfänglichen Leidenschaft und hielt sie zusammen.

Trotz seiner Erschöpfung raffte sich Reginald auf, stieg in den Pool und grub Margaret aus. Er trug sie voller Trauer zu den Klippen. Sie sollte in der Nähe des Meeres liegen, das sie so sehr geliebt hatte. Dort hob er mitten in der Nacht mit einem Spaten einen flachen Schacht aus und bettete sie auf die Erde. Er würde für sie ein Beet mit ihren Lieblingsblumen anlegen. Lachsrote Rosen.

Als er das Grab mit Erdreich füllte und Steine darauf

legte, rannen unablässig Tränen über sein Gesicht. Die Verzweiflung fraß ihn auf. Er liebte Margaret noch immer. Was war nur in ihn gefahren?

Später stellte er sich immer wieder die Frage, warum er nicht einfach die Polizei alarmiert hatte.

Am nächsten Abend kam Maryline zurück zu ihm. Voller Freude strahlte sie ihn an. Als sie sich von ihm abwandte, um zur Feier ihrer gemeinsamen Zukunft eine Flasche Champagner aus dem Kühlschrank zu holen, nahm er den Hammer ihres Mannes und zertrümmerte ihr damit den Schädel. Reginald war panisch und fürchtete, seine Geliebte würde ihn an die Polizei verraten und eine Anzeige machen, wenn er sich weigerte, sie zu heiraten.

Nachdem er Margaret vergraben hatte, würde niemand mehr an einen Unfall glauben.

Das Mordwerkzeug stammte aus der Garage der Leblancs, nach der Tat legte er ihn zurück. Der Verdacht sollte auf Jean-Yves fallen. Der Gedanke war am Nachmittag in seinem Kopf gereift, als er zu Marylines Haus fuhr, um mit ihr zu reden. Sie war jedoch nicht zu Hause gewesen. Reginald suchte im Garten nach ihr und gelangte zu der Werkstatt. Die Tür stand einen Spalt offen, und er ging hinein. Als sein Blick auf den schmutzigen Hammer fiel, kam ihm die Idee, eine falsche Spur zu legen. Er würde Frankreich verlassen und die Villa verkaufen. Das Werkzeug wickelte er in ein Hemd, das er auf der Wäscheleine fand.

Nach dem Mord hatte er Maryline mit seinem Wagen in den Wald gefahren und dort vergraben. Er rechnete nicht damit, dass man ihre Leiche so schnell finden würde.

Als er zurückgekehrt war, entdeckte er noch die silberne Sandalette in der Küche. Fest davon überzeugt, dass sie versinken würde, warf er sie darauf ins Meer.

Als der Rumäne dann auch noch sein Auto kaufen wollte, schien das letzte Problem gelöst zu sein. Margaret war abgereist und irgendwo auf ihrer Fahrt nach England verschollen. Reginald Adams war davon ausgegangen, dass der Wagen nie wieder auftauchen würde.

Als er von Lagarde erfahren hatte, dass der Range Rover in Rumänien entdeckt worden war, hatte er den Brief am Eingang der Gendarmerie von Barfleur befestigt. Das Hemd mit dem Blut daran sollte den Verdacht verstärkt auf Jean-Yves Leblanc lenken. Nach dem Mord an seiner Geliebten hatte Reginald damit notdürftig die Spuren auf dem Küchenboden beseitigt. Danach hatte er es im Weinkeller versteckt. Damals hatte er noch keine Idee gehabt, wofür es noch nützlich sein könnte.

Die drei Männer im Krankenzimmer sahen sich an.

»Was für eine Geschichte!« Cleroc schüttelte den Kopf. »Wie kann ein intelligenter gebildeter Mann in so ein Schlamassel geraten?«

»Es sind zwei unterschiedliche Interessenslagen aufeinander geprallt«, meinte Lagarde. »Reginald

Adams wollte eine Sommerliebelei, und Maryline Leblanc sehnte sich nach einem neuen Leben. Er hat die Nerven verloren und einen verhängnisvollen Fehler gemacht.«

»Ob der Tod seiner Frau wirklich ein Unfall war?«, fragte Roselin.

»Die Autopsie wird uns sicher Hinweise auf die Todesursache liefern«, entgegnete Lagarde. »Fest steht, dass Reginald Adams Maryline Leblanc vorsätzlich getötet hat. Es war Mord.«

Nach dem Krankenbesuch bei Ludovic Cleroc fuhren Philippe Lagarde und der Gendarm zum Hafen von Barfleur. Jean-Yves Leblanc war am frühen Morgen aus dem Untersuchungsgefängnis entlassen worden. Kurz darauf rief er den Kommissar an, um sich bei ihm zu bedanken und ihm von seinen Plänen zu berichten. Mit seinem Sohn Philibert wollte er gleich packen und in See stechen. Sie würden gemeinsam eine Reise machen, er war fest entschlossen, sich nur Zeit für seinen Sohn zu nehmen und gemeinsam mit ihm zu lernen, mit ihrer Trauer umzugehen. Das Leben ohne Maryline würde für sie nie mehr so wie früher sein. Aber er würde alles tun, damit sein Sohn über diese traumatische Erfahrung hinwegkam und wieder ein fröhliches Kind wurde.

Die Polizisten trafen Vater und Sohn am Hafen. Sie trugen die gleiche Kleidung, blaue Jeans, quer gestreifte Fischerpullover und Anglerhüte. Es war ein windstiller schöner Tag. Die Sonne strahlte vom wolkenlosen azurblauen Himmel. Vor dem graubraunen Natursteinhaus, in dem sich das Bistro »Im Wind der Inseln« befand, waren alle Plätze besetzt. Auf den Tischen dampften, in schwarz glasierten Töpfen, Miesmuscheln in einem Sud. Fröhliches Lachen klang zu ihnen herüber. An der Mole reihten sich Boote auf bis zur Kirche, die über den Hafen wachte.

Stolz zeigte Philibert auf ein Schiff. »Auf diesem Boot werden wir unsere große Reise unternehmen«, erklärte der Junge. »Es heißt Marianne I. Wir werden darauf wohnen, essen und schlafen. Und angeln natürlich. Nur Papa und ich. Abends braten wir unseren Fang. Und das Beste ist, wir werden Maman besuchen.« Er strahlte über das ganze sommersprossige Gesicht.

Der Kommissar blickte Leblanc fragend an.

»Erzähle es ihnen«, forderte er Philibert auf.

Der Junge erklärte den Polizisten eifrig, was sie vorhatten. Sie wollten die Küste entlang bis Le Havre schippern, dahin, wo die mächtige Seine ins Meer floss, und von dort aus flussaufwärts bis Paris fahren.

»In Paris steht ein ganz hoher Turm, er heißt Eiffelturm«, fuhr Philibert fort. »Man kann mit einem Aufzug fast bis zur Spitze fahren. Die Spitze berührt den Himmel und die Wolken. Auf einer Wolke sitzt meine Mamam und beschützt uns. Dort oben sind wir ihr ganz nah. Wir werden ihr zuwinken, und ich werde ihr erzählen, dass ich schon ein großer Junge bin, der angeln und Fische braten kann. Sie wird bestimmt sehr stolz auf mich sein.«

Das war zu viel für Roselin. Verstohlen wischte er sich eine Träne aus dem Augenwinkel. Er wünschte sich von ganzem Herzen, dass dieser kleine tapfere Junge wieder glücklich werden würde. Eine schwere Aufgabe lag vor Jean-Yves, das wusste er aus eigener Erfahrung.

Philippe Lagarde überreichte Philibert feierlich ihr Geschenk für die große Reise. Es war eine blaue Kinderangelrute mit allen technischen Raffinessen.

Der Junge quietschte vor Begeisterung und bedankte sich mit einer stürmischen Umarmung.

Philibert und sein Vater verabschiedeten sich und gingen an Bord. Roselin und Lagarde löste die Taue und warfen sie auf das Deck. Langsam verließ das Boot den Hafen. Sie winkten ihnen nach, bis sie außer Sichtweite waren.

Philippe Lagarde hatte noch Zeit. Für den Abend stand ein Festessen für ihn und einige seiner Freunde in Odettes Restaurant »Mirabelle« an. Sie war sehr stolz auf ihren Lebensgefährten, dass er und sein Team den schwierigen Fall gelöst hatten und dass der wahre Täter nun hinter Schloss und Riegel saß.

Der Kommissar beschloss, Victor de Senneville einen Besuch abzustatten. Gemächlich fuhr er über die Landstraße nach Valognes und erfreute sich an der schönen Landschaft. Ein Manoir, das eingebettet in einem Eichenhain lag, erinnerte ihn an die rote Villa im Erdbeerwald. Er dachte an Reginald Adams, dessen Leben nun in Trümmern lag. Ein Hauch von Mitgefühl überkam ihn. Anfangs hatte er für den intelligenten Mann Sympathie empfunden. Vielleicht war der Tod von Margaret tatsächlich ein Unfall gewesen, und der Professor hatte in seiner grenzenlosen Panik die falschen Schlüsse gezogen und übereilt reagiert. Manchmal entschieden Sekunden über das weitere Leben.

Als er das Hôtel de Beaumont passierte, nahm er sich die Zeit, um das elegante prachtvolle Herrenhaus zu bewundern, das, von alten Bäumen umgeben, in der Nachmittagssonne zu schlafen schien. Er parkte in der schmalen Gasse, in der Victor wohnte. Neben dem Haus lag eine kleine Bäckerei. Dort kaufte er bei einer dicken freundlichen Verkäuferin Éclairs mit Mokkafüllung und Schokoladencroissants, in der Hoffnung, dass der junge Mann zu Hause war.

Er erklomm die vier Treppen und klingelte. Victor kam sofort an die Tür. Als er sah, wer sein Besucher war, strahlte er über das ganze Gesicht und begrüßte ihn voller Freude.

»Ich habe gehofft, dass Sie wiederkommen. Im Radio habe ich gehört, dass Sie den Mörder von Maryline überführt haben. Sie sind wirklich ein guter Polizist.«

»Danke, Victor. Darf ich hereinkommen?«

»Natürlich. Diesmal laufe ich nicht davon. Ich habe frischen Kaffee und Milch eingekauft. Gehen wir in die Küche.«

Lagarde musterte unauffällig den kleinen quadratischen Raum. Der Holzfußboden war geschrubbt, die Arbeitsfläche war sauber gewischt, die Spüle glänzte. Victor hatte die Energie gefunden, seine Wohnung zu putzen. Das war ein gutes Zeichen.

Der junge Mann setzte Kaffee auf und deckte den Tisch. Den Kuchen legte er auf eine Porzellanplatte. Als er die Aufschrift auf der Tüte sah, meinte er: »In dieser Bäckerei gibt es die besten Éclairs von ganz Valognes.«

Er setzte sich zu Lagarde an den Tisch. Seine Augen hatten den tief traurigen Ausdruck nicht verloren. Natürlich nicht. Außerdem hatte der Kommissar den Eindruck, dass der Junge einsam war.

Sie tranken zusammen Kaffee, und Lagarde erzählte ihm die ganze Geschichte. Victor schwieg eine Weile, dann sagte er niedergeschlagen: »Und ich Idiot habe geglaubt, dass sie nur mich liebt.«

»Sie hat dich geliebt, Victor. Auf ihre Weise. Da bin ich ganz sicher.«

Der junge Mann lächelte. »Meinen Sie wirklich?«

»O ja, ganz bestimmt.«

Victor wirkte erleichtert.

»Hast du keine Familie?«, wollte Lagarde wissen.

»Nein, ich bin ganz alleine. Meinen Vater habe ich

nie kennengelernt, und meine Mutter ist zu ihrem Freund nach Paris gezogen. Ich habe mich entschieden, hierzubleiben. Ich liebe diese wilde ursprüngliche Halbinsel und das Meer. Die Kinder und Kollegen in der Tagesstätte sind meine Familie.«

»Wie bist du darauf gekommen, den Beruf des Erziehers zu ergreifen?«

»Als ich in der achten Klasse war, habe ich ein Praktikum in einem Kindergarten absolviert. Es war eine wunderbare Zeit. Nach der Schule hatte ich verschiedene Jobs. Nichts Besonderes. Ich war zu bequem, um mir einen Ausbildungsplatz zu suchen. Meine Mutter war enttäuscht, dass nichts aus mir werden würde. Da ist mir das Praktikum eingefallen. Ich meldete mich an der Erzieherakademie an und fragte in der Kindertagesstätte nach einem Praktikumsplatz. Die Leiterin, eine sehr nette Dame, hat mir eine Chance gegeben.«

»Es gab nur ein Problem, Victor. Nicht wahr?«

Victor errötete. »Sie wissen es?«

»Ja, ich weiß es. Du willst deinen Traumberuf mit einer Lüge beginnen, Victor. Das ist nicht gut. Vielleicht holt sie dich eines Tages ein, und alle Anstrengung war umsonst.«

Victors Augen füllten sich mit Tränen. Er sah bemitleidenswert aus.

Nachdem er eine Weile geschwiegen hatte, sagte er mit tonloser Stimme: »Dann ist jetzt alles aus. Maryline ist tot, und mein Berufswunsch ist zerplatzt wie eine Seifenblase. Sie müssen mich doch nicht verraten, oder?«

Lagarde sah ihn ernst an. »Dein Berufswunsch ist nicht zerplatzt. Aber wir machen es richtig, Victor. Dann musst du nicht mit einer Lüge leben. Ich habe einen Vorschlag. Willst du ihn hören?«

Voller Hoffnung sah der Junge ihn an. »Ja, bitte.«

»Ich rede mit der Leiterin des Kindergartens über die Situation und bitte sie, dass du dort weiterhin arbeiten kannst, um Berufserfahrung zu sammeln. Gleichzeitig besuchst du eine Schule und machst den mittleren Bildungsabschluss. Danach kommt die Erzieherakademie. Was hältst du davon?«

Victor überlegte. »Und wovon soll ich leben?«

»Ich denke, dass du finanzielle Unterstützung vom Staat bekommst, wenn du die Schule besuchst. Viel wird es nicht sein. Aber ich habe einen Freund, der auf der Ausfallstraße von Valognes eine Tankstelle besitzt. Der könnte einen tüchtigen Helfer gut gebrauchen. Im Herbst kannst du mir helfen, mein Boot winterfest zu machen. Ich zahle gut.«

»Das würden Sie für mich tun?«

»Ja, das würde ich tun. Schlag ein.« Lagarde hielt ihm die Hand hin.

Voller Begeisterung schlug Victor ein.

Lagarde lag der Junge am Herzen. Er brauchte Unterstützung, um in die Gänge zu kommen.

Plötzlich hielt Victor inne. »Und wenn ich die Schule nicht schaffe?«

»Du schaffst die Schule. Ich kenne eine Lehrerin, die dir helfen wird.«

»Das hört sich gut an, Monsieur le Commissaire. Ich werde mich anstrengen, das verspreche ich Ihnen.«

»Davon bin ich überzeugt, Victor.« Lagarde lächelte ihn aufmunternd an. »Da ist noch etwas.«

»Ja?«

Victor sah seinen Traum bereits entschwinden. Es gab immer einen Haken.

»Heute Abend gibt meine Freundin Odette ein Essen. Ich möchte, dass du auch kommst. Ein wenig Gesellschaft und Kontakte können nicht schaden.«

»Eine Einladung zu einem Essen?«

»Ja, ich würde mich freuen. Es nehmen übrigens nicht nur ältere Herrschaften so wie ich teil.«

»Sie sind doch nicht alt«, widersprach Victor energisch. »Bei unserer Verfolgungsjagd haben Sie mich ganz schön alt aussehen lassen.«

Sie lachten.

»Ich finde, Sie sind schwer in Ordnung.«

Diese Behauptung nahm Lagarde als Kompliment.

»Ein Mädchen kommt ebenfalls. Sie heißt Brigitte und ist sehr nett.«

»Ich komme sehr gerne, Monsieur le Commissaire. Danke für die Einladung. Und wenn ich Ihnen bei ihrem Boot helfen darf, werden Sie sich wundern. Ich bin handwerklich sehr geschickt. Im Kindergarten habe ich für die Kleinen ein Baumhaus gebaut. Es hat sogar eine Dachterrasse.«

Lagarde freute sich. »Das hört sich gut an, Victor. Wir sehen uns heute Abend im Mirabelle, pünktlich um zwanzig Uhr. Ein Tipp noch unter Männern. Ziehe schicke Klamotten an, dann wird Odette dich lieben.«

Die rumänischen Polizisten, die den bronzefarbenen Range Rover von Reginald Adams beschlagnahmt hatten, waren von den Verstrickungen mit der englischen Polizei und deren ständigen Anrufen überfordert und völlig genervt. So erklärten sie kurzerhand, dass der Wagen eines Nachts vom Parkplatz der Polizeiwache gestohlen worden war. Die Engländer schenkten der empörten Schilderung des Sachverhaltes zwar keinen Glauben, sahen aber auch keine Möglichkeit, der Sache weiter auf den Grund zu gehen.

Unter Zusicherung, zehn Prozent des Verkaufserlöses zu erhalten, erklärten die Polizisten sich bereit, Petru-Razvan Iliescu das Auto wieder auszuhändigen. Der Schrotthändler verkaufte es daraufhin, ausgestattet mit gefälschten Nummernschildern und Papieren, für fünfzigtausend Euro an einen aufstrebenden rumänischen Zigarettenfabrikanten. Den Polizisten versicherte er, dass der geizige Käufer ihm nur vierzigtausend Euro dafür zahlen konnte. Nun saß der Schrotthändler, glücklich über den großartigen Geschäftsabschluss, mit seiner Verlobten Melbijana im Hof seines Hauses. Sie tranken zur Feier des Tages rumänischen Wodka und schmiedeten Zukunftspläne. Die schwangere Melbijana verdünnte den Schnaps mit reichlich Wasser, damit der kleine Petru-Razvan keinen Schaden nahm. Über dem Grill brieten sie ein Huhn auf einem Spieß. Das dumme Tier war Petru-Razvan direkt vor die Räder seines alten Kleintransporters gelaufen. Nach dem alten Brauch war das Huhn zuvor mit einer Prise Salz eingerieben worden – um unheilbringende Dämonen fernzuhalten.

Hell erleuchtet und einladend lag das Restaurant »Mirabelle« in der Dämmerung. Zwei kugelrunde Buchsbäumchen, überzogen von filigranen funkelnden Lichterketten, flankierten die Eingangstür. Als der Kommissar den Speiseraum betrat, sah er, dass der große rechteckige Tisch vor dem Kamin für die Feier eingedeckt war. Auf der weißen Damasttischdecke blitzten Bestecke und Kristallgläser. Ein Blumenarrangement aus weißen und violetten Kamelien vervollständigte das Bild. Weiße Kerzen in silbernen fünfarmigen Leuchtern waren bereits entzündet worden.

Odette stand an einem Tisch und erläuterte einem Touristenehepaar die Menükarte. Die beiden älteren Deutschen lauschten andächtig. Lagarde vermutete, dass sie etwas zu feiern und sich für ein besonderes Restaurant entschieden hatten. Sie waren elegant angezogen, lächelten glücklich, und vor jedem perlte ein Glas Champagner. Vielleicht feierten sie ihren Hochzeitstag. Das brachte ihn auf die Idee, Odette einen Heiratsantrag zu machen. Bisher hatte sie immer abgelehnt, aber er war hartnäckig und würde nicht aufgeben.

Als die Gäste gewählt hatten, kam Odette auf ihn zu und begrüßte ihn mit vier Wangenküsschen. Sie sah atemberaubend schön aus. Ihr dunkles Haar hatte sie zu einem Knoten geschlungen. Zwei Haarsträhnen waren, ausgehend vom Mittelscheitel, geflochten und um den Chignon gesteckt. An den Ohren funkelten Diamanten. Das schwarze knielange Kleid mit den Spitzenärmeln betonte ihre Figur.

»Du siehst wunderschön aus«, sagte er und lächelte sie liebevoll an.

»Du aber auch«, lobte sie ihn.

Er hatte sich auch große Mühe gegeben.

»Unsere Gäste werden gleich eintreffen«, erklärte Odette.

»Es gibt keine Sitzordnung, es geht ganz zwanglos zu. Wir trinken ein Glas Veuve Clicquot als Aperitif, und dann essen wir schön zusammen und feiern euren Erfolg.«

»So machen wir das, meine Schöne. Ich habe einen Bärenhunger.«

»Du hast immer einen Bärenhunger«, neckte sie ihn.

Gleich darauf erschienen die ersten Gäste. Angélique und Richard, in beeindruckenden Festroben aus den zwanziger Jahren, kamen, gefolgt von Camille, Amélie und ihrem Hund Lali. Das blaue Halstuch des Hundes mit den silbernen Sternchen harmonierte perfekt mit dem Kleid seiner Herrin. Kurz darauf trafen Madame Florence, Roselin, Brigitte und Valérie ein. Philippe Lagarde hatte die Polizistin noch nie in einem Kleid gesehen und kam zu dem Schluss, dass sie öfter eines tragen sollte. Ihm fiel auf, dass sich Florence und der Gendarm besonders festlich gekleidet hatten. Roselin trug sogar eine Krawatte, was er außerhalb seiner Dienstzeit sonst nie tat, und seine Freundin hatte sich Locken in die Haare legen lassen. Ludovic Cleroc lag leider noch im Krankenhaus, und Suzanne wich nicht von seiner Seite. Lagarde sah auf die Uhr. Wo blieb Victor?

Der junge Mann traf als Letzter ein und zog die Blicke aller Anwesenden auf sich. Als Brigitte ihn entdeckte, blieb ihr der Mund offen stehen.

»Wer ist denn das, Onkel Philippe?«, hauchte sie.

»Das ist Victor. Dein Vater und ich haben ihn vor kurzem kennengelernt. Er ist sehr nett, du wirst sehen.«

Victor de Senneville hatte irgendwo einen schwarzen Smoking aufgetrieben. Ein blütenweißes Spitzenhemd lugte darunter hervor. Die elegante Kleidung wurde von einer Fliege komplettiert. Seine blonden Locken fielen weich auf die Schultern, seine blauen Augen glänzten.

»Ich frage mich, warum er unbedingt Erzieher werden will«, flüsterte Valérie ihrem Chef ins Ohr. »Er sollte eine Modelkarriere anstreben.«

Als Amélie ihren Lieblingsbetreuer entdeckte, rannte sie mit einem Freudenschrei auf ihn zu und sprang ihm um den Hals. Victor warf sie hoch in die Luft und fing sie kurz vor dem Boden wieder auf. Die Kleine jauchzte vor Vergnügen. Camille blieb fast das Herz stehen.

Odette und Lagarde begrüßten ihre Gäste herzlich. Alle gratulierten ihm und seinem Team zu ihrem großen Erfolg. Wehmut schwang dennoch mit, weil zwei Frauen ihr Leben verloren hatten.

Sie setzten sich um den Tisch, unterhielten sich lebhaft und stießen auf die Lösung des Falles an.

Nach dem ersten Gang gab es eine kleine Pause, und Brigitte verkündete, dass sie Victor den Garten zeigen wollte. Als Lagarde vor dem Haus eine Rose pflückte, die er Odette an ihr Kleid stecken wollte, machte er eine Beobachtung. Die beiden jungen Leute standen hinter einem Busch, waren in ihr Gespräch vertieft und rauchten. Roselin würde im Dreieck springen, wenn er davon wüsste, er musste jedoch nichts davon erfahren.

Nach dem vorzüglichen Hauptgang erhob sich Roselin und schlug mit einem Löffel gegen sein Glas. Die Gäste verstummten und blickten ihn erwartungsvoll an.

Umständlich zog er einen zusammengelegten Zettel aus der Jackentasche. Er entfaltete ihn und setzte seine Lesebrille auf die Nase.

»Also«, begann er. »Ich … ich meine, wir, also Madame Florence und ich, möchten euch etwas mitteilen.«

Er kam ins Stocken und verlor den Faden. Hilflos starrte er auf seinen Text. Reden zu halten gehörte nicht zu seinen herausragenden Talenten.

»Also«, begann er erneut.

Die resolute Madame Florence nahm ihm den Zettel aus der Hand, zerknüllte ihn und warf ihn auf den Tisch.

»Die Sache ist ganz einfach«, erklärte sie den amüsierten Zuhörern. »Roselin und ich sind uns bei der Renovierung des Schweinestalls wieder nähergekommen. Deshalb haben wir beschlossen, uns heute Abend im Kreis unserer Freunde zu verloben.« Sie knuffte ihren Verlobten in die Seite. »Du musst mir jetzt den Ring anstecken, Roselin.«

»Ach so, ja, natürlich.« Er holte eine kleine Schachtel aus seiner Jackentasche, nahm einen Ring heraus und steckte ihn an den Finger von Florence. Der große wunderschöne Stein funkelte im Licht wie Hunderte von Sternen.

Nun griff Florence in das Kästchen, entnahm den zweiten Ring und schob ihn dem gerührten Roselin mit konzentrierter Miene über den Finger.

»Du musst deine Verlobte küssen, Roselin«, rief Richard außer sich vor Begeisterung. »Dieser Brauch gehört dazu. Das bringt Glück. Ich habe meine Angélique damals auch geküsst.« Er zog den grauen Zylinder, wie zum Gruß. »Chapeau, was für ein Paar.«

Die Gäste klatschten in die Hände und wünschten den frisch Verlobten alles Glück der Welt. Dann stießen sie mit Champagner auf ihr Wohl an.